上

ル

イースタ署のヴァランダー警部は，夏の休暇を楽しみにしていた。つきあっているバイバと旅行に行くのだ。そんな平和な夏の始まりは，一本の電話でくつがえされた。不審な女性がいるとヴァランダーが呼ばれて行った先の菜の花畑で，少女が焼身自殺。身元も自殺の理由も不明。目の前で少女が燃えるのを見たショックに追い打ちをかけるように，事件発生の通報が。殺されたのは元法務大臣。背中を斧で割られ，頭皮の一部を髪の毛ごと剝ぎ取られていた。これがすべての始まりだった。CWA ゴールドダガー賞受賞の傑作。スウェーデン警察小説の金字塔。

登場人物

クルト・ヴァランダー……………イースタ警察署警部
アン＝ブリット・フーグルンド……
マーティンソン……………
スヴェードベリ……………}同、刑事
ハンソン……………同、署長代理
スヴェン・ニーベリ……………同、鑑識課の刑事
リーサ・ホルゲソン……………同、新署長
ペール・オーケソン……………検事
マッツ・エクホルム……………心理学者
ステン・フォースフェルト……………マルメ警察署刑事
クルト・ヴァランダーの父……………画家
イェートルード……………その新しい妻
リンダ・ヴァランダー……………クルトの娘
バイバ・リエパ……………リガに住む未亡人

グスタフ・ヴェッテルステッド……元法務大臣
サラ・ビュルクルンド……ヴェッテルステッド邸の清掃人
ラーシュ・マグヌソン……元ジャーナリスト
アルネ・カールマン……画商
アニタ・カールマン……その妻
エリカ・カールマン……その娘
ビュルン・フレードマン……盗品売人
アネット・フレードマン……その妻
ルイース・フレードマン……その娘
ステファン・フレードマン……その十四歳の息子
イェンス・フレードマン……その四歳の息子
グンネル・ニルソン……スメーズトルプ教会の女性牧師
スヴェン・アンダーソン……同教会の庭師
ペドロ・サンタナ……ドミニカ共和国の農夫
ドロレス・マリア・サンタナ……その娘

目くらましの道 上

ヘニング・マンケル
柳 沢 由 実 子 訳

創元推理文庫

VILLOSPÅR

by

Henning Mankell

目次

ドミニカ共和国　一九七八年　一一
スコーネ　一九九四年六月二十一日から二十四日　二三
スコーネ　一九九四年六月二十五日から二十八日　一八五
スコーネ　一九九四年六月二十九日から七月四日　三三一

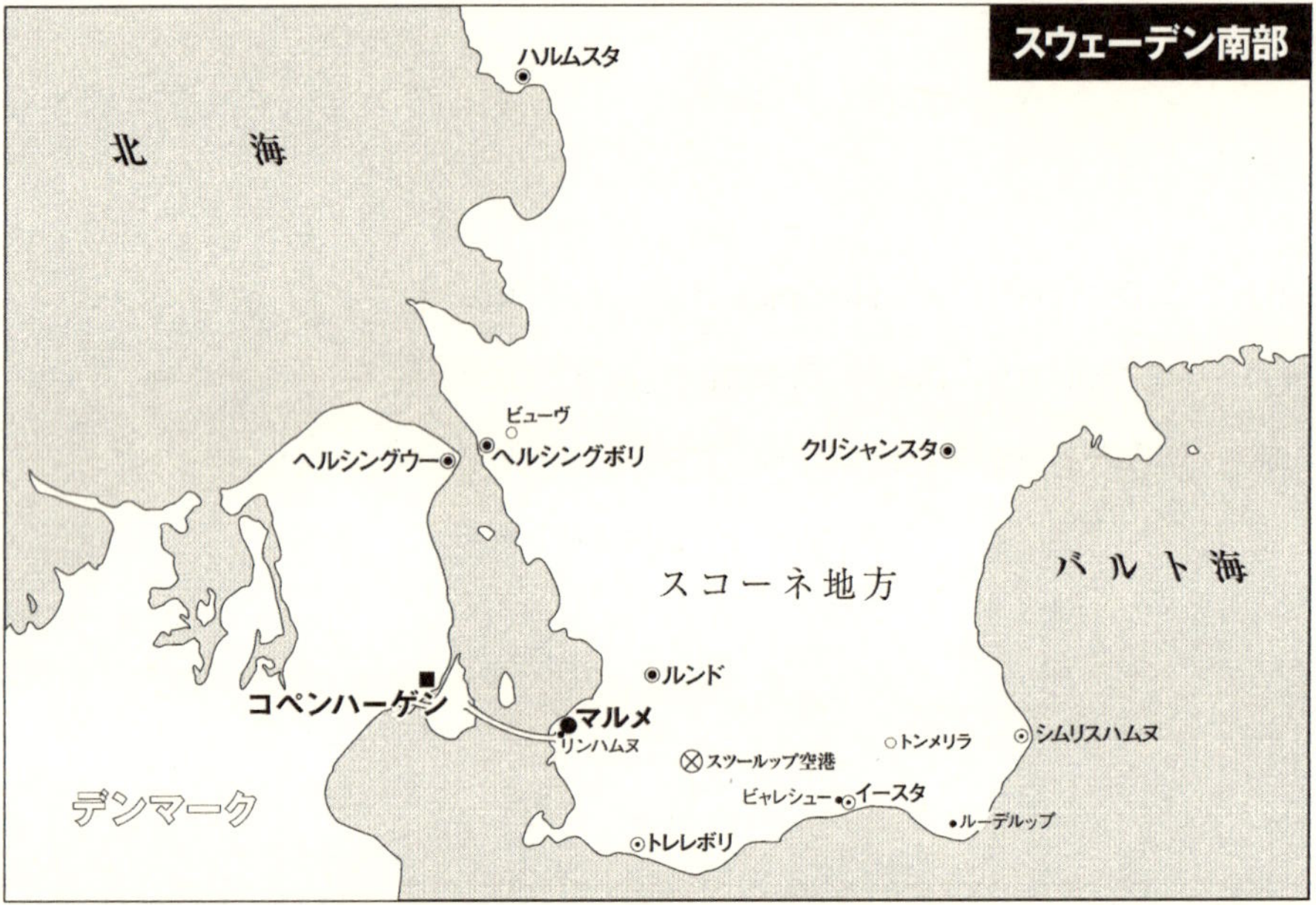
スウェーデン南部
ハルムスタ
北　海
ビューヴ
ヘルシングウー
ヘルシングボリ
クリシャンスタ
スコーネ地方
バルト海
ルンド
コペンハーゲン
マルメ
リンハムヌ
シムリスハムヌ
トンメリラ
スツールップ空港
ビャレシュー
イースタ
ルーデルップ
デンマーク
トレレボリ

目くらましの道　上

私は必死でその古い、無慈悲なほど固い鉄棒を折り曲げようとする。揺り動かそうとする。だが、それは少しも曲がらない。まったくびくともしない。なぜなら、私の中に溶接され固定された鉄棒があるからだ。私が叩き割られたとき初めて鉄棒も壊れるのだ。

グスタフ・フルーディング著『ガーセル』より

ドミニカ共和国　一九七八年

プロローグ

夜明け前、ペドロ・サンタナは石油ランプがくすぶりだした煙で目を覚ました。目を開けたとき、彼は自分がどこにいるのかわからなかった。覚めたくない夢から突然揺り起こされたような感じだった。見たこともない岩山の景色の中を旅していた。空気が薄く、すべての記憶が消えかかっているようだった。くすぶったランプの煙が彼の意識の中まで入ってきた。遠くからただよってくる火山灰のような臭い。だが急にそこにほかのものが交じった。苦痛であえいでいる人間の気配。そのとき夢から覚めて、彼は否応なしに暗い部屋に引き戻された。この六日六晩、彼は数分ずつまどろむのがやっとだった。

石油ランプが消えて、いま、あたりは真っ暗だった。彼は身じろぎもしないで座っていた。暑い夜だった。シャツが汗で体にまとわりつく。汗が臭う。体を洗う気力もないほどの疲労。それはいままでほとんど経験したことのないものだった。

またもやあえぎ声が聞こえた。ペドロ・サンタナは土床から立ち上がった。暗闇の中を手探りで石油の入ったプラスティック容器を探した。たしかに入り口にあったはず。暗闇をまさぐりながら、眠っている間に雨が降ったらしい。床が湿っていた。離れたところで雄鶏が鳴くのが聞こえた。あれはラミレズの雄鶏だ。いつも明け方に、ほかの雄鶏に先駆けて鳴くのだ。あの雄鶏は短気な人間みたいだ。まるで町の人間のようだ。いつもやらなければならないことが山ほどあって、結果、自分の忙しさを大切にするだけで手いっぱいの人間。この村とはちがう。ここではすべてがゆっくりしている。もともと暮らしとはそういうものではないか。植物は生長するのにゆっくり時間をかけるのに、なぜ人は走りまわるのか？

片手が石油容器に触った。容器の口に詰めてあったボロ切れを抜いて、後ろを見た。暗闇の中のあえぎ声が、途切れだした。ランプをみつけ、コルク栓を抜くと、彼はゆっくりと石油を注ぎはじめた。そうしながら、マッチをどこに置いたか思い出そうとした。マッチ箱はほとんど空だったのは覚えている。だが、たしかまだ二、三本残っていたはずだ。彼は石油容器を置くと、床に手を這わせた。すぐに片手がマッチ箱に触った。マッチを擦って、ランプのガラス容器をかかげ、芯に火をつけた。

そして振り向いた。それは彼にとって苦痛の極限ともいえる行為だった。できることなら、そこで待っているものを見たくなかった。

壁ぎわに寝ている女は死にかけていた。それがはっきりわかった。いままで彼は、危機はまもなく過ぎると自分に言い聞かせてきたのだが。夢で見たのは、逃げようとする最後の試みだった。もはや、避けられない。

人は決して死から逃げることはできない。自分自身の死からも、身近な人間の死からも。

彼はベッドのそばにしゃがみ込んだ。石油ランプが不安そうな影を壁に映す。妻の顔をのぞき込んだ。まだ若い。青ざめ、痩せ細っていても、まだ美しかった。おれの妻に最後まで残ったのは美しさだと彼は思った。涙があふれた。彼女の額に触って、熱がふたたび上がったことを知った。

彼は壊れた窓から外に目を走らせた。窓の一部は段ボール紙で埋めてあった。まだ夜が明けていない。鳴いたのはラミレズの雄鶏だけだ。明るくさえなれば、とペドロ・サンタナは考えた。このままでは暗い中で死んでしまう。明るいときではなく。明るくなるまでなんとか息をしてくれたら。そうしてくれたら、おれは一人で残されなくてもすむ。

突然、彼女が目を開けた。彼はその手を握って、笑顔を見せようとした。

「赤ちゃんはどこ?」

彼女の声は弱く、ほとんどその言葉が聞こえないほどだった。

「あの子はおれの妹が面倒をみてるよ」と彼は答えた。「それがいちばんいいと思ったんだ」

彼女はそれを聞いて安心したようだった。

「どのくらい眠ってた?」

「ずいぶん長かったよ」

「あんたはずっとここにいてくれたの？　休まなくちゃだめよ。あと何日かで、あたしはもう休む必要もなくなるけど」

「いや、おれは眠ったよ。おまえはもうじきよくなるって」

うそに気がついただろうか、と彼は心配になった。彼女は二度とベッドから立ち上がることができないのを知っているのだろうか。当惑のあまり、二人は互いにうそをつきあっているのかもしれない。避けられないことを少しでも楽にするために。

「もう疲れたわ」

「早く元気になるために眠らなければな」

彼は顔をそむけた。泣くのを我慢しているのを気どられないように。

そのあと、その日最初の太陽の日差しが家の中に差し込んできた。彼女はふたたび無意識の世界に入っていった。ペドロは妻のベッドのそばに座り込んだ。疲れに疲れて、もはやなにもはっきり考えることができなかった。コントロールが失われて、考えが勝手に頭の中を行き来した。


初めてドロレスに会ったのは、彼が二十一歳のときだった。カーニバルを見に、彼は兄のフアンと長い道のりをサンチャゴ・デ・ロス・トリエンタ・カバレロスまで歩いた。二歳年上のファンはすでにその町に行ったことがあったが、ペドロは初めてだった。祭りの町まで着くのに三日かかった。ときどき牛の引く荷台に乗せてもらうことはあったが、ほとんど全行程を徒歩で旅した。一回だけ、超満員のバスにただ乗りしようとした。だが、ある停留所で、トランクやひもで縛った荷物がぎっしり積まれているバスの屋根に登って荷物の間に隠れようとしたとき、みつかってしまい、運転手に追い払われた。運転手はバスに乗る金もないほど貧しい者がここに隠れているぞと大声でののしった。

「バスの運転手はよほど金持ちなんだろうなあ」

ペドロはどこまでも続くサトウキビ畑を通ってくねっている、ほこりっぽい道を歩きながら言った。

「おまえはバカか。切符代はぜんぶ、バスの持ち主にいくんだぞ。運転する者にではなく」

兄が言った。

「持ち主って、だれだ?」

ペドロが訊いた。

「知るか。でも、町に着いたら、そういう連中の住んでいる家を見せてやるよ」

とうとう町に到着した。それは二月のことで、町全体がカーニバルでにぎわっていた。ペドロは目を丸くしてスパンコールや飾りがついている鮮やかな衣装をながめた。最初のうち、悪魔や動物の仮面が彼を怖がらせた。町中が無数の太鼓とギターの音に合わせて揺れているようだった。フアンは先輩らしく町中を引きずりまわして見せてくれた。夜はドウアルテ公園で寝た。ペドロはいつもフアンが人の波の中に消えてしまうのではないかと不安でしかたがなかった。両親と離れて迷子になるのではないかと怖がる子どものようだった。だが、その心配は見せないようにした。フアンに笑われるのがいやだった。

しかし、その心配は現実のものになった。三日目の晩のことだった。それは町で過ごす最後の晩だった。彼らはカレ・デル・ソルにいた。町いちばんのにぎやかな通りだった。気がつくとフアンは衣装を着てにぎやかに踊る人々の中に呑み込まれ、消えてしまった。迷子になったらどこで会おうと、場所を決めてはいなかった。ペドロは夜中までフアンを探しまわったが、彼の姿はどこにも見えなかった。公園のいつもの寝場所にもいなかった。明け方、ペドロはプラザ・デ・クルトゥーラで、銅像のそばに座った。噴水の水を飲んで、渇いたのどをいやした。だが、食べ物を買う金は持っていなかった。こうなったら、家に向かう道をみつけて、帰るよりほかはない。町さえ出ることができれば、途中どこかのバナナ農園に忍び込んで、腹いっぱいバナナを食おう。

そのとき、隣にだれかが座った。彼と同じくらいの年頃の女の子だった。彼は一瞬のうちに、いままで見たうちでいちばん美しい人だと思った。彼女の視線を感じて、恥ずかしくてうつむいた。そして、彼女がサンダルを脱いで足をもんでいるのをそっと盗み見た。

このようにして彼はドロレスに会ったのだった。ずっとのち、彼らは何度も、フアンがカーニバルで姿を消してしまったことと、彼女の疲れた足が二人を引き合わせたのだと語り合った。

二人は噴水のそばに座って、話しはじめた。

そして、ドロレスもたまたま町にやってきたのだとわかった。メイドになろうと、金持ちの住む区域を一軒一軒まわったが、仕事がみつからなかった。彼女もまたペドロと同じく農夫《カンペシノ》の子どもで、彼女の村は彼の村からそう遠くなかった。彼らは二人でサンチャゴの町を出ることにし、途中バナナの木をみつけて腹を満たした。彼女の村が近くなってからは足どりが重くなった。

二年後の五月、雨季が始まる前に二人は結婚した。彼女がペドロの村にやってきて、二人はペドロの叔父からもらった小さな家に住みはじめた。ペドロはサトウキビ農園で働き、ドロレスは野菜を作って車で通る人々に道端で売った。貧しかったが、彼らは若く、幸せだった。

一つだけ、思うようにならないことがあった。三年経っても、ドロレスに子どもができなかったのである。彼らは決してそのことを話題にしなかった。だがペドロにはドロレスがだんだん心配そうになっていくのがわかった。ドロレスは彼に知らせずにハイチとの国境近くの治療師《クリオシタス》に助けをもらいに行ったが、いい結果は生まれなかった。

八年の年月が過ぎた。ある夕暮れ、ペドロが農園から戻ってくると、ドロレスが途中まで迎えに来て、妊娠したことを告げた。結婚して九年目になるとき、ドロレスは女の子を産んだ。初めて自分の子どもを見たとき、ペドロは母親の美しさが伝わっているとすぐにわかった。その晩彼は村の教会へ行って、亡くなった母親からもらった金のネックレスを捧げた。聖母マリアにそれを捧げながら、布でくるんだキリストを抱いた聖母は、ドロレスと生まれたての赤ん坊に似ていると思った。教会からの帰り道、彼は大きな声で歌った。道で会った人々は、彼がサトウキビを発酵させて作った甘い酒で酔っぱらっているのかと目を瞠った。


ドロレスは眠りに入った。呼吸が速くなり、落ち着きなくしきりに体を動かした。

「死んじゃだめだ」ペドロはささやいた。もはや自分の絶望をコントロールすることができなかった。「おれと娘をおいていかないでくれ」

二時間後、すべてが終わった。その前に一瞬、息づかいが静かになった。彼女は目を開けて夫を見た。

「あの子に洗礼を受けさせて。そして、大事に育てて」

「おまえはすぐによくなるよ。いっしょに教会へ行って、あの子を洗礼してもらおう」

「あたしはもういなくなる」彼女は答えて目を閉じた。

そして、いなくなった。

二週間後、ペドロはかごに入れた娘をおぶって村を出た。兄のフアンが途中まで送ってくれた。

「これからなにをしようというんだ？」兄が訊いた。

「必要なことをするだけだ」ペドロが答えた。

「娘に洗礼を受けさせるのになぜ町に行く必要がある？　なぜこの村でできない？　おれもおまえもここの教会で洗礼を受けたじゃないか。おれたちの親だってそうだ」

　ペドロは立ち止まって兄を見た。

「ドロレスとおれは八年間もこの子を待った。やっとこの子が生まれたと思ったら、ドロレスが病気になった。だれもあれを助けることができなかった。医者も治療師も。あれはまだ三十にもなっていなかったのに、死ななければならなかった。貧しいからだ。おれたちは貧しい者特有の病気にかかるんだ。おれは兄貴がカーニバルでいなくなったときにあの町でドロレスに出会った。いまおれはあのときドロレスに会った広場の大きな聖堂にもう一度行く。娘はこの国でいちばん大きな教会で洗礼を受けるんだ。おれはドロレスのためにそれくらいはやってやりたい」

　ペドロは兄の答えを待たずに、そのまま振り向きもせず歩き続けた。その日の晩ドロレスの生まれた村に着くと、彼はドロレスの生家の前で足を止めた。そしていま一度、どこへ行くつもりかを話した。彼の話を最後まで聞いて、ドロレスの年とった母は首を振った。

「その悲しみは、おまえを狂わせるだろうよ。でもあたしはそれよりも、サンチャゴまでの長い道のりを、おまえの背中で揺すられる赤ん坊のことのほうが心配だよ」

ペドロは答えなかった。翌日の朝早く、彼はまたサンチャゴに向かって歩きはじめた。道中彼はずっと、背中のかごの中に寝ている子どもに話し続けた。ドロレスについて思い出せることをすべて話して聞かせた。話しきってしまうと、彼はまた初めから話した。

町に着いたのは夕方で、真っ黒い大きな雨雲が地平線に現れた。大きな聖堂はサンチャゴ・アポストルといい、その門の前に彼は腰を下ろして待った。ときどき、家から持ってきた食べ物を赤ん坊に与えた。彼は通り過ぎる黒衣の神父を一人ひとりよく観察した。若すぎるか、娘に洗礼を受けさせるだけの時間がないほど急いでいる神父ばかりだった。彼は何時間も待った。しまいにとうとう、一人の年とった神父が広場を横切ってゆっくりと聖堂のほうにやってくるのを見た。彼は立ち上がると、麦わら帽子を脱ぎ、娘を差し出した。老神父はいやな顔もせずに彼の長い説明を聞いた。そしてうなずいた。

「この娘を洗礼してあげよう。自分の信じることのために、おまえは長い道のりをやってきた。いまの時代、それはめずらしいことだ。人はもはや信仰のために長い道のりを歩きはしない。だからこそ世界はこのようになってしまったのだ」

ペドロは神父の後ろについて薄暗い聖堂の中に入った。ドロレスがすぐそばにいると感じた。彼女の霊がいっしょにいて、洗礼鉢の前までついてきたような気がした。

老神父は高い柱の一つに杖を立てかけた。

「さて、女の子の名前はなんとする？」

「母親と同じに」ペドロは答えた。「ドロレスにしてください。それにマリアもつけて、ドロレス・マリア・サンタナに」

洗礼が終わるとペドロは広場に出た。そして十年前にドロレスと出会った銅像のそばに腰を下ろした。娘はかごの中で眠っていた。彼は深い考えに沈み、その場に座り続けた。

おれ、ペドロ・サンタナは平凡な人間だ。親からは貧乏と限りなくみじめな生活しか譲られなかった。そしていま、おれは妻も取り上げられてしまった。しかし、おれは約束する。娘には別の人生を送らせると。おれは全力を尽くして、娘にはおれたちと同じみじめな暮らしをさせないようにする。約束するよ、ドロレス、おまえの娘は長生きし、幸福な、価値のある人生を送ると。

同じ晩、ペドロは町を離れた。ドロレス・マリアと名付けられた娘といっしょに、ふたたび村に向かって歩きだした。

それは一九七八年五月八日のことだった。

父親に深く愛されたドロレス・マリア・サンタナはこのとき八ヵ月だった。

スコーネ　一九九四年六月二十一日から二十四日

1

明け方、彼は変身を開始した。

絶対に失敗しないように、周到な計画を立てた。計画の遂行には一日たっぷり時間をとった。時間がなくて慌てるようにはなりたくなかった。筆を取り、姿勢を正した。床の上に用意したテープレコーダーから、太鼓の音が鳴り響く。鏡に映る自分の顔に目を据え、最初の黒い線を額に引いた。手は震えていない。よし、戦闘の化粧を本式にするのは今日が初めてだが、怖気づいていない証拠だ。この瞬間までは、降りかかってくるあらゆる不正から身を守るには逃げるしか手だてがなかった。が、いまそれが大きく変わろうとしている。一本また一本と、顔に線を引くたびに、古い自分から離れるような気がした。もはや引き返すことはできない。今晩からは遊びではない。人がほんとうに死ぬ戦闘に突入するのだ。

部屋の照明がまぶしかった。鏡は光を反射しないような角度に調整してあった。この部屋に入ったとき、彼は内側から鍵をかけて、忘れたものはないかあたりを見まわした。すべてがそろっていた。きれいに洗った筆、絵の具用の陶器の皿、タオルと水。小さい旋盤の上には武器が黒い布の上に並べられていた。斧が三つ、長さのちがうナイフが数種、それにスプレー缶だ。まだ決めていないのはこれだけだ、と彼は思った。夜までに、この中からどの武器を持っていくかを決めなければならない。全部を持っていくことはできない。だが、変身していく間に、それは自ずと決まるという気がしていた。

ベンチに腰を下ろして顔を塗りはじめる前に、指先で斧とナイフの刃に触ってみた。これ以上鋭くすることができないほど研がれていた。彼はその突端にほんの少し指先を当ててみる誘惑に打ち勝つことができなかった。触った瞬間に血が流れた。指先とナイフの先をタオルで拭き、それから鏡の前に座った。

額に引く最初の二本の線は黒でなければならなかった。まるで鋭い刃物で額に二本深く切りつけて、頭を開け、いままでの苦しみや恥辱の記憶や考えをすっかり取り出したような気分だった。そのあと、赤や白の線を引くつもりだった。そして丸や四角を描く。そして最後にヘビのようなオーナメントを頬に描くのだ。彼の白い地肌は、しまいにはすっかり見えなくなるはずだ。そのときに変身は完成する。それまでのことはすべて消滅する。彼は動物の装いの中に身を潜める。もはや人間のように話すことはない。必要なら、舌を嚙み切って死ぬこともためらわなかった。

変身には一日かかった。夜六時過ぎ、すべて用意が調った。そのときには、三つの斧のうちのいちばん大きなものを持っていくことが決まっていた。斧の柄をウエストにしっかりと締めた革のベルトに差し込んだ。そこにはすでに鞘《さや》に入ったナイフが二本差してあった。彼は部屋の中を見まわした。忘れたものはない。スプレー缶は皮ジャケットの内ポケットに入れた。

最後にもう一度鏡に映った自分の顔を見た。身震いした。それからバイク用のヘルメットを深くかぶり、明かりを消して部屋を出た。来たときと同じく裸足《はだし》だった。

九時五分過ぎ、グスタフ・ヴェッテルステッドはテレビの音を低くして、母親に電話をかけた。それは彼の習慣だった。二十五年前に法務大臣の職を退き、すべての政治活動をやめたときから、ヴェッテルステッドはテレビのニュースを不快感と嫌悪感をもって見てきた。自分自身が報道される側の人間ではなくなったことがどうしても受容できなかった。大臣として、また公側の絶対的な中心にいる人物として、彼は少なくとも一週間に一度はテレビに登場した。秘書に厳しく命令して、彼はそれらをすべてビデオに取らせた。ビデオがずらりと並んでいる本棚は、いま彼の書斎の壁一つを占めていた。彼はあらためてそれらを見ることもあった。ビデオは彼が法務大臣を務めた長い期間、ジャーナリストから予想もしない、あるいは意地の悪い質問を受けても一度もうろたえなかったことの証拠の累積だった。それはつねに彼にとっては満足の源泉だった。彼は同僚の政治家たちがいかにジャーナリストたちにテレビで質問されるのを恐れていたかをいまでもはっきり思い出せた。そして同僚たちに感じた明らかな軽蔑も。彼らはジャーナリストたちから質問を受けると、うろたえ、矛盾することを口走ってしまうのだった。そして自らその矛盾に引っかかって、足をすくわれてしまうのだ。だが、そんなことは、決して彼には起きなかった。彼は決してわなにはまることのない人間だった。ジャーナリストは決して彼を打ち負かすことができなかった。そして、決して彼の秘密を嗅ぎつけることもなかった。

午後九時、グスタフ・ヴェッテルステッドはテレビをつけて、ニュースの導入部を見た。それから音を低くした。受話器を手に取り、母親に電話をかけた。母親は若いときに彼を産んだ。そしていまは九十四歳だった。頭ははっきりしていて、まだ未使用のエネルギーが体中にみなぎっているような女性だった。ストックホルムの町なかの大きなアパートメントに一人で暮らしていた。彼は受話器を手に番号を押すたびに、母親が電話に応えないことを願った。彼自身、七十歳を過ぎていたので、母親のほうが自分よりも長生きするのではないかと恐れていた。いまや彼が望むのは、ただ彼女の死。それ以外にはなにもなかった。彼女が死ねばやっと一人になれる。彼女に電話をかけなくてもすむ。いまでさえその姿がはっきり思い出せなくなっている。

ベルが鳴りはじめた。待っている間、彼は無音のテレビ画面でアナウンサーがニュースを読み上げるのを見ていた。四回目のベルが鳴りだしたとき、彼はついに母親は死んだのかもしれないという期待をもった。だがまもなく母親の声が聞こえた。母親と話す彼の声はやわらかかった。元気かどうか、今日一日をどう過ごしたか、などと訊いた。母親が生きているとわかったいま、話はできるだけ短くしたかった。

話を終わらせると、彼は受話器を持ったまま座り続けた。母は死なない。自分が殴り殺さないかぎり、母は死なない。

彼は静まり返った部屋に座っていた。聞こえるのは海から吹きつける風と、近くを通り抜けるモペット（小さな原動機付きの自転車）の音だけだった。ソファから立ち上がって、海が一望できるポーチの前の大窓に向かって立った。夕暮れが美しかった。敷地の一部である目前の浜辺には人影がなかった。人は美しい自然よりもテレビの前に座っているのだと彼は思った。彼らは昔もそのようにして、おれがジャーナリストにつるし上げられるのを見ていたのだ。自分は総理大臣になるはずだった。が、そうはならなかった。

重いカーテンを引き、隙間ができないようにしっかりと閉めた。彼はイースタの東側の郊外にあるこの家で、できるかぎり目立たないように暮らしていたが、それでも好奇心から人がたまにのぞきに来ることがある。法務大臣を辞してから二十五年も経つのに、まだ完全に忘れられてはいないらしかった。台所へ行き、魔法瓶からコーヒーを注いだ。その魔法瓶は六〇年代の末に仕事でイタリアを訪問したときに買ったものだ。あれはヨーロッパにおけるテロ防止対策を話し合うための会議だったとうっすらと記憶している。かつての彼のキャリアを思い出させるものが家中にあった。一度、すべて始末したいと考えたことがあった。だが、そうする手間のほうが面倒でやめた。

コーヒーカップを手に、ソファに戻った。リモコンでテレビを消した。暗がりに座って、彼は今日一日のことを思った。午前中、月刊誌の女性ジャーナリストが一人訪ねてきた。引退した有名人がどのように年金暮らしをしているかのルポを書くためという。なぜ彼を選んだのか、その理由はインタビューを受けている間に聞き出すことはできなかった。カメラマンが一人いっしょだった。浜辺でも家の中でも写真を撮った。ヴェッテルステッドはあらかじめ、穏やかで調和のとれた年金暮らしをしている老人のイメージを演じることに決めていた。いまの自分の暮らしをとても幸せだと語った。瞑想するために俗世間からできるだけ離れて暮らしていること、回想録を書くほうがいいのではないかという期待が世間から寄せられるが、自分としては戸惑うばかりだと謙遜することも忘れなかった。四十代のジャーナリストは感銘を受けたらしく、じつに腰の低い態度だった。インタビューが終わると、彼は外に出て、手を振って彼らを見送った。

インタビューを思い出し、彼は一言として真実を話さなかったことに満足した。それはいまでも関心のあることの一つだった。関心のあることはもはや少なかったが。見破られないようにあざむくこと。装いと幻想を広げてみせること。政治家としての長い暮らしのあと、最後に残るのはうそだけであると承知していた。うその装いをした真実か、真実のふりをしたうそか。

彼はゆっくりとコーヒーを飲み干した。満足感が体中に広がった。夕暮れと夜は、いちばんいい時間だった。考えが頭から消える時間。昔、彼のものだったこと、そして失ってしまったことについての考えが記憶の底に沈む。いちばん重要なのは、彼自身しか知らない最大の秘密をだれにも奪い取られなかったということだ。ときどき彼は自分が凹レンズと凸レンズの鏡に同時に映った像のような気がした。彼の人格はちょうどそのようにぴったり合う二つの異なるものだった。だれも彼の外側しか見たことがなかった。すご腕の法律家、尊敬される法務大臣、スコーネの長い浜辺を散歩する穏やかな老人。その陰にもう一つの人物が存在するとはだれも想像さえしないはずだ。世界を飛びまわって国王や大統領を訪問したときも、微笑を浮かべて深くおじぎをしたが、心の中では「おまえらにおれの正体がわかるか、おれがおまえらをどう思っているかなどわかってたまるか」と思っていた。テレビカメラの前でもそうだった。「おまえらにおれの正体がわかるか、おれがおまえらをどう思っているかなどわかってたまるか」という思いが意識の中心にしっかりと据えられていた。だが、それを見破った者は一人としていなかった。彼の秘密とは、代表していた政党、答弁した言葉、出会った人間のほとんどを、憎悪し軽蔑しきっていたことだ。この秘密は墓までもっていくつもりだった。彼は世界を見抜いていた。そのもろさのすべて、無意味さのすべてを見抜いていた。だが、その洞察に気づく者はいなかったし、だからこそ気づかれないまま墓場に行けばいいと彼は思っていた。自分が見たこと、理解したことをほかの人間と分かち合いたいという欲求も必要性もまったく感じなかった。

彼の中にしだいに期待が高まってきていた。今週も、窓に黒いガラスをはめ込んだ黒のメルセデス・ベンツに乗った友人たちが来ることになっている。車はまっすぐにガレージの中まで乗り入れられる。彼はちょうどいまのようにカーテンをぴっちりと閉めた居間で彼らを待つ。今回はどんな女の子が届けられるのかを想像するだけで、興奮が高まる。このところ、金髪の女の子ばかりが送られてきているということは伝えてある。中には年がいきすぎている子もいた。二十歳過ぎの子だ。今度はもっと若い子、できれば混血の女の子がほしい。彼が女の子と寝室で過ごす間、友人たちはテレビのある地下室で待つ。明け方前に彼らは帰る。そして彼は早くもその次の週に配達される女の子のことを想像しはじめる。そのことを思うと興奮が抑えられず、彼は書斎に行った。明かりをつける前にカーテンを引いた。一瞬、眼下の海岸に人影を見たような気がした。眼鏡を外して、目を細めてながめた。いままでも夜遅く彼の家の前の海岸部分に人がやってくることがあった。若者たちが海岸で火を燃やして騒ぎ立てたこともあり、イースタ警察署に苦情の電話をかけたことが数回あった。イースタ警察署とはいい関係ができていた。すぐにやってきて、迷惑な連中を追い払ってくれた。法務大臣の経験を通して得た知識やコネはどれほど大きいか計り知れないものだった。スウェーデン警察組織に定着している特別のメンタリティーによるところが大きかったが、スウェーデンの法曹界で重要な席に座する人々と戦略的に関係を深めてきたことも役に立っていた。だが、同じように重要なのは、彼がもっている犯罪界との絆だった。インテリ犯罪者たちだ。個人も、大きな犯罪組織のリーダーもいたが、彼はそれらの者たちと友人関係を結んでいた。彼が引退してからの二十五年間にはいろいろなことが起きたが、それでもかつて作った関係は十分に役立った。彼が週に一回少女の訪問を受けるように取り計らってくれる友人たちは言うに及ばずである。

海岸の人影は気のせいのようだった。もう一度カーテンを確かめてから机の引き出しの鍵を開けた。その机は人から恐れられていた法学教授の父親から譲り受けたものだった。美しく豪華なアルバムを引き出しの中から取り出して、机の上に開いた。ゆっくりと、そっと息を詰めながら、彼はコレクションに目を通していった。それは彼の集めている、初期のころからの写真撮影によるポルノグラフィーだった。いちばん古い写真は、昔彼がパリで買い求めた一八五五年のダゲロタイプの稀少品だった。裸の女が犬を抱擁しているもの。彼のコレクションは同好の男たち――世間にはまったく知られていない存在の――の間ではつとに有名だった。一八九〇年代からのルカードレによる写真のコレクションに関しては、彼のものに匹敵するのはルール地方の老鉱山王のコレクションくらいだといわれている。彼はゆっくりとプラスティックでコーティングされたページをめくっていった。ときどきモデルがごく幼い女の子たちのページでその手を止めた。女の子たちがドラッグを飲まされていることは、目を見れば明らかだった。彼は自分で撮らなかったのを後悔することがあった。もし自分で写真を撮っていたら、いまごろはさぞかしユニークな写真集ができていただろうに。

全部見終わると、彼はまたアルバムを机の引き出しに入れ、鍵をかけた。彼が死んだら、友人たちがパリにあるこの種のコレクションをあつかう店にこれらの写真を売ることになっている。売却して手に入った金は、彼がすでに創設していて死後発表される、若い法律家を奨励するための基金に寄付されることになっている。

彼は机の上の明かりを消し、薄暗い部屋の中にそのまま座り続けた。波の音はかなり静まった。ふたたびモペットの音が近くから聞こえた。すでに七十歳を越えていたが、彼はまだ自分の死を想像することができなかった。アメリカに旅行をしたとき、匿名で二度死刑を見学する機会があった。一度は電気椅子、もう一度は当時すでにめったにないことだったがガス室によるものだった。人が死刑になるのを見るのは、不思議に穏やかな経験だった。が、自分の死となると、彼はまったく想像もつかなかった。書斎を出ると居間のバーデスクでリキュールを一杯グラスに注いだ。時間はすでに真夜中近かった。就寝まで、習慣的にやることといったら、海岸まで軽く散歩をするぐらいだった。玄関でジャンパーをはおると、履き古した木靴を履いて外に出た。

風のない晩だった。彼の家は孤立していたので、ほかの家からの明かりはまったく見えなかった。コーセベリヤへ向かう道路からの車の音が遠くに聞こえた。庭を横切って、海岸に面した側の塀の門まで来た。腹立たしいことに、門柱の電灯が切れていた。眼前に海岸が広がっていた。鍵束の中から鍵を探し出して、裏門の鍵を開けた。浜辺までの短い距離を歩いて水際に立った。海は静かだった。水平線の彼方に、西に向かう船が見えた。彼はジッパーを開けて、今週の訪問のことを想像しながら、海に向かって放尿した。

音はしなかったが、突然だれかが後ろに立っているとわかった。体が硬くなった。恐怖が彼を襲った。彼はすばやく振り向いた。

そこに立っていた男は動物に似ていた。ショートパンツ以外は裸だった。ヒステリックな恐怖の中で、一瞬、ヴェッテルステッドは男の顔を見た。それは色を塗りたくった顔なのか、マスクなのかわからなかった。男は片手に斧を持っていた。

ヴェッテルステッドは悲鳴を上げて走りだした。自分の家の裏庭の門に向かって。

男の斧の刃が肩甲骨の下に当たり、背骨を真っ二つにしたその瞬間に彼は死んだ。動物に似た男がひざまずき、額を切り裂き、頭のてっぺんの頭皮を毛髪ごと根こそぎ剝ぎ取ったのを知るひまもなかった。

時間はちょうど夜中の十二時を過ぎたところだった。

六月二十一日、火曜日。

モペットが一台、近くでスタートした。そのあとエンジンの音は聞こえなくなった。

すべてがふたたび静かになった。

2

六月二十一日、昼間の十二時、クルト・ヴァランダーはイースタ警察署から姿を消した。だれにも気づかれないように、駐車場から外に出た。外に停めてあった自分の車に乗り込むと、港まで行った。暖かい日だったので、スーツの上着は机の椅子の背にかけてきた。同僚たちが彼を探しはじめたとき、少なくとも署内にいると思わせるためだった。ヴァランダーはイースタ劇場の脇に車を停めて、いちばん端の桟橋まで歩き、海難救助隊の赤い木造の小屋のそばにあるベンチに腰を下ろした。大学ノートを携えていた。書きはじめようとして、ペンを忘れてきたことに気づいた。一瞬、大学ノートを海に放り投げて全部忘れてしまおうと思った。しかしすぐにそれは不可能だと悟った。同僚たちが許してくれないだろう。

今日の午後三時、ビュルク署長がイースタ警察署をやめる。ヴァランダーはかたく辞退したにもかかわらず、感謝の言葉を贈るように同僚たちからたのまれたのである。

ヴァランダーは生まれてこのかた演説というものをしたことがない。それにいちばん近いのは、犯罪捜査の途中でときどき必要に迫られておこなう記者会見での発表かもしれないが、それも含めて人前で話すのはまったく苦手だった。

しかし、イースタ署をやめる署長にどんな賛辞を贈ればいいのだろう？　いったいなにを感謝すればいいのだろう？　そもそも感謝することなどあるのだろうか？　ヴァランダーが話したいのはむしろ、いま大きな規模で警察に強いられている組織改革と縮小の問題だった。それもどう見ても計画性があるとは思えない改革だった。

警察署を抜け出してきたのは、だれもいないところで、贈る言葉を考えようと思ったからだった。前夜、家の台所で夜中まで考えたが、なにも思いつかなかった。だが、もう時間がない。どうしてもなにか考えつかなければならなかった。あと三時間で記念品を渡す儀式が始まる。ビュルクは明日からマルメで出入国管理局のトップとして働くことになる。

ヴァランダーは立ち上がり、桟橋を渡って港のカフェまで行った。漁船が繋がれてゆっくり海面に揺れている。ヴァランダーは三年前にここで死体を二体引き上げたことを思い出した。だが、目をつぶってその思い出を頭から追い出した。ビュルクへの送辞のほうがいまはずっと重要だ。ウエイトレスにペンを借りた。ヴァランダーは外のテーブルについてコーヒーを一杯飲みながらビュルクに贈る言葉を書きはじめた。一時になったとき、やっと半ページ言葉を書きつづった。うんざりしながら彼はそれを読み返した。しかしどうみても、これよりもうまく書くことはできそうもない。ウエイトレスに合図してコーヒーを注ぎ足してもらった。

「なかなか暖かくならないね」ヴァランダーが言った。

「もしかして、今年は夏が来なかったりして？」ウエイトレスが応えた。

ビュルクへの送辞のことを除けば、ヴァランダーの機嫌はよかった。あと数週間で夏休みだ。いろいろと計画がある。やっとうんざりするほど長い冬が終わったのだ。ゆっくり休みたいと切実に思っていた。

午後三時、一同は警察署の食堂に集まり、ヴァランダーはビュルクのために送辞を読み上げた。その後スヴェードベリが釣り竿をプレゼントし、アン＝ブリット・フーグルンドが花束を贈呈した。ヴァランダーはビュルクとともに捜査に携わったいくつかの事件のエピソードを話した。足場が崩れて二人が下にあった肥えだめの中に落ちたときの話には一同がどっと沸いた。話の後、コーヒーとケーキの時間になった。ビュルクは後継者がいい仕事をするように願うとあいさつした。新しい署長はリーサ・ホルゲソンという女性で、スモーランド地方の小都市からの転勤だった。秋から勤務を始めるということになっていた。それまでの間はハンソンがイースタ署署長代理と決まった。歓送会が終わり、ヴァランダーが自室に戻ったとき、半分開いたドアにノックが聞こえた。マーティンソンだった。

「いい送辞でしたね。警部があんなにあいさつが上手とは知りませんでした」

「いや、おれはあいさつなど、まったくできない。下手なあいさつだったよ。それはおまえさんも知ってるはずだ」

マーティンソンはヴァランダーの訪問者用の椅子にそっと腰を下ろした。

「女性の署長とは、どんなもんでしょうかね？」

「どんなもんでしょうかとは？　うまくいくに決まっているじゃないか。そんなことより、このところなにもかも縮小、切り詰めだ。そっちを心配するほうがいいんじゃないか？」

「その話で来たんですよ」マーティンソンが言った。「土日の夜、イースタ署の宿直警官の数を減らそうという動きがあると聞きました」

ヴァランダーはマーティンソンの言葉を疑った。

「そんなことはできないだろう？　だれが拘留者の番をするんだ？」

「うわさによれば、民間の警備会社から入札させて決めるんだそうです」

ヴァランダーは信じられないという顔でマーティンソンを見た。

「警備会社？」

「ええ、そう聞きました」

ヴァランダーは首を振った。マーティンソンは立ち上がった。

「警部に知らせたほうがいいと思ったので。警部はいま組織内に起きていることが理解できますか？」

「いいや、まったくわからない。これは正直な答えでもあり、お手上げという答えでもある」

マーティンソンは部屋を出るのをためらっているように見えた。

「なにかほかにもあるのか？」

マーティンソンはポケットから紙切れを取り出した。

「サッカーのワールドカップの賭けですが、スウェーデン対カメルーンは二対二でした。警部はゼロ対五と賭けましたから、いちばんビリです」

「なぜビリなんだ？　賭けが当たったか、外れたかだけじゃないのか？」

「いや、賭けているわれわれの勝率の統計もとっているんです」

「驚いたな！　それがなんの役に立つんだ？」

「今度当たったのは巡査でした」マーティンソンはヴァランダーの問いを無視して話を続けた。「次の試合はスウェーデン対ロシアです」

ヴァランダーはサッカーのことはさっぱりわからなかったが、昔数回、イースタのサッカーチームの試合を見に行ったことはある。当時、イースタ・サッカーチームは全国でも屈指のチームだった。近ごろは、サッカーにとくに関心のない彼でも、スウェーデン人というスウェーデン人がサッカーのワールドカップに大騒ぎしているのに気づかずにはいられなかった。テレビをつけても新聞を開いても、スウェーデンチームの予測を見ない日はないほどだった。また、イースタ署の同僚たちのサッカー賭けに参加しないで傍観するのもいやだった。高みに立っていると思われそうだったからだ。彼は尻ポケットから財布を取り出した。

「それで、今度はいくらだ？」

「前回と同じ、百クローネです」

百クローネ札を受け取ると、マーティンソンはリストにチェックを書き入れた。

「それで、おれは予測を言うんだな？」

「ええ。対ロシア戦です。どうですか？」

「四対四だ」

「サッカーではゴールの数はめったにそんなに多くないですよ」マーティンソンが驚いて言った。「いまのはアイスホッケーの予測みたいですね」

「それじゃ三対一でロシアの勝ちとしようか？」

マーティンソンは書き入れた。

「ついでにスウェーデン対ブラジル戦の予測も聞きましょうか？」

マーティンソンが続けた。

「三対ゼロでブラジルの勝ち」ヴァランダーがすばやく言った。

「警部はスウェーデンにあまり期待してないようですね」

「サッカーに関しては、だ」ヴァランダーはまた百クローネ札を取り出して渡した。

マーティンソンが部屋を出ていくと、ヴァランダーはいま聞いたことについて考えた。しかし、すぐにいらだって頭から追い出した。早晩、どっちが勝つかわかるだろう。すでに四時半になっていた。ヴァランダーは手元にあったファイルを開いた。旧東欧諸国へ闇輸出される盗難車の報告書だ。ここ数ヵ月間、彼はこの事件の捜査にかかりきりだった。警察はまだ広範にわたるこの犯罪の一部しかつかんでいなかった。まだまだ時間がかかるだろうということはわかっている。休暇中はスヴェードベリに引き継いでもらおう。自分がいない間に大きな動きは起きないだろうという気がしていた。

アン＝ブリット・フーグルンドがドアをノックして入ってきた。頭に黒い野球帽をかぶっている。

「この格好、どう思います？」フーグルンドが訊いた。

「観光客のようだ」ヴァランダーが答えた。

「今度警察の新しい制帽がこのようになるそうです。つばの上の部分にポリスと文字が並ぶんです。サンプルを見ましたよ」

「おれはそんな帽子は絶対にかぶらんぞ。交通巡査じゃなくてよかったと思うべきだろうな」

「きっといつか、ビュルクはすばらしい署長だったということがわかる日がくるのでしょうね。今日のあいさつ、とてもよかったですよ」

「いや、あれがよくなかったことは自分がいちばんよくわかっている」ヴァランダーは声がいらだっていることに気がついた。「おれを指名したあんたたちの責任だよ」

フーグルンドは窓の外をながめている。去年イースタ署に配属されて以来、短期間で彼女はうわさどおり優秀な警官であることを証明したとヴァランダーは思った。警察学校で、彼女は優秀な成績を収め、優秀な警察官になれることを示した。それが現場で実証されたわけだ。フーグルンドはある意味で、ヴァランダーにとって数年前に亡くなったリードベリのあとに残された空間を満たしてくれた。リードベリは彼を訓練してくれた先輩だった。ヴァランダーはときどき、今度は自分がアン＝ブリット・フーグルンドを仕込む番だと思うことがあった。

「盗難車のほうはどうですか？」

「相変わらずだ」ヴァランダーが言った。「この組織はとんでもない規模のものらしい」

「どこかに風穴を開けられますか？」

「もちろん、遅かれ早かれ、徹底的にやっつけてやる。だが、結果数ヵ月は静まっても、また始まるんだ」

「終わりということはないんですね？」

「そうだ。この町はバルト海に面している。海の向こう側にはわれわれと同じような暮らしをしたい人々がたくさんいるんだ。問題は、彼らには物を買う金がないことだ」

「一隻のフェリーに何台の盗難車が載っているんでしょうね」フーグルンドが興味深げに言った。

「それは知らないほうがいいというものだろうよ」

彼らはコーヒーを取りに行った。フーグルンドは週末から夏休みに入る。休みの間、彼女はイースタにいるらしい。ヴァランダーは仕事で世界中を旅行している夫が、今回はサウジアラビアに行っていると聞いていた。

「警部は休みにはなにをするんです？」休暇の話をしていたフーグルンドが訊いた。

「スカーゲンへ行くつもりだ」

「リガの女の人といっしょに？」フーグルンドがほほ笑みながら訊いた。

ヴァランダーは驚いて眉を上げた。

「どうして知ってるんだ？」

「みんな知ってますよ。ご存じなかったんですか？　わたしたちはいつも緊密に仕事してますから、秘密はなくなるんですよ」

ヴァランダーは心底驚いた。数年前、犯罪捜査の際に知り合ったバイバの話を、彼はだれにも話したことがなかったからである。彼女は殺されたラトヴィアの警察官の妻である。およそ半年前、彼女はイースタにクリスマスをいっしょに過ごすために初めてやってきた。四月の復活祭のときには、ヴァランダーがリガへ行って休暇を過ごしてきた。だが、彼女の話はだれにもしたことがなかった。同僚にも紹介しなかった。なぜだれも彼女のことを訊かなかったのだろう？　二人の関係はまだ安定したものではなかったが、彼女のおかげでヴァランダーはモナと離婚してから長い間陥っていた鬱状態から抜け出すことができたのだった。

「ああ、そうだ」ヴァランダーは答えた。「いっしょにデンマークへ行くつもりだ。休暇の残りの日々は、父親とゆっくりつきあおうと思う」

「リンダとも？」

「先週電話があって、ヴィスビーの演劇講座を受講すると言ってた」

「家具修理の仕事につくとか聞いてましたけど？」

「ああ、おれもそう聞いていた。だが、いまは女友達と芝居をするとか言っているよ」

「おもしろそうじゃありませんか？」

ヴァランダーはためらいがちにうなずいた。

「七月にこっちに来るといいんだが。最後に会ってからもうずいぶん時間がたっている」

彼らはヴァランダーの部屋の前で別れた。

「夏休みに、遊びに来てください。リガの女の人といっしょでもいいですし、リンダといっしょでも」

「バイバという名前だ」

彼は、バイバが来たらいっしょに家に遊びに行くと言った。

フーグルンドと話をしたあと、約一時間、彼は机の上の仕事に集中した。二度ばかりヨッテボリの警察署に電話をかけ、彼と同じ捜査をしている警官を探したが、つかまえられなかった。六時十五分前、彼はファイルを閉じて立ち上がった。今晩は外食することに決めていた。腹の肉をつかんでみて、体重がまだ減少中であることを確認した。バイバに太りすぎを注意されたのだ。それ以来、彼は食事の量を少なくしたが、まったく無理を感じなかった。そのうえ、彼は数回、ジョギングスーツを着て、退屈で嫌いなのに走りさえもした。

上着を着ながら、今晩はバイバに手紙を書こうと思った。部屋を出ようとしたとき電話が鳴った。一瞬、鳴り続けさせようと思った。が、机に戻って受話器を取った。

マーティンソンだった。

「いいあいさつでしたよ」マーティンソンが言った。「ビュルク署長はとても感激したようです」

「それはもう、さっき聞いた。なんの用事だ？　おれはいま帰るところだが」

「いま外から通報があったのですが、ちょっとおかしいのです。それで警部の意見を聞こうと思って」

ヴァランダーはいらだちながら話を待った。

「マースヴィンスホルムの近くに住む農夫からの通報です。彼の所有する菜の花畑に不審な行動をする女が入っているんだそうです」

「それだけか？」

「はい」

「菜の花畑に不審な行動をする女がいるって？　どんな行動だ？」

「電話をかけてきた農夫の話によれば、その女はなにもしないんだそうです。不審というのは、その女が菜の花畑にいるということ、そのことらしいです」

ヴァランダーは考える必要もないと思った。

「パトロール警官を送り込め。彼らの仕事だろう」

「問題は全部出払っていることです。自動車事故が二件、ほとんど同時に起きたんです。一件はスヴァルテへの曲がり角で、もう一件はホテル・コンティネンタルの真ん前で」

「深刻な事故か？」

「いいえ、人身事故にはならなかったようです。しかし、たいへんな交通渋滞になっています」

「それじゃ、手が空いたときにマースヴィンスホルムのほうにまわってもらえばいい」

「農夫は心底心配そうでした。どう説明したらいいのかわかりませんが。子どもたちを迎えに行く時間と重なっていなかったら、自分が行くところなんですが」

「わかった。おれが行こう。おまえさんの部屋のほうへ行くから廊下で会おう。その農夫の名前と家までの道はわかるか」

数分後、ヴァランダーは警察署から車で現場へ向かった。ロータリーで左に出てマルメ方面に向かう。助手席にはマーティンソンが書いてくれた道案内のメモがあった。通報してきた農夫はサロモンソンといい、住所はヴァランダーの知っている地域だった。E65に入ると、ヴァランダーは窓を開けた。道の両側に黄色い菜の花畑が広がっていた。こんなに気分がいいのはじつに久しぶりだった。バーバラ・ヘンドリックスがスザンナ役を歌う〈フィガロの結婚〉のカセットを押し込み、もうじきコペンハーゲンで会うことになっているバイバのことを思った。マースヴィンスホルムへの道との交差点で左に曲がり、城と城内の教会を通り過ぎて、また左に曲がった。彼はマーティンソンの道案内のメモにちらりと目を走らせ、道幅の狭い小道に入った。道はまっすぐ畑に繫がっていた。はるか彼方に海が見える。

サロモンソンの家はよく手入れされた古いスコーネ地方の民家だった。ヴァランダーは車を降りてあたりを見まわした。四方八方真っ黄色の菜の花畑に囲まれていた。そのとき、玄関のドアが開いた。玄関前の石段に立った男は、かなり高齢だった。手には双眼鏡を持っていた。ヴァランダーは、すべてはおそらくこの男の空想によるものだろうと思った。人里離れた田舎に住む一人暮らしの年寄りが空想や思い込みで警察に電話をかけてくることがよくあったからだ。ヴァランダーは玄関の前まで行って、あいさつした。

「イースタ警察のクルト・ヴァランダーです」

石段の上の男はひげも剃っていなかった。足に壊れた木靴をつっかけていた。

「エドヴィン・サロモンソンだ」と言って、年とった農夫は痩せた手を差しのべて握手した。

「なにが起きたのか、話してください」ヴァランダーが言った。

男は家の右側の菜の花畑を指さした。

「女を初めて見たのは今朝だった。わしは朝が早い。だが、女は五時にはすでに畑にいた。最初、わしは鹿かと思った。だが、双眼鏡で見てみると、女だった」

「その女はなにをしていたんです？　そんなところで」ヴァランダーが訊いた。

「立っていた」

「ほかには？」

「畑に立ってじっと見ていた」

「なにを？」

「女がなにを見ていたか、わしが知るはずはないだろう」

ヴァランダーは心の中でため息をついた。この年寄りは鹿を見たのにちがいない。それから空想がふくらんだのだ。

「知らない女の人ですか？」

「一度も見たことがない」男は答えた。「だれだか知っていたら、警察に電話をかけるはずがないだろうが」

ヴァランダーはうなずいた。

「今朝早く初めて彼女を見たということでしたが、あなたが警察に電話をかけてきたのは午後もかなり遅くなってからですね」

「不必要なことはしたくない」老人は言った。「警察は忙しいだろうと思って」

「双眼鏡で彼女を見たんですね？　菜の花畑の中に立っていた女を。あなたはいままで一度もその女を見かけたことがなかった。それで、どうしたんです？」

「服を着てから、畑に行って、そこを出ろと言った。女は菜の花を踏んづけていたからな」

「それで？」

「女は逃げた」

「逃げた？」

「ああ。菜の花畑の中に隠れた。うずくまって、わしに見えんように隠れたのだ。初め、わしは女が畑から出たと思った。だが、双眼鏡で見ると、やっぱりまだおった。わしはまた出ていって、そこから出ろと言った。それを何度も繰り返して、わしはすっかり疲れてしまった。それで警察に電話をかけたのだ」

「最後に見たのはいつ？」

「電話をかけるちょっと前だ」

「彼女はなにをしていましたか？」

「畑に立ってじっと見ていた」

ヴァランダーは畑のほうに目をやった。一面の菜の花以外には、なにも見えなかった。

「あなたからの電話を受けた警官は、あなたが心配そうだったと言ってましたが？」

「菜の花畑でなにをするというんだ？　なにかがおかしいと思わんか？」

ヴァランダーは老人との話はすぐにも切り上げようと思った。この年寄りは空想がふくらんで、話を作り上げているだけだ。明日にでも市の社会福祉課と連絡を取ることにしよう。

「私にできることはあまりなさそうだ。もうきっといなくなっているでしょう。どっちにしても、心配するようなことじゃありませんよ」

「いや、女はいなくなってなど、いない。わしにはいまのこの瞬間にも見えるぞ」

ヴァランダーは振り向いて、サロモンソンの指さす方向を見た。

女は五十メートル先の菜の花畑の中に立っていた。ヴァランダーの目に女の黒い髪が映った。黄色い菜の花の中で黒い髪が際立って見えた。

「行って話してきます。ここで待っててください」

彼は車のトランクから長靴を取り出した。それから菜の花畑に向かって歩きだした。すべてが非現実的だった。女はまったく動かずに彼を見ていた。少し近くまで行くと、女は髪の毛だけでなく、肌の色も濃いことがわかった。畑の境まで来ると、ヴァランダーは立ち止まった。片手を上げて、女を招きよせようとした。女は身じろぎもせずに立っている。かなり距離があり、ときどき揺れる菜の花がその顔を隠すにもかかわらず、その女はまだ少女で非常に美しいことが見てとれた。彼はこっちに来いと叫んだ。それでも彼女が動かなかったので、彼は畑の中に足を一歩踏み入れた。少女はすぐに姿を消した。あまりにもすばやかったので、動物のようだと彼は思った。同時に、腹も立った。菜の花畑に入ると、少女の姿を追った。みつけたとき、彼女は畑の東側にいた。ふたたび見失わないように、彼は走りだした。少女の足は速かった。彼は息切れがした。二十メートルほどの距離まで縮んだとき、二人は菜の花畑のまん中にいた。彼は少女に向かって止まれと叫んだ。

「ポリスだ！　動くな！」

ヴァランダーは少女に向かって歩きだした。とたんに、足をとめた。すべてが猛烈なスピードで始まった。少女はプラスティック容器を頭の上にかかげると、無色の液体を髪、顔、体に注ぎだした。この容器を持って走りまわっていたのだろうか、とヴァランダーは驚いた。その顔から、少女が非常に恐れていることがわかった。目が大きく見開かれ、その目で彼を見つめ続けている。

「ポリスだ！」彼はふたたび叫んだ。「話をしたい」

そう言ったとたん、ガソリンの臭いが鼻を突いた。少女の手に突然ライターが握られていた。ライターをともすと、髪の毛に火をつけた。ヴァランダーが叫んだのと、少女がまるでたいまつのように燃えだしたのは同時だった。ヴァランダーは体がすくんで動けなかった。その間にも、少女は燃えながらふらふらと菜の花畑をただよっている。ヴァランダーの耳に自分自身の叫び声が響いた。だが、燃えている少女は静かだった。ずっとあとで、ヴァランダーは彼女が叫んだのかどうか、思い出せなかった。

ヴァランダーがやっと少女に向かって走りだそうとしたとき、菜の花畑が一気に燃えだした。あたりが煙と炎に包まれ、ヴァランダーは両手で顔をおおい、やみくもに走った。畑の境まで来たとき、あぜに足をとられて転んだ。後ろを振り返って、少女が倒れるのを見た。まもなくその姿は炎でまったく見えなくなった。倒れる前、少女は両手を上げていた。まるで彼女を狙う銃口にやめてと懇願するように。

菜の花畑は燃えた。
遠く離れた後方からサロモンソンの叫びが聞こえた。
ヴァランダーは震える足で立ち上がった。
そして顔をそむけて嘔吐した。

3

のちに、ヴァランダーにとって、菜の花畑で燃えた少女のことは思い出すのも苦しい、できることなら忘れたい悪夢のような経験となった。その日の夕方から夜中まで、彼は表面的には平静に見えたが、後で考えてみると、全体的なことではなく、どうでもいいような部分的なことしか思い出せなかった。しかし、アン＝ブリット・フーグルンドはもちろんのこと、マーティンソンもハンソンも、彼の平静さに少なからず驚いた。彼らには、彼が装った表面的な平静さが見抜けなかったのである。内面は家が崩壊するかのような大混乱が起きていた。

家に着いたのは夜中の二時過ぎだった。ソファに腰を下ろしたとき初めて、しかもまだ煤だらけの服も脱がず泥にまみれた長靴も履いたまま、それまで装っていた平静さが破れた。ウィスキーをグラスに一杯注ぐと、バルコニーのドアから入ってくる夏の夜のやわらかい空気の中で、彼は子どものように泣きだした。

自分の体に火をつけて焼け死んだ少女はまだ子どものように見えた。ヴァランダーは娘のリンダのことを思った。

長い間仕事をしていれば、人が暴力的な突然の死に襲われた現場に向かう警察官は、なにを見ても動じない心の準備ができているものだ。首を吊った者も見たし、猟銃を口にくわえて撃ち放った者も見た。頭のどこかで見たものをコントロールする訓練ができるようになるのだ。

しかし、幼い子どもや少年少女が巻き込まれている場合は別だった。そういうとき彼は、警官に成りたてのときと同じようにナイーブになった。警官というものは彼の知るかぎりほとんど同じように反応する。子どもや少年少女が暴力に巻き込まれたりなどして無意味に死ぬと、反射的に護ってやりたい気持になるのだ。警官として働き続けるかぎり、これからもきっとそうだろう。

相手がまだ少女だとわかり、保護者的な気持ちになったあとのヴァランダーの動きは機敏だった。口のまわりを拭きながら、ぼう然として焼けた菜の花畑を見ているサロモンソンに走り寄り、電話はどこにあるのかと訊いた。サロモンソンが問いの意味がわからないのを見て、いや、そもそも問われていることにさえ気づかない様子なのを見て、老人を無視して家の中に飛び込んだ。家の中には風呂に入らない老人独特の臭いが充満していた。電話は玄関の隅にあった。ヴァランダーは救急センターに電話をかけた。あとで、電話を受けた交換手は、事件の説明をして一斉出動を要請したヴァランダーがじつに冷静だったと言った。燃える菜の花畑の炎は、サロモンソンの家の窓まで飛んできて、まるで夏の夜が投光機の強い光に照らし出されているように見えた。

マーティンソンへ電話をかけると、上の子どもが電話口に出た。次に彼の妻と話し、やっと庭仕事をしていたマーティンソンが出てきた。できるだけ簡潔に説明したうえで、ハンソンとアン＝ブリット・フーグルンドにも電話をかけてくれとたのんだ。それから台所へ行って、流しで顔を洗った。ふたたび外に出たとき、サロモンソンはまださっきと同じ場所に立ち尽くしていた。目の前で繰り広げられた摩訶不思議な光景がまったく理解できない様子だった。近くの住人が数人、車で駆けつけてきた。が、ヴァランダーは立入禁止だと叫んで彼らを近づけなかった。サロモンソンに近づくことさえ禁じた。遠くから消防車のサイレンが聞こえた。彼らのほうがほとんどいつも警察の到着よりも早い。消防車のすぐあとに警察のパトロール車と救急車が到着した。消防署の署長はペーター・エドラーといい、ヴァランダーが信頼している男だった。

「なにが起きたんだ？」エドラーが訊いた。

「あとで説明する。畑の中を踏み荒らすな。人が一人、死んでいる」

「炎に家まで巻き込む勢いはない」エドラーがうなずいた。「現場と周囲の間にバリアを作ろう」

エドラーはサロモンソンに近づき、壁の厚さを訊き、畑と畑の間の溝の幅を訊いた。救急隊の職員がヴァランダーのほうにやってきた。見たことのある顔だったが、名前が思い出せなかった。

「けが人は？」

ヴァランダーは首を振った。

「人が一人死んでいる。菜の花畑の中で」

「それじゃ死体搬送車が必要だ」救急車を運転するその男は言った。「いったいなにがあったんですか？」

ヴァランダーは答えなかった。代わりに、パトロール警官のノレーンに話しかけた。ノレーンとはよく知っている間柄だった。

「畑の中に女が一人死んでいる。火が消えるまでは、見物人を入れないようにするしかない」

ノレーンはうなずいた。

「事故ですか？」

「いや、自殺と言っていいだろう」ヴァランダーが答えた。

数分後、マーティンソンが到着したとき、ヴァランダーはノレーンから紙カップのコーヒーを一杯受け取った。カップを受け取った自分の手を見て、震えていないのを不思議に思った。そのあとすぐにアン＝ブリット・フーグルンドがハンソンといっしょに到着した。ヴァランダーは事件の経過を説明した。

彼は何度も、女はたいまつのように燃えたと繰り返した。

「ひどい話だわ」フーグルンドが首を振った。

「とてもそんな表現じゃ言い表せない。おれはなにをすることもできなかった。署のみんながこんな経験をしないように祈るばかりだ」

彼らは無言で消防士たちが火を周囲から隔離する仕事を見守った。すでに大勢の見物人が集まっていたが、警察官たちによって現場から遠いところに足留めされていた。

「どんな女性でした？」マーティンソンが訊いた。「近くで見たんですか？」

ヴァランダーはうなずいた。

「だれかあの老人と話をしてくれ」と彼は言った。「サロモンソンという名前だ」

ハンソンがサロモンソンをうながして家の中に入り、台所へ行った。

フーグルンドはペーター・エドラーと話しに行った。火はすでにかなりおさまっていた。戻ると、彼女はあと一時間もすれば完全に鎮火するそうだと言った。

「菜の花は火の回りが早いのだそうです。そのうえ地面は濡れていました。きのう雨が降ったために」

「女性と言ってもまだ子どもだった」ヴァランダーは話しだした。「髪の毛は黒く、肌も黒かった。黄色いウィンドブレーカーを着ていた。下はジーンズだったと思う。靴を履いていたかどうかわからない。とにかく、彼女は怖がっていた」

「なにを？」マーティンソンが訊いた。

ヴァランダーは答える前によく考えた。

「おれを、だと思う。確かではないが、おれが、ポリスだ、止まれと叫んだあと、彼女はもっと恐怖をつのらせたようだった。ほかになにを怖がっていたのか、むろんおれにはわからないが」

「ということは、彼女は警部の言葉がわかったということですね？」

「どうだろう。とにかくポリスという言葉はわかったようだった」

畑の火事はいま濃い黒煙だけになった。

「畑にはほかにだれもいなかったのですか？」フーグルンドが訊いた。「少女が一人だったのは確かなのですね？」

「いや、確信はない。だが、彼女以外の人間の姿は見えなかった」

彼らは彼の言葉を嚙みしめた。沈黙が流れた。

あの少女はだれなのだ、どこから来たのだろう？　なぜ自分に火をつけたのだろう？　死にたいと思ったとして、なぜあんなに苦しい方法を選んだのか？

ハンソンが老人と話し終わって、家から出てきて言った。

「スウェーデンもアメリカを見習ったほうがいい。鼻の下にミントの匂いの消臭剤を塗らなくちゃ。ひどい臭いだったよ、あの家の中は！　男はカミさんよりも長生きするべきじゃないね」

「救急隊の一人に、サロモンソンの具合を訊いてもらってくれ。ショックを受けているようだから」

ヴァランダーが言うと、マーティンソンがそれを伝えに行った。ペーター・エドラーがやってきて、ヘルメットを脱いでそばに立った。

「もうじき終わる。だが、今晩は車を一台残しておこうと思う」

「いつ畑に入って捜査できる？」

「あと一時間もすれば。煙はしばらくは消えないだろうが、地面の熱はかなり下がったはずだ」

ヴァランダーはペーター・エドラーを少し離れたところに連れていった。

「なにが燃え残っている？　あの少女は五リットルのガソリンを自分の頭からかけた。まわりのものがすべて吹き飛んだように、彼女もまた吹っ飛んだのではないか」

「ひどい姿だよ」ペーター・エドラーは率直に言った。「黒こげだが、遺体はそのまま残っていると思う」

ヴァランダーはそれ以上はなにも訊かなかった。それからハンソンのところに戻った。

「どう見ても、これは自殺だな。あんたというちばん確実な証人がいる。」ハンソンが言った。

「サロモンソンはなんと言ってた？」ヴァランダーが訊いた。

「今朝五時に菜の花畑に現れるまで、一度も見たことのない女だと。あの老人がうそをつかなければならない理由はない」ハンソンが言った。

「つまり、われわれはあの少女がだれなのか、まったくわからないということだ。彼女がなにから逃げていたのかも」

ハンソンが眉を寄せた。

「なぜ彼女が逃げていたと言うのかね？」

「怖がっていたからだ」ヴァランダーが言った。「彼女は菜の花畑に隠れていたんだ。そして警官が来たと知ると、彼女は自ら進んで体に火をつけることを選んだ」

「彼女がどう考えたかは、われわれの知るところではない。怖がっていたというのも、あんたの思い過ごしかもしれない」

「いや、それはない」ヴァランダーがきっぱりと言った。「おれはさんざん恐怖を見てきた。恐怖のことならよく知っている」

救急隊の一員が彼らのほうにやってきた。

「老人を病院に運びます。ずいぶん体調を崩しているようなので」

ヴァランダーはうなずいた。

まもなく、警察の鑑識課の車が到着した。ヴァランダーは煙のくすぶる畑のおよそどの辺に遺体が横たわっているか見当をつけて指さした。

「警部はもう引き揚げたらどうですか？　今日はもう十分に働いたでしょう」フーグルンドが言った。

「いや、おれは残る」ヴァランダーは首を振った。

煙が消えて、ペーター・エドラーが畑に出て捜査を開始してよしとの許可を与えたときには、時計はすでに八時半を示していた。夏の夜は明るかったが、ヴァランダーは投光機を取り付けるように命じた。

「畑で、遺体以外になにかみつかるかもしれない」ヴァランダーが言った。「足元に気をつけるんだ。用のない者は現場に足を踏み入れるな」

そう言ってから、彼はこれからやらなければならないことを思っていやな気分になった。できればその仕事をほかの者に譲って、一刻も早くその場を離れたかった。

ヴァランダーは一人で畑に入った。ほかの者たちは動かず、彼を見守った。これから見るものを思うと、彼は胃がきりきり痛んだ。

彼はまっすぐ遺体のそばへ行った。腕は、炎に包まれた死の直前に彼が見たままの、まっすぐに伸ばされた状態で固まっていた。髪と顔、それに服も黒こげだった。真っ黒こげの死体は生きていたときの恐怖と絶望をそのまま残してそこに横たわっていた。ヴァランダーは黒く焼けた地面を引き返した。一瞬、自分は気を失うのではないかと不安になった。

鑑識課は投光機をつけて仕事を始めていた。すでに蛾が光のまわりを飛びまわっている。一同はサロモンソンの台所に入り、ハンソンが窓を開けて換気をした。椅子に腰掛けて、食卓を囲んだ。アン＝ブリット・フーグルンドの提案で、サロモンソンに無断で彼の台所を使ってコーヒーをいれることにした。

「ここには煮出すタイプのコーヒーしかないわ。それでもいいですか？」台所の棚を探しまわったあげく、フーグルンドが言った。

旧式の引き戸の棚のそばに、これまた旧式の時計がかけてあった。ヴァランダーはそれが止まっていることにそのとき初めて気がついた。一度、リガのバイバの家で、このような時計を見たことがあると思った。そしてその時計の針もまた動いていなかったことも思い出した。

なぜか時計は止まる、とヴァランダーは思った。まるで針がまだ起きていないできごとを時間を止めることによって呪っているようだ。バイバの夫は凍てつく寒さの晩、リガの港で殺された。一人の少女が菜の花畑でまるで海で難破した船のように、人間が体験しうるもっとも苦しい方法で人生と別れた。

そのやり方が、ヴァランダーにはまるで彼女が自らを最悪の敵とみなしたためのように思えた。彼女が逃げたかったのは、腕を振って話しかけていた警官からではなかったはずだ。

彼女は自分自身から逃げたかったのではないか？

ヴァランダーはテーブルのまわりの沈黙から抜け出そうとした。残りの者たちは彼の言葉を待った。窓の外では、鑑識係が投光機の光の中で焼死体のまわりを這いまわっていた。カメラのフラッシュが光った。そしてすぐにまたもう一回。

「死体搬送車にだれか連絡したか？」ハンソンが急に思い立ったように訊いた。

ヴァランダーにはその声がまるで鼓膜にものを投げつけられたように聞こえた。ハンソンの発した単純で実質的なその問いは、できることなら忘れてしまいたい現実に彼を引き戻した。

いくつもの光景が、頭の中のいちばん傷つきやすい部分を通り、浮かんでは消えた。ヴァランダーは美しいスウェーデンの夏の田舎道を車で走っていた。バーバラ・ヘンドリックスの声が、力強く澄みわたって響いていた。それから、不安げな動物のように、背の高い菜の花畑に隠れる少女を見た。突然、惨事が起きた。起きてはならないことが。

死体搬送車が夏そのものを運び去った。

「プリッツなら、仕事の手順を知っています」マーティンソンが言った。それでヴァランダーはさっき思い出せなかった救急隊の職員の名前がそれだとわかった。

ここでなにか言わなければならない。

「さて、われわれにわかっていることはなにか？」ヴァランダーはためらいながら話しだした。口から出る一語一語が彼に抵抗するようだった。「早起きの一人暮らしの老農夫が、自分の菜の花畑に知らない女がいるのを発見した。老農夫はその女に声をかけて、畑から出ていけと言った。菜の花が踏みつけられるのがいやだったからだ。彼女は畑の中に隠れた。老人が何度注意しても同じことだった。それで老人は夕方、警察に通報した。パトロール警官たちが車の衝突事故で出払っていたので、おれがこの現場に来た。正直に言うと、おれは老農夫の言葉をそのまま受け止めることができなかった。話を聞き終わったら引き揚げて、明日にでも市の社会福祉課に連絡しようと思った。サロモンソンにははっきり言って認知症の問題があるように思えたのだ。しかし、そのとき女が菜の花畑に現れた。少女だった。おれは彼女と話をしようとしたが、彼女は隠れてしまった。次に現れたとき、プラスティック容器を頭の上にかかげ、ガソリンをかぶり、ライターで自分の体に、命に火をつけた。あとは知ってのとおりだ。少女は一人だった。ガソリン入りの小さなタンクを持っていた。自死に間違いない」

そこで彼は急に黙った。これ以上、なにを言っていいかわからなかった。少し経って、また話しだした。

「少女がだれか、われわれは知らない。なぜ自殺したのかもわからない。おれは彼女の特徴をはっきり言うことができるが、それ以上のことはなにもわからない」

フーグルンドが欠けたコーヒーカップを戸棚から取り出した。マーティンソンが庭に出た。彼が戻ったとき、ヴァランダーは不明確ながらも自分の知っていることをまとめて、今後の捜査の方向を探ってみた。

「少女がだれなのか、突き止めなければならない。それがもちろん、いちばん肝心なことだ。われわれがしなければならないのはそれだけかもしれない。失踪者リストに当たってみよう。おれは彼女の特徴を書き出してみる。彼女の皮膚の色は濃く見えた。移民と移民の居住地を重点的に当たってみるべきだろう。鑑識がなにをみつけるか、結果を待とう」

「とにかく犯罪がここで起きたというのでないことだけは確かだ」ハンソンが言った。「つまり、われわれの任務は少女の身元を突き止めること、それだけだな」

「少女はどこから来たか」アン＝ブリット・フーグルンドが言った。「歩いてきたのか、それとも自転車に乗ってきたのか？　車で来たのか？　ガソリンタンクはどこで手に入れたのか？　疑問はたくさんあります」

「もう一つ、なぜこの場所なのか？」マーティンソンが言葉を挟んだ。「なぜサロモンソンの菜の花畑なのか？　ここは幹線道路からかなり引っ込んだところにあるのに」

疑問は宙に浮いたままになった。ノレーンがやってきて、ジャーナリストたちがなにが起きたのか知りたがっていると伝えた。ヴァランダーは体を動かしたくて立ち上がった。

「おれが話そう」

「ありのままを話すんだ」ハンソンが言った。

「ほかにどんな話しようがある？」ヴァランダーは訊き返した。

ヴァランダーは外で待っていたジャーナリストたち二人ともに見覚えがあった。一人はイースタ・アレハンダ紙の女性記者、もう一人はアルベーテット紙の年配記者だった。

「まるで映画の撮影現場のようですね」女性記者が焼けた菜の花畑に据え付けられた投光機を指さして言った。

「ああ。しかしこれは撮影現場じゃない」ヴァランダーは言った。

彼は起きたことをそのまま話した。火事で女性が一人死んだ。犯罪の疑いはない。その女性の身元がまだ不明なので、いまのところこれ以上は話すことができない。

「写真を撮ってもいいですか？」アルベーテット紙の記者が訊いた。

「何枚でも撮っていい。ただし、この場からだ。畑に入るのは禁止だ」

ジャーナリストたちは満足したようで、車に戻っていった。ヴァランダーが家の中に入ろうとすると、さっきから畑を這いつくばっていた鑑識係の一人が彼を手招きした。彼はそっちに足を運んだ。両腕を上にあげた少女のほうは見ないようにした。彼を呼んだのは、イースタ警察でも腕が確かなことで有名な、へそ曲がりのスヴェン・ニーベリだった。彼らは投光機の光の境目で足を止めた。焼き払われた菜の花畑の上を、海からのかすかな風が通り抜けた。

「みつけたものがある」ニーベリが言った。

彼は手に持っていたビニール袋をヴァランダーに渡した。ヴァランダーは袋に光が当たるように、投光機の一つに近づいた。透明な袋の中には、金のペンダントが入っていた。

「ペンダント・トップになにか文字が刻み込んである。ＤＭＳという頭文字だ。聖母マリアの形をしている」ニーベリが説明した。

「なぜ溶けなかったんだ？」ヴァランダーが訊いた。

「畑の火事は金を溶かすほど温度が上がらない」

ニーベリの声は疲れていた。

「捜査に必要なものをみつけてくれたな。少女の身元はまだわからないが、手がかりにはなる」

「もうじき遺体の運び出しができる」と言って、ニーベリは畑のすぐそばで待機している死体搬送車をあごでしゃくった。

「死体はどんな具合だ？」ヴァランダーが探りを入れた。

ニーベリは肩をすくめた。

「もしかすると歯からなにかわかるかもしれない。病理学者は優秀だからな。年齢がわかるだろう。最新の遺伝子工学を使えば、彼女がスウェーデン人の両親から国内で生まれたのか、あるいはどこかほかの土地で生まれたのかもわかるだろう」

「台所にコーヒーがある」ヴァランダーが言った。

「いや、いらない」ニーベリは首を振った。「できるだけ早く終わらせたいのだ。明日の朝、畑全体を調べたい。犯罪がおこなわれたわけではないので、明日まで待ってもいいだろう」

ヴァランダーは台所に戻り、金のアクセサリーの入ったビニール袋をテーブルの上に置いた。

「これで捜査が始められる。聖母マリアの形のペンダントだ。ＤＭＳという文字が彫り込まれている。今日はここで解散しよう。おれはあと少しここに残る」

「それじゃ明朝九時に」と言って、ハンソンが立ち上がった。

「いったいだれなんです、あの女の子は」マーティンソンが言った。「犯罪性はないかもしれないが、やはり犯罪ではある。彼女は自分を殺したんですからね」

ヴァランダーはうなずいた。

「自分を殺すのと自死とは二つの別のことだ。おまえさんはそう言いたいのか？」

「ええ。もちろん、とくに深い意味はありませんが。スウェーデンの夏はたまらなくきれいで、しかも短い。このようなことが起きるにはふさわしくないときですよ」

彼らは庭で別れた。アン＝ブリット・フーグルンドが最後だった。

「正直言って、わたしじゃなくてよかったという思いです。警部の気持ち、お察しします」

ヴァランダーは答えなかった。

「それじゃ、明日」とだけ言った。

車がぜんぶ引き揚げてしまうと、ヴァランダーは家の前の石段に腰を下ろした。投光機はみじめな畑でおこなわれている芝居を明々と照らし出していた。彼一人が観客だった。

風が吹きはじめた。夏の暖かさが待ち遠しい。空気が冷たかった。石段の上で彼は寒さに震えた。暖かさが無性に恋しかった。早く夏が始まってほしかった。

少しして彼は立ち上がり、家の中に入って台所へ行き、コーヒーカップを洗った。

4

眠っているヴァランダーの体がビクッと動いた。だれかに片足をつかまれた感じがした。目を覚ますと、ベッドの足元の板と厚いマットレスの間に足が挟まっていた。足を抜くために体を横向きにしたあと、じっと動かずに寝ていた。夜明けの薄明かりが、だらりと下がったロールカーテンを通して部屋の中に入ってきていた。ベッドのそばの時計を見た。四時半だ。二、三時間しか眠っていない。疲れていた。彼はまだ菜の花畑にいた。いまはもっとはっきりと少女の顔が見える。「この子が怖がっているのはおれじゃない」と彼は思った。「この子が隠れていたのはおれからでもサロモンソンからでもない。だれかほかの人間からだ」

ヴァランダーは起き上がって、台所へ行った。コーヒーができるまでの間に散らかりっぱなしのリビングへ行って留守番電話を見た。赤い光が点滅している。再生ボタンを押した。最初のメッセージは姉のクリスティーナからだった。

「電話してちょうだい。できれば二日以内に」

ヴァランダーはすぐに父親のことだと思った。父親は家に来ていたヘルパーの女性と結婚して、いまはもう一人暮らしではないのに、あいかわらず気分にむらがあって、ときどき手に負えなくなる。二番目のはスコンスカ・ダグブラーデット紙の販売員からの勧誘だった。彼が台所に戻ろうとしたちょうどそのとき、もう一つ残っていたメッセージの再生が始まった。

「バイバです。タリンに二、三日行ってきます。土曜日には戻ります」

聞いたとたんに、抑えることができないほどの嫉妬にかられた。なぜタリンへ出かけるんだ？　この間の電話ではそんなことを言っていなかったのに。台所へ行ってコーヒーを注ぎ、リガへ電話をかけた。おそらくバイバはまだ眠っているだろう。だが、何度ベルが鳴っても、バイバは電話に出なかった。もう一度かけ直してみたが、今度もまた同じだった。不安がふくらんだ。朝五時にタリンへ出かけるとは考えられない。なぜ家にいないのだろう？　それとも家にいるのに電話に出ないのだろうか？　ヴァランダーはコーヒーカップを持ってマリアガータンに面したバルコニーのドアを開け、椅子が一個しか置けない狭いスペースに腰を下ろした。またも菜の花畑を逃げまわる少女の姿が頭に浮かんだ。一瞬、少女がバイバに似ているような気がした。ヴァランダーは自分の嫉妬は根拠のないものだと思おうとした。そんな権利もないのだ。彼らは二人のあやうい関係を不必要な貞節の約束で縛りつけるのはやめようと決めていた。クリスマスにバイバがイースタにやってきたとき、イブの真夜中から当日の朝にかけて互いにどのような関係を望むかをゆっくり話し合った。ヴァランダーとしては、彼女と結婚したいのが真意だった。だが、彼女が自由でいたいと言ったとき、彼はすぐに賛成した。彼女を失いたくなかったので、どんなことにも賛成するつもりだった。

まだ早朝だというのに、空気はすでに暖かかった。空は明るい青だ。ヴァランダーはゆっくりコーヒーを飲み、黄色い菜の花畑で命を絶った少女のことを頭から追い出そうとした。コーヒーを飲み終わると、ふたたび寝室へ行って、クローゼットをかき回して汚れていないシャツを探した。シャワーを浴びる前に、アパート中の床から汚れた服をかき集めた。汚れた衣類はリビングのまん中に山になった。今日にも洗濯室に予約を入れておこう。

六時十五分前、彼は部屋を出て道路に停めておいた車へ向かった。車に乗り込むと、車検を今月末までにしなければならないことを思い出した。レゲメントガータンへ出て、そのあとウスターレーデンへと車を走らせた。あらかじめ決めていたわけではなかったが、いつのまにか町の外に出ていた。クロノホルムスヴェーゲンにある新墓地に車を着けた。車を降りて、低い墓石の間をゆっくり歩いた。ときどきぼんやりと覚えのある名前を目にした。墓石に自分と同じ生まれ年を見かけると、彼は目をそらした。青い作業着の若者たちがモペットにつないだ運搬車から草刈り機を降ろしていた。木立のあるコーナーまで来ると、ベンチに腰を下ろした。ここに来たのは、四年ほど前、リードベリの骨の灰を撒きに来たとき以来のことだ。あのときはビュルクもいっしょだった。それと、ヴァランダーが名前も知らない、リードベリの遠い親戚も。あれから何度も、ここに来ようと思ったが、いままでできなかった。

墓石があるほうがいい、とヴァランダーは思った。リードベリと名前が刻んである墓石があれば、記憶をたどるとき、それを見て集中できる。死者の、目に見えない精神が風に吹かれて飛びまわっていることのコーナーで、おれはリードベリを思い出すことができない。

彼はリードベリの外見がどんなふうだったかさえ、すべてを思い出せないことに気がついた。リードベリはおれの中でも死にかけているんだ、と彼は思った。きっともうじき記憶も朽ちてしまうのだろう。

不快感が突き上げてきてヴァランダーは急に立ち上がった。燃えている少女は彼の頭の中を絶えまなく飛びまわっている。彼はまっすぐ警察署へ行き、自室に入ってドアを閉めた。七時半、盗難車の報告書を書き上げた。休暇前にスヴェードベリに渡すことになっていたものだ。そしてファイルやホルダーを床に置いて、机の上を片づけた。

机の上の厚い下敷きを持ち上げてみた。メモの紙切れが忘れられていることがよくある。メモはなかったが、数ヵ月前に買ったスクラッチくじが見つかった。定規で引っ掻いてみると、二十五クローネ当たっていた。廊下からマーティンソンの声が聞こえた。そしてアン＝ブリット・フーグルンドの声が続いた。椅子に寄りかかって両足を机の端に上げて目を閉じた。片方のふくらはぎがつって、目を覚ました。十分ほども眠ったのだろうか。その瞬間、電話が鳴った。受話器を取ると、検事局のペール・オーケソンの声が聞こえてきた。彼らは天気のことなどのあいさつを交わした。長年いっしょに働いているうちに、口に出したことはなかったが、彼らはゆっくりと友情を育んできた。ときに、逮捕のことで意見が衝突することもあり、再逮捕するには証拠が不十分だとオーケソンが却下することもあったが、二人の間にはほかの感情もあった。深い信頼感のようなものだった。私生活でのつきあいはまったくなかったにもかかわらず。

「今朝の新聞でマースヴィンスホルムで焼死した女の子の記事を読んだ」ペール・オーケソンが言った。「私の仕事に関係する事件かね？」

「あれは自殺です」ヴァランダーが答えた。「年とったサロモンソンという農夫のほかに、証人が一人います。私です」

「それはまた。そんなところできみはなにをしていたんだ？」

「サロモンソンが通報してきたとき、いつもならパトロール警官が行くところですが、手の空いている者がいなかったので、私が行ったのです」

「焼死とはね。ひどい姿だっただろう」

「ひどいなどというものじゃなかった。少女がどこのだれか、まだわかりません。まずそれを調べることに集中するつもりです。すでに新聞を読んだ一般市民からの通報が始まっているはずです。娘が失踪した、身に覚えのある家族が電話をかけてくるはずですから」

「犯罪性はないという確信があるのだね？」

なぜか突然ヴァランダーはためらいを感じた。

「ええ」少し間をおいて彼は答えた。「あれ以上はっきりと自分で命を絶つことはできませんよ」

「だが、きみはそんなに確信がないように聞こえるが？」

「いや、昨夜よく眠れなかっただけです。さっき言われたように、ひどい経験でしたから」

会話が途切れた。ヴァランダーはペール・オーケソンがなにかほかにも話したいことがあるのだと感じた。

「電話をしたのはほかにも理由がある。ほかには知られたくないことだ」

「私は口の軽いほうではありませんが」

「前に、別の仕事がしたいと話したのを覚えているか？　手後れになる前に、年をとりすぎる前にという意味だが」

ヴァランダーは思い出した。

「国連と難民についての話なら、覚えています。スーダンだったか？」

「いや、ウガンダだ。じつは話が決まったんだ。仕事があるから来いと。引き受けようと思っている。九月から一年間、ここの仕事は休みをとるつもりだ」

「奥さんはなんと？」

「じつは、そのことで電話をしたんだ。きみの助言がほしくてね。妻とはまだこの話をしていないんだ」

「いっしょに行こうと思っているんですか？」

「いや」

「それじゃ、きっと驚くでしょうね」

「どんなふうに話を切りだしたものか、なにかいい考えがあるか？」

「いや、残念ながら。だが、正しいと思いますよ。人生は人を刑務所に送り込むだけではないはずですから」

「どうなったか、あとで知らせるよ」

電話を切ろうとしたとき、ヴァランダーは訊かなければならないことを思いついた。

「あなたが休暇をとっている間の代理検事は、アネッテ・ブロリンですか？」

「いや、彼女は反対側の人間になったよ。ストックホルムで弁護士をしている。そう言えば、きみは彼女に少し関心があったんだね？」

「いやべつに。ただ、訊いただけです」

彼は受話器を置いた。思いがけず、うらやましいという思いが胸を突き上げた。自分もウガンダへ行きたい。まったく別のことをしたい。若者がガソリンをかぶってたいまつのように自分の命に火をつけるのを見るよりもつらい仕事は、決して多くはないはずだ。ペール・オーケソンが、外に憧れる気持ちを単に言葉にするだけでなく実行に移すのがうらやましかった。

前日、田舎道を車で走ったときの喜びがすっかり消えてしまった。彼は窓際に立って、道路をながめた。イースタ市の水塔付近の芝生は青々としていた。ヴァランダーは一年前のことを思った。一年前の春、彼は長い病気休暇をとっていた。捜査過程で人を殺したためだった。あのとき陥った深刻な鬱状態。自分はあの精神状態から本当に回復しているのだろうか。おれもペール・オーケソンのようにするべきだ。おれにとってのウガンダがあってもいいはずだ。おれとバイバにとっての。

彼は長い間そのままそこに立っていた。それから机に戻って、受話器を取って姉のクリスティーナに電話した。数回かけてみたが、いつも通話中だった。机の中から大学ノートを取り出し、しばらくきのうの報告書を作った。それからマルメの病理学者に電話をかけた。焼死体について二、三、訊きたいことがあったが、つかまえられなかった。九時五分前、彼はコーヒーサーバーからコーヒーを取ってきて、会議室に行った。アン＝ブリット・フーグルンドは電話で話していた。マーティンソンは庭道具のカタログに目を通していた。スヴェードベリはいつもの場所に座って、鉛筆で首の後ろを掻いていた。窓が一つ開いていた。ヴァランダーは部屋に入ったところで立ち止まり、これとすっかり同じ光景を前にも見たことがあるような気がした。まるで一度体験したことの中にもう一度入り込んだような気分だった。マーティンソンはカタログから目を上げ、ヴァランダーにうなずいてあいさつした。スヴェードベリがなにか聞こえないような言葉を低く吐いた。アン＝ブリット・フーグルンドは電話で子どもになにか言い聞かせている。ハンソンが部屋に入ってきた。片手にコーヒーカップを、もう片方には鑑識課が畑でみつけたものをビニール袋に入れて持っている。

「あんたは眠らないのか？」ハンソンが訊いた。

ヴァランダーはその問いに腹が立った。

「なぜそんなことを訊く？」

「自分の顔を鏡で見たか？」

「きのうは遅くなっただけだ。おれは必要なだけの時間は眠っている」

「サッカーのワールドカップだな。中継が夜中だからな」

「いや、関係ない。おれは見ないから」

ハンソンは驚いて目を上げた。

「関心ないのか？　スウェーデン中の人間が夜中に観戦していたと思ったが？」

「あまり関心があるほうじゃないな、おれは。しかし、そういう人間は少ないらしいということはわかってる。だが、おれの知るかぎり警察庁長官が、サッカー観戦しないことは職務怠慢という警告を出している様子はない」

「これが最後の経験になるかもしれないぞ」ハンソンが悲観的に言った。

「なんの経験だ？」

「スウェーデンがワールドカップに出ることだ。いまはただ、最悪の結果に終わらないように祈るのみだ。スウェーデンはディフェンスがだめだとおれは思ってる」

「そうか」ヴァランダーは調子を合わせて返事をした。アン＝ブリット・フーグルンドの電話はまだ終わらない。

ヴァランダーは次に続く言葉を待ったが、ハンソンはそれきりなにも言わなかった。ハンソンがスウェーデンのゴールキーパーの名前を言ったのだということぐらいは、ヴァランダーにもわかった。

「ラヴェリだよ」

「ラヴェリがどうした？」

「おれはあの男が心配だ」

「なぜだ？　どこか具合でも悪いのか、あの男は？」

「あいつは調子のいいときと悪いときの差が激しいんだ。カメルーン戦のときはよくなかった。ボールの蹴りもよくなかったし、ゴール付近での動きがおかしかった」

「おれたちだって同じだ。警官も調子の差が激しいさ」

「そんなことは比べられるものじゃない」ハンソンが言った。「われわれは少なくとも秒単位で出動するべきか待機するべきかの判断に迫られることはないからな」

「それはどうかな。警察の出動とゴールキーパーのダッシュは似ているところがあるんじゃないか？」

ハンソンは首を振ってヴァランダーを見たが、なにも言わなかった。

話はそこで途絶えた。全員席についてフーグルンドが電話を終えるのを待った。女性警官を認めることがなかなかできないスヴェードベリは、鉛筆の先でテーブルを叩いてみんなが待っているのを知らせた。ヴァランダーはそろそろスヴェードベリに意味のない強がりはやめるように言わなければならないと思った。アン＝ブリット・フーグルンドはいい警官だ。多くの面でスヴェードベリよりも優れているとすら言えた。

ハエが彼のコーヒーカップのまわりを飛びまわっている。

フーグルンドは電話を終えて席についた。

「自転車のチェーンが壊れたというんですよ。子どもはときどき、母親には家に帰って自転車のチェーンを直すよりも重要な仕事があることが理解できないんです」

「いや、家に帰って直してくればいい」ヴァランダーが言った。「われわれがあんたなしで会議を進めればいいのだから」

彼女は首を振った。

「今度だけでなく、今後続けられないようなことを、子どもたちにやってあげることはできませんから」

ハンソンはペンダントの入った透明ビニール袋をテーブルの上に置いた。

「身元が特定できない少女が自殺した。犯罪がおこなわれたわけではない。われわれの仕事は身元を調べ上げることだけだ」

ヴァランダーはハンソンが突然ビュルクのような口調で話しはじめたように感じた。笑いだしそうになったが、かろうじて抑えた。アン＝ブリット・フーグルンドの視線と出合った。彼女もまた同じように感じたらしかった。

「通報が入ってきています」マーティンソンが言った。「外からの通報を受けるための警官を一人配置しました」

「その警官にはあとで少女の特徴を話しておく」ヴァランダーが話を受けた。「そのほか、われわれがいま集中すべきなのは、届けの出ている行方不明者たちを調べることだ。少女はその中にいるかもしれない。いない場合でも、早晩家族が名乗り出るだろう」

「行方不明者のことは自分が引き受けます」マーティンソンが言った。

「さてこのアクセサリーだが」と言って、ハンソンが袋を開けた。「聖母マリアとＤＭＳの刻印。金は本物に見えるな」

「略語と頭文字の組み合わせはコンピュータに登録表があります」マーティンソンが言った。彼はイースタ警察では一番のコンピュータ通だ。「この三文字の組み合わせを入れてみて、なにに合致するか見てみましょう」

ヴァランダーは手を伸ばしてペンダントを見た。ペンダント・トップにもチェーンにもまだ煤がついている。

「きれいだな。だが、一般にスウェーデン人は、宗教的なシンボルならばたいてい聖母マリアではなく十字架をペンダントにするのではないか？　聖母マリアはカトリック国のほうで一般的じゃないのか？」

「あんたは亡命者とか移民のことを示唆しているのか?」ハンソンが訊いた。

「いや、おれはペンダントのことを言っているだけだ。とにかく、このペンダントは少女の身元を割りだす重大な手がかりの一つであることは間違いない。外からの通報を受ける者にこのペンダントのことを知らせておかなければならない」

「一般にも知らせるのか?」ハンソンが訊いた。

ヴァランダーは首を振った。

「いや、まだだ。これを見て不必要なショックを受ける人間が出るのはまずい」

スヴェードベリが突然頭がおかしくなったように机を叩いて、席からとび上がった。ほかの者たちは驚いてながめているばかりだった。ヴァランダーはスヴェードベリがアブ嫌いだったことを思い出した。アブを見るだけでパニックに陥るのだ。アブが窓から出たのを確かめてから、スヴェードベリは席に戻った。

「アブアレルギーに対する薬があるはずだ」ハンソンが言った。

「アレルギーじゃないんです。アブが嫌いだという問題なんです」スヴェードベリが答えた。

フーグルンドが立ち上がって、窓を閉めに行った。ヴァランダーはスヴェードベリの反応を興味深く思った。大の男がアブのように小さな虫を死ぬほど怖がるとは。

昨夜のことを思った。菜の花畑にいた一人の少女。スヴェードベリの反応で、きのう逃げようもなく目撃させられた事件を思い出した。限りない恐怖。自分の体に火をつけるほどの恐怖を少女にもたらしたものの正体を突き止めるまで、おれはこの事件から手を引かないぞ、とヴァランダーは思った。警察官としてこれからもやっていくのなら、彼女の恐怖の理由をなんとしてでも知らなければならない。

ハンソンに話しかけられているのに気づいて、彼は現実に戻った。

「なにかほかにいま話さなければならないことがあるか？」ハンソンはもう一度繰り返した。

「マルメの病理学者のことはおれが受け持つ。だれか、スヴェン・ニーベリと連絡を取ったか？　まだだったら、おれはこれから現場に出向いて彼と話す」ヴァランダーが言った。

会議が終わった。ヴァランダーは自室に戻り、上着を着た。ストックホルムの姉に電話をしようかと一瞬思った。それと、リガのバイバにも。だが、やめにした。

マースヴィンスホルムのサロモンソンの家に向かった。何人かの警官が投光機の脚を折り畳み、ケーブルを巻いているところだった。家には板が打ち付けられ、完全に閉鎖されていた。ヴァランダーは、今日のうちにサロモンソンの様子を見に行こうと思った。話し忘れたことをなにか思い出したかもしれない。

彼は畑に行った。真っ黒に焼け落ちた畑は周囲の菜の花の黄色とくっきりコントラストを見せていた。ニーベリは焼け土のまん中でひざをついていた。焼けた畑の端に警官が二人、同じように這いつくばって調べているのが見えた。ニーベリはヴァランダーを見ると小さくうなずいた。その顔に汗が流れていた。

「どうだ？　なにかみつかったか？」

「あの少女はずいぶんたくさんのガソリンを運んできたにちがいないぞ」と言って、スヴェン・ニーベリは立ち上がった。「半分溶けたガソリンタンクが五個みつかった。火がつけられたとき、おそらくタンクはみんな空だっただろう。一つひとつのタンクがみつかった場所を繋いでみると、円になる。彼女はその円の中にいたものと思われる」

ヴァランダーはスヴェン・ニーベリの言葉がすぐには理解できなかった。

「ということは？」

ニーベリは片手を広げて地面を示した。

「おれの言う意味は、彼女は要塞を築いたということだ。ガソリンを広い幅にわたって円形に撒いている。それは言ってみれば要塞を囲む堀だ。外から要塞へ通じる道はない。つまり彼女はそのまん中にいたということになる。取っておいた最後のガソリンといっしょに。ヒステリックになっていたか、絶望的になっていたと思われる。頭がおかしくなっていたか、ひどい病気だったかもしれない。わからない。だが、彼女にはよくわかっていた。彼女は自分の行動を理解していたと思う」

ヴァランダーは考えながらうなずいた。

「彼女がどのようにしてここに来たのか、わかるか？」

「わからない。自転車もみつからないし、E65に通じる砂利道にもなんの形跡もみつからない。

彼女はこの畑にパラシュートで降りたとしか思えない」

スヴェン・ニーベリは鑑識課のカバンの中からトイレットペーパーを取り出して、汗を拭いた。

「病理学者のほうはなにかみつけたか？」ニーベリが訊いた。

「まだなにも。おそらくみつけるのはむずかしいだろうよ」

ニーベリが急にあらたまって言った。

「なぜ、人間は自分自身に対してこんなことをするのだろうか？　こんなことをしなければならないほど、生きるのがいやになることがあるのだろうか？　生きながらに自分の体に火をつけて、体が焼ける痛みに苦しみながら死ぬなんて」

「おれもじつはその問いを自分に突きつけてみた」ヴァランダーが言った。

ニーベリは首を振った。

「世の中はいったいどうなっているんだろう？」

ヴァランダーは答えなかった。言葉がみつからなかった。

彼は車に戻り、警察署に電話をかけた。受付のエッバが出た。彼女の母性愛に満ちた質問を避けるために、彼は急いでいて時間がないふりをした。

「これからおれは火事で畑を焼かれた農夫を見舞いに行く。署には午後に戻る」

彼はイースタに戻り、病院へ行った。カフェテリアでコーヒーを飲みサンドウィッチを食べた。それからサロモンソンが入院している病棟を探し出した。看護師をつかまえて、身分を明かし、用件を話すと、女性の看護師は首をかしげた。

「エドヴィン・サロモンソンですか?」

「エドヴィンという名前だったかどうかは覚えていませんが、昨日、マースヴィンスホルムの火災と関連して老人が一人運び込まれたはずですが?」

看護師はうなずいた。

「その老人と話をしたいのです。もちろん、ひどく具合が悪いのなら別ですが?」

「その人なら具合が悪いのではなくて」看護師が答えた。「亡くなりましたよ」

ヴァランダーは彼女の言葉が理解できなかった。

「亡くなった?」

「ええ、今朝。おそらく心臓発作でしょう。眠っているうちに亡くなりました。その人のことなら、医者と話してください」

「いや、もうその必要がなくなりました」ヴァランダーは言った。「老人の具合がどうか、見に来ただけですから。答えはいまもらいました」

彼は病院をあとにし、強い日差しの中を車まで歩いた。

突然、これからなにをしたらいいのか、わからなくなった。

5

ヴァランダーはこれ以上眠らないでいるとはっきり考えることができないところまで疲れきって、アパートメントに戻った。年老いた農夫のサロモンソンが死んだことは、彼のせいでもなければほかのだれのせいでもなかった。責任を追及されるべき人間、サロモンソンに死ぬほどのショックを与えた人間は、すでに死んでいる。一連のできごとで、ヴァランダーは気分が悪くなった。電話の差し込みを抜き、リビングのソファに横になって、顔にタオルをかけた。

だが、眠れなかった。三十分後、あきらめてふたたび接続させると、ストックホルムにいる娘のリンダへ電話をかけた。そばにある紙切れには、いくつもの電話番号が鉛筆で線を引かれて消されている。リンダはしょっちゅう引っ越しをした。そしてそのたびに電話番号を変えた。呼び出し音が聞こえたが、だれも出なかった。その後、彼は姉のクリスティーナに電話をかけた。姉はすぐに応えた。彼らは互いにめったに電話をしなかった。かけるとすれば、年老いた父親のことに決まっていた。ヴァランダーはしばしば、父親が死んだら二人の間の連絡は途絶えるだろうと思った。

まず時候のあいさつをした。二人とも相手がなんと言おうが、うわのそらだった。

「留守電を聞いたよ」

「パパのことが心配なの」

「なにか起きたのか？　具合でも悪いのか、親父は」

「わからない。最後にいつパパのところに行ったの？」

ヴァランダーは考えた。

「一週間ほど前かな」と答えたとたんに、良心が痛んだ。

「もう少しひんぱんに会いに行くことはできないの？」

ヴァランダーは弁解したくなった。

「おれはほとんど一昼夜ぶっ続けで働いている。警察の人手不足は深刻なんだ。これでもできるかぎり親父に会いに行っている」

姉は沈黙した。それがなによりも彼の言葉を頭から信じていないことを表していた。

「きのう、イェートルードと話をしたわ」クリスティーナは言った。ヴァランダーの言ったことには、なんの反応も見せずに。「パパは元気かと訊くと、彼女、なんとなく答えを避けたような気がしたわ」

「なぜそうしたのかな？」彼は理解できなかった。

「わからない。だからあなたに電話をしているのよ」

「一週間前はまったくいつもどおりだった。おれが急いでいて、ちょっとしかいられないことに腹を立てていた。だが、おれがいる間、親父はずっと絵を描いていて、ほとんどおれとなどしゃべる時間がないようだった。イェートルードはいつものようにおれが行くとうれしそうだったが、正直言って、おれはあの人がどうして親父に我慢できるのかわからない」

「イェートルードはパパのことが好きなのよ。これは愛の問題なの。愛していれば、人はたいていのことに我慢ができるものよ」

ヴァランダーは少しでも早く会話を切り上げたかった。姉は年とともにますます死んだ母親に似てきた。ヴァランダーは決して母親といい関係が結べなかった。子ども時代はいつも、姉と母親対ヴァランダーと父親だった。家族は目に見えない二つの陣に分かれていた。そのころ彼は父親と親密な関係をもっていた。十代の終わりごろ、彼が警察官になると決心したときから、父親との関係が悪くなったのだ。父親はヴァランダーの決意をどうしても受け入れることができなかった。また彼は、なぜそれほど息子の選択を受け入れられないのかを、説明することもできなかった。代わりにどんな職業を選べばよかったのかを言ってもくれなかった。警察学校を出たヴァランダーがマルメのパトロール警官になったころには、二人の間の亀裂はもはや決定的なものになっていた。それから数年後、母親がガンにかかった。進行は速かった。年の初めに診断を受け、同じ年の五月にはもう亡くなっていた。クリスティーナはその年の夏ストックホルムへ移り、当時はL・M・エリクソンという名で知られていた企業に就職した。一度結婚し、別れ、そしてまた結婚している。ヴァランダーは彼女の最初の夫には会っているが、いまの夫はどんな顔をしているのかさえも知らない。リンダがシェルトープにあるクリスティーナの家を一度訪ねたことがあるが、どうもあまりうまくいかなかったらしい。ヴァランダーは幼少時代と思春期にできた溝が一度も修復されることがなくここまで来てしまったのだと感じていた。父親が死んだら、その溝は決定的なものになるのだろう。

「今晩必ず行ってみるよ」そう言いながら、ヴァランダーは自宅の床に山になっている洗濯物のことを思った。

「電話くれる?」姉が訊いた。

ヴァランダーは約束した。

その後、リガへ電話をかけた。電話口に出たのはバイバだと思ったが、すぐにそれはラトヴィア語しか話さない通いの清掃人だとわかった。彼はすばやく受話器を置いた。そのとたんに、電話のベルが鳴りだした。だれかが電話をしてくるとは思ってもいなかったので、彼はとび上がった。

受話器を取ると、マーティンソンの声がした。

「お邪魔ですか?」マーティンソンが訊いた。

「いや、シャツを取り替えるために、家に寄っただけだ」そう言って彼は、なぜ自分は家にいるというだけでこのようにいつも言い訳をするのだろうかといらだった。「なにか起きたか?」

「行方不明の人間についての問い合わせが、いくつか入っています。アン゠ブリットがいま全部に目を通しています」

「おれが知りたいのは、おまえさんのコンピュータからの情報だが」

「今日は午前中ずっと、コンピュータが故障していたんです。ちょっと前ストックホルムの本庁に電話をしました。あと一時間ほどでつながると言ってましたが、あんまり確実じゃなさそうでした」

「われわれはいま犯罪者を追跡しているわけじゃない。待てるよ」

「マルメから医者が電話をかけてきました。マルムストルムという名の女医でした。警部からの電話を待っているとのことです」

「おまえさんに話せば済むことなのに?」

「いや、警部でなければならないようでした。生きているうちにあの少女を見たのは、自分ではなく、警部だったからじゃないですか?」

ヴァランダーは鉛筆を持ち、マーティンソンの伝える電話番号をメモした。

「現場に行ってきた。ニーベリが泥の中にしゃがみ込んでいたよ。ひどく汗をかいていた。警察犬を待っていた」

「ニーベリ自身、まるで犬のようだ」マーティンソンは、ニーベリに対して好感をもっていないことを隠そうともしなかった。

「彼は文句が多いこともある。だが、優秀な鑑識官だよ」

電話を切ろうとしたとき、サロモンソンのことを思い出した。

「農夫は死んだよ」

「だれが？」

「われわれがきのう台所でコーヒーを飲んだ家の主だ。心臓発作で亡くなった」

「コーヒー代を弁償しなければならないかもしれないですね」

話が終わると、ヴァランダーは台所へ行って水を飲んだ。それからしばらくの間、なにもせずに台所のテーブルに向かって座っていた。マルメに電話をかけたときには、すでに二時をまわっていた。マルムストルムという医者が電話口に出てくるまで、彼は少し待たされた。その声から、女医はかなり若そうであることがわかった。ヴァランダーは名前を名乗り、すぐに電話しなかったことをわびた。

「犯罪がおこなわれたということを示す新しい情報がなにか出てきましたか？」医者が訊いた。

「いや」ヴァランダーが答えた。

「それなら、われわれとしては法医学的検査をする必要はありません。それで仕事がずいぶん楽になります。遺体の女性は、無鉛のガソリンを使って焼死したとわかりました」

ヴァランダーは気分が悪くなった。いま電話で話をしている女医のすぐそばに、黒こげの死体が見えるような気がした。

「その女性がだれなのか、わからないのです。特徴をはっきり知るために、できるだけ情報がほしい」

「焼け落ちた死体から情報を得るのは、いつの場合もむずかしいものです」マルムストルム医師はヴァランダーの言葉に影響されず、冷静に言った。「皮膚はすべて燃えてしまっています。歯の調査はまだ終わっていません。でも、いい歯をしていました。歯を治した跡はありません。身長は一六三センチ。骨折の跡はありません」

「年齢を知りたい」ヴァランダーが言った。「いちばん重要な情報と言っていいものです」

「あと数日かかります。歯から推定するのです」

「だが、あなたの推測は？」

「推測したくありません」

「私は彼女を二十メートルくらい離れたところから見ました。十七歳ぐらいに見えましたが、間違いでしょうか？」

女医は答える前に少し考えた。

「やはり、推測したくないのです。ですが、それよりも若いと思います」

「なぜそう思うんです？」

「その問いには、はっきりわかったときに答えましょう。でも、もし彼女がまだ十五歳だという結果が出ても、わたしは驚きません」

「十五歳の子どもが自分の意志で焼身自殺をするだろうか？　私には信じられない」

「先週わたしは自分の体を爆破させて自殺した七歳の女の子の体の破片をかき集めました。その子は周到に準備をしていましたよ。とくに、ほかの人に被害を与えないように慎重に用意していました。まだ文字が書けなかったので、遺書代わりに絵を残していました。また、父親が怖くて、自分の目を潰そうとした四歳の子どもの話も聞きました」

「それは作り話でしょう」ヴァランダーが言った。「スウェーデンではあり得ませんよ」

「いいえ、スウェーデンでの話です。いま、この夏、ここスウェーデンで起きたことですよ」

ヴァランダーは泣きだしたくなった。

「警察でこの少女の身元がわからないのなら、うちの病院で遺体をこのまま預かりましょう」

医者が言った。

「一つ質問がある。私の個人的な質問です。焼身自殺というのは、ものすごく苦しいものではありませんか？」

「それは昔からよく知られていることです」医者が答えた。「だから火は人を痛めつける、あるいは罰を与えるときの手段として昔から用いられてきたのです。ジャンヌ・ダルクも魔女も、焼かれたでしょう？　火はいつでも拷問に使われてきました。火による痛みは想像を絶するものといわれています。残酷なことに、火の広がりと意識の喪失は並行しては進みません。火から逃れようとする本能は痛みを無視しようとする意志よりも強いのです。本能が失神させないようにするのです。そうしているうちに、限界に達します。しばらくの間、焼けて壊された神経は麻痺します。例えば、体の九〇パーセントやけどをした人間は、しばらくなにも感じないことがあります。しかし、麻痺が消えたとき……」

医者は最後まで言わなかった。

「彼女はたいまつのように燃えた」ヴァランダーが言った。

「そのことはもうできるだけ考えないことです。死によって解放される場合もあるのですから。たとえわたしたちにはそう考えるのが耐えがたくても」

電話が終わると、ヴァランダーは立ち上がった。ジャケットを手に取って、アパートを出た。風が出てきた。北のほうから雲が広がりだした。警察署への途中で車検場に寄って車検の予約をした。署に到着したときはもうすでに三時をまわっていた。彼は受付に寄った。エッバが最近自宅の風呂場で転び、手首を折ったという。どんな具合かと彼は訊いた。

「今度のことで、どんどん年をとっていってるんだとわかりましたよ」エッバが言った。

「あんたは年をとらないよ」ヴァランダーが言った。

「やさしいんですね。でもそれは本当じゃないわ」

自室へ向かう途中で、パソコンに向かっているマーティンソンに声をかけた。

「二十分前にコンピュータの通信故障が直ったばかりです。いま、失踪者の中に少女の特徴と合致する人間がいるかどうか検索中です」

「身長が一六三センチだと加えてくれ。それと、年齢は十五歳から十七歳ということも」

マーティンソンがぎくっとして見上げた。

「十五歳？　なにかの間違いじゃないですか？」

「もちろんそうであることを願うよ」ヴァランダーが言った。「だが、当面、その可能性を含めて捜査しなければならない。ところで頭文字の組み合わせのほうはなにかわかったか？」

「まだそこまで行っていません。でも今晩は残業するつもりです」

「われわれは身元不明者を確定しようとしているだけだ。犯罪者を追跡しているわけではない」

「いや、そうじゃなくて、今晩は家族が出かけて留守なんです。自分はだれもいない家に帰るのが好きじゃないもんで」マーティンソンが言った。

マーティンソンの部屋を出ると、今度はアン＝ブリット・フーグルンドの部屋をのぞいた。部屋は空だった。廊下を渡って、通報や緊急連絡の入る捜査本部へ行った。フーグルンドは部屋の片隅で研修中の新米警察官といっしょに通報のリストに目を通していた。

「なにか、来てるか？」

「確認しなければならない通報が二つあります。一つはトンメリラの成人学校の生徒で、姿を消してから二日という若い娘です」

「遺体の女性は身長一六三センチ、歯は一度も治したことがない、年齢は十五歳から十七歳だ」

「そんなに若いんですか？」

「そうだ」ヴァランダーは答えた。「そんなに若いのだ」

「それじゃトンメリラの女性はちがいますね。二十三歳、背もずっと高いですから」

それからしばらくフーグルンドは通報メモをめくって探した。

「これです。もう一人は、十六歳のマリ・リップマンソン。イースタに住んでいて、パン屋で働いています。職場にはもう三日も顔を出していません。パン屋の主人が通報してきました。そうとう怒っていました。両親はまったく無関心のようです」

「その少女のことをもう少しくわしく調べてみてくれ」ヴァランダーが励ますように言った。

それでも心の中では、ちがうだろうと思った。

コーヒーをいれてきて、自室へ戻った。自動車窃盗の書類の山がまだ床に置いたままになっていた。いまの段階でスヴェードベリに渡しておくほうがいいように思えた。そして、夏休みが始まるまで、重大な事件が起きないようにと願った。


午後四時、捜査官たちは会議室に集合した。ニーベリもやってきた。焼き払われた畑での捜査活動は終わった。会議は短いものになった。ハンソンは警察本庁からの緊急の通達を読まなければならず、欠席した。

「話を短くしよう」ヴァランダーが言った。「明日、未解決のままになっている案件すべてに目を通すことにする」

そしてテーブルのいちばん端に座っているニーベリに声をかけた。

「犬の反応は?」

「思ったとおりだよ」ニーベリが答えた。「犬はなにもみつけることができなかった。なにかがあったとしても、地面の上に残された強烈なガソリンの臭いで消されてしまったんだと思う」

ヴァランダーは考えた。

「畑には五つか六つの溶けたガソリンタンクがあったと言ってたな。ということは、彼女はサロモンソンの畑になんらかの乗り物でやってきたということになる。そんなタンク全部を一人で持ち運んだはずはない。もちろん、どこかから何度かに分けて運んだということは考えられる。もう一つの可能性は、彼女は一人ではなかったということだが、それは想定外においていいだろう。十代の子どもの自殺を手伝う人間がいるとは思えないからだ」

「ガソリンタンクの出所を調べるのも一つの手だ」ニーベリがためらいがちに言った。「だが、必要あるかな?」

「彼女の身元がわからないかぎり、いろんな方面を当たらなければならない」ヴァランダーが言った。「どこから来たのか、またどんな方法で来たのかわからないが、あそこまで来たのは確かなのだから」

「だれか、サロモンソンの納屋の中を見た人はいますか? もしかすると、彼女はそこからガソリンタンクを運び出したのかもしれません」フーグルンドが言った。

ヴァランダーはうなずいた。

「だれか、あとで見てきてくれ」

フーグルンドが名乗り出た。

「いまマーティンソンが調べていることの結果を待とう」ヴァランダーがしまいに言った。

「マルメの病理学者の結果もだ。明日にも彼女の確かな年齢がわかるだろう」

「金のペンダントも、ですね？」スヴェードベリが言った。

「それはマーティンソンが調べている頭文字のコンビネーションのことがもう少しわかってからでいい」ヴァランダーが答えた。

突然、彼はいままで考えなかったことに気づいた。少女のまわりにはほかの人間たちがいるということ。彼女の死を悲しむ人間たちが。彼らはヴァランダーとはまったくちがう思いをもって彼女を思い出すことだろう。

会議を終えて、全員引き揚げた。スヴェードベリはヴァランダーの部屋にいっしょに来て、自動車窃盗の捜査資料を受け取った。ヴァランダーは短い説明を付け加えた。それが終わっても、スヴェードベリは引き揚げる様子がなかった。なにか言いたいことがあるのだろうとヴァランダーは推測した。

「いつか話し合わなければならないことがあると思うんです」スヴェードベリはためらいがちに話を切りだした。「警察組織に起きていることを」

「組織の規模削減のこと、それに逮捕者の監視を警備会社がおこなうことについてか？」

スヴェードベリは不愉快そうにうなずいた。

「新しい制服に切り替えたところで、もしわれわれが仕事を遂行することができないのならなんになるというんです？」

「それについて話し合ったところで、なんの役にも立ちはしないとおれは思う」ヴァランダーは話題を避けるように言った。「そのような問題と取り組むために、労働組合があるんだ。おれたちはそのために金を払っているじゃないか」

「ええ、しかし、抗議はするべきだと思うんです。いったいなにが起きているのか、道を歩く人々に訴えるべきじゃないですか？」

「だれでもやらなきゃならないことをいっぱい抱えている」と言いながらもヴァランダーは、もちろんスヴェードベリの言うとおりだと思った。一般市民はいまある警察署を潰さないようにするためなら、かなりの犠牲を払ってもいいと思っていることをヴァランダーは経験から知っていた。

スヴェードベリは立ち上がった。

「それだけです」

「集会を開く準備をしてくれ。おれもかならず出る。しかし、夏休みのあとにしてくれないか」

「考えてみます」スヴェードベリはそう言うと盗難車の書類を抱えて部屋を出ていった。

時刻は五時十五分前になっていた。窓の外を見ると、もうじき雨が降りだしそうだった。彼はルーデルップに住む父親のところへ行く前に、ピザ屋で食事をしていくことにした。電話をかけないで直接父のところへ行くのは初めてだったが、今日はそうするつもりだった。警察署を出る前に、マーティンソンの部屋をのぞいた。彼はパソコンのスクリーンに向かっていた。

「あまり遅くまで働くなよ」ヴァランダーが言った。

「まだなにもみつかりません」マーティンソンが答えた。

「それじゃまた明日」

ヴァランダーは車に向かった。すでに雨が降りはじめ、車に水滴がついていた。

車が駐車場からまさに道路に出ようとしたとき、マーティンソンが走り出てくるのが見えた。両手を上げて振っている。彼女の身元がわかったんだ、とヴァランダーは思った。腹の中にこぶしのような塊を感じた。窓を下げた。

「身元がわかったのか？」

「いいえ」マーティンソンが息を弾ませながら言った。

マーティンソンの顔つきで、なにか重大なことが発生したことがわかった。ヴァランダーは車を降りた。

「なにが起きたのだ？」

「いま通報がありました。サンドスコーゲンの向こうで死体を発見したという人間からです」

ああ、これだけは起きてほしくなかった、とヴァランダーは思った。しかもいま。

「殺傷死体のようです。電話してきたのは男で、ショックは受けていても、落ち着いた口調でした」

「いっしょに行こう。上着を取ってこい。本降りになりそうだ」

マーティンソンは動かなかった。

「電話してきた男は、殺された人間がだれか、知っているようでした」

ヴァランダーはマーティンソンの顔つきから、これから聞くことは尋常なことではないとわかった。

「ヴェッテルステッドだというんです。元法務大臣の」

ヴァランダーはマーティンソンから目を離すことができなかった。

「もう一度言ってくれ」

「電話してきた男は、死体はグスタフ・ヴェッテルステッドだと言っています。元法務大臣のヴェッテルステッドです。それともう一つ、死体は頭皮を剝ぎ取られていると」

彼らはぼう然として互いを見るばかりだった。

時刻は六月二十二日の午後五時二分前だった。

6

ヴァランダーはマーティンソンが上着を取りに行く間待った。海岸までの車中、二人はほとんど話をしなかった。マーティンソンの説明する道順に従って目的地に向かった。着いたとき、雨足は強くなっていた。テニスコートまで来ると小さな道に入った。ヴァランダーはこれからどんなことが展開するのか心配だった。まさにもっとも望まないことが発生した。通報してきた男の言うとおりだった場合、彼の夏休みはなくなるおそれがあった。ハンソンは夏休みを後回しにしてくれと懇願するだろう。ヴァランダーは最後にはきっとあきらめてそうすることになるだろう。六月末まで重大な事件が起きないようにという彼の願いは、きっとこれであえなく消滅することになる。

海岸が見え、二人は車を止めた。彼らを待ち受けていたと思われる男が一人、車のほうに近づいてきた。ヴァランダーは男が思ったより若いことに注目した。三十代の前半だろうか。もし死体が本当にヴェッテルスステッドだった場合、彼が法務大臣の座を去ってテレビから姿を消したとき、この男はまだ十歳にもなっていなかったはずだ。ヴァランダー自身、まだ若い警官だった。車の中で、彼はヴェッテルスステッドの姿形を思い出そうと努めた。髪の毛を短く刈り込み、縁なしの眼鏡をかけていた。その声もかすかに思い出せた。カサカサした声だった。いつも自信に満ちた、決して間違いを認めない人間。そんな印象の男だった。

彼らを待っていた男は、ユーラン・リンドグレンと名乗った。ショートパンツと薄いTシャツ姿だった。ヴァランダーはすぐに男が非常に興奮していることがわかった。彼らはその男の後ろに続いて海岸へ出た。雨が降っているので、海岸に人影はまったくなかった。ユーラン・リンドグレンはひっくり返されている大きな手漕ぎボートのそばまで案内した。海側の先端には、船べりと砂の間に大きなすき間があった。

「そこに一体、死体が横たわっている」リンドグレンが震える声で言った。

ヴァランダーとマーティンソンは、まだすべてがこの男の勘違いであるようにと望んでいるかのように、顔を見合わせた。それから砂の上にしゃがみ込んで、ボートの下を見た。光が入らず、暗かった。それでも、そこに人間の体があることは間違いなく見て取れた。

「ボートを仰向けに起こしましょう」マーティンソンが小声で言った。まるで死人に聞こえるのを恐れるかのように。

「いや、ボートに触ってはならない」そう言うとヴァランダーは立ち上がり、リンドグレンに向かった。

「懐中電灯を持っているね？　そうでもなければ、細部まで見えたはずがない」

リンドグレンは驚いたように目を瞠ったまま うなずき、ボートの脇にあったビニール袋の中から大きな懐中電灯を取り出してヴァランダーに渡した。ヴァランダーはふたたびしゃがみ込み、懐中電灯をつけた。

「ひどいな」そばでマーティンソンがうなった。

死んでいる人間の顔は血でおおわれていた。それでも額から頭のてっぺんまでの皮膚が剝ぎ取られているのが見えた。リンドグレンが通報してきたとおりだった。確かにボートの下に横たわっていたのはヴェッテルステッドに間違いなかった。彼らは立ち上がった。ヴァランダーは懐中電灯を返した。

「どうしてヴェッテルステッドだとわかったんです？」ヴァランダーはリンドグレンに訊いた。

「彼はここに住んでいるから」と言って、彼はボートの左側の、近くの家を指さした。「それに、有名な人だし、しょっちゅうテレビに出ていた政治家だから覚えている」

ヴァランダーは少し当惑しながら、うなずいた。

「一斉出動を要請しよう」彼はマーティンソンに言った。「電話してきてくれ。おれはここで待つ」

マーティンソンは急いで車に向かった。雨足はますます強くなった。

「いつ彼をみつけたんです？」ヴァランダーが訊いた。

「時計は持っていないけど、みつけてから三十分以上経ってはいないと思う」リンドグレンは答えた。

「どこから電話したんですか？」

「自分の携帯電話から」と言って、彼はビニール袋を指した。

ヴァランダーは注意深く男を見つめた。

「彼はひっくり返されたボートの下に横たわっていた。外からは見えない。彼をみつけるには、しゃがまなければならなかったはずですね？」

「これはおれのボートなんです。いや、正確には親父のだけど。仕事が終わると、おれはいつもこの海岸を散歩する。雨が降ってきたので、おれはビニール袋をボートの下に入れておこうと思った。だけど、袋がなにかにぶつかったので、かがんでのぞいてみたんです。最初はボートの床の板が砂の上に落ちてるんだと思った。だけど、すぐにそれがなにかわかったんです」

「まだ、私の担当事件ではないが、一応訊いておこう。どうして懐中電灯を持っていたんですか？」

「この近くに家族の夏の家があるので」リンドグレンが答えた。「サンドスコーゲンのミールゴンゲンに。そこはいま電気が通ってない。電気の導線を工事しているので。あ、親父もおれも電気屋です」

ヴァランダーはうなずいた。

「ここで待っていてください。もうじき、いま訊いていることを初めから聞き直します。なにかに触りましたか？」

リンドグレンは首を振った。

「あなた以外にもだれか、彼を見た人がいますか？」

「いえ」

「あなたか、あなたのお父さんが最後にこのボートをひっくり返したのはいつですか？」

ユーラン・リンドグレンは少し考えた。

「一週間以上前かな」

ヴァランダーはそれ以上質問することはなかった。ただ黙ってその場に立ち、考え続けた。それからリンドグレンをそこに残し、ぐるっと付近を回ってヴェッテルステッドの家へ行った。鍵がかかっていた。ヴァランダーはリンドグレンに手を振って呼び寄せた。

「あなたはこの近所に住んでいるのですか？」

「いいえ。オーケスホルムです。車で来たんです。この上の道路に停めてあるけど」

「それでも、この家に住んでいるのはヴェッテルステッドだと知っていた？」

「ええ。ヴェッテルステッドはこの海岸をよく散歩してたから。親父とおれがボートを修理したりしているとき、立ち止まって見てましたよ。でも、あの人はなにも言わなかったな。気軽に声をかけるようなタイプじゃなかった」

「ヴェッテルステッドは家族持ちかな、知ってますか？」

「いや、親父によれば、離婚したとか。親父は週刊誌で読んだんだと思うけど」

ヴァランダーはうなずいた。

「よし、ありがとう。そのビニール袋にレインコートは持ってないの？」

「車の中にあるんです」

「持ってきなさい。ところで、警察に通報した以外に、だれかほかの人に電話しましたか？」

「親父に電話しようと思ったけど。これは親父のボートだから」

「しばらくそれはしないでほしい。電話をここに置いて、レインコートを取りに行きなさい」

リンドグレンはヴァランダーの言葉に従った。ヴァランダーはボートに戻った。ボート全体が見えるところに立ち、いったいなにが起きたのかを考えようとした。犯罪現場の最初の印象が重要であるということは、経験から学んでいた。あとになって、長期にわたる複雑な捜査をしている間、かならずその最初の印象を何度も呼び起こすようになる、と。

いくつかのことは、この時点ですでに言えた。まず、ヴェッテルスステッドがボートの下で殺されたということはあり得ない。どこか別のところで殺されて、ここに運び込まれたのだ。ヴェッテルスステッドの家がすぐ近くにあることから、家で殺されたということは十分に考えられる。もう一つ、犯人は複数かもしれないということ。死体を下に入れるためには、ボートを持ち上げなければならない。このボートは昔からの工法で作られたオール付きの木製の重いボートだ。

ヴァランダーは刃物で切り取られた頭皮のことを考えた。マーティンソンはなんと言ったか？　そうだ。ユーラン・リンドグレンは電話で頭皮が剝ぎ取られているという言葉を使って通報してきたと言っていた。ヴァランダーは、ほかの理由でヴェッテルステッドの頭に損傷ができたことを想像してみた。直接の死因はまだわからない。頭皮を毛髪ごと頭から剝ぎ取るなどという残酷な行為は、通常では考えられないことだ。

しかし、どこか腑に落ちないところがある。ヴァランダーは不快でならなかった。剝ぎ取られた頭皮には、なんの意味があるのだろうか。

そのとき、警察の車が到着しはじめた。マーティンソンが、サイレンや青い点滅灯をつけずに来るようにと伝えたのがよかった。ヴァランダーはボートから十メートルほど下がった。捜査官たちが不用心に砂を踏み荒らすのを避けるためだった。

「このボートの下に、死体が一体ある」ヴァランダーは集まった警察官たちに言った。「かつて警察の、つまりわれわれのトップだったグスタフ・ヴェッテルステッドであると思われる。おれと同年配の者は、彼が法務大臣だったことを覚えているだろう。引退後、ここに住んでいた。そしていまは死んでいる。殺されたということは明白だ。まず、すぐにこの場を立入禁止にすることから始めよう」

「今晩はワールドカップの試合がなくてよかったですよ」マーティンソンが言った。

「犯行をおこなった者もサッカーファンかもしれんな」ヴァランダーは答えた。

いつでも、どこに行ってもサッカーの話ばかりであることにいらだった。だが、そのいらだちをマーティンソンに悟られないようにした。

「ニーベリはこっちに向かっているそうです」

「この現場の捜査には一晩中かかるだろう。さっそく始めるほうがいい」

スヴェードベリとアン＝ブリット・フーグルンドは最初に到着した車の一つに乗っていた。そのすぐあとにハンソンが来た。ユーラン・リンドグレンは黄色いレインコートを着て戻ってきた。スヴェードベリがメモを取りながら、もう一度彼にヴェッテルステッド発見のいきさつを話させた。雨が激しくなったので、一同は海岸の砂浜が始まる地点にそびえている木の下に集まった。その後、ヴァランダーはリンドグレンにここで待つようにたのんだ。まだボートをひっくり返していいかどうか判断できなかったので、一同はやってきた医者がヴェッテルステッドを確認できるように、まわりの砂を掘り下げた。

「ヴェッテルステッドは離婚しているらしい。確認しなければならない。何人か、ここに残ってくれ。おれはフーグルンドといっしょにヴェッテルステッドの家を見に行く」

「鍵、ですね」スヴェードベリが言った。

マーティンソンがボートまで行き、ボートの下に手を伸ばし入れた。数分後、彼はヴェッテルステッドの上着のポケットから鍵束を取り出すことができた。服が濡れた砂で汚れたままの姿で、彼はヴァランダーに鍵を渡した。

「屋根をかけなければならないな」ヴァランダーの声にいらだちが表れた。「なぜニーベリはまだなんだ？　なぜなにもかもがもたついているんだ？」

「もうじき来ますよ」スヴェードベリが言った。「今日は水曜日ですから、ニーベリはサウナに行く日です」

　ヴァランダーはアン＝ブリット・フーグルンドといっしょにヴェッテルステッドの家のほうに歩きだした。

「ヴェッテルステッドと聞くと警察学校を思い出します」フーグルンドが言った。「彼の顔写真が壁にかけてあって、それを学生たちはダーツの標的にしていました」

「ヴェッテルステッドは警察では決して評判がよくなかったからな」ヴァランダーが言った。「おれたちがなにかが変わりはじめたと感じたのは、彼が法務大臣をしてたときのことだった。変化は最初忍び足でやってきた。まるで頭に袋をかぶせられたような気分になったのを覚えている。警察官であることは屈辱的なことのように感じさせられたものだ。犯罪が増えることを心配するよりも、服役者が刑務所の中で快適に過ごすことのほうが重要と考えられた時代だった」

「わたしはあまりはっきりと思い出せませんが、ヴェッテルステッドはなにかスキャンダルを起こしませんでしたか？」

「ああ。いろいろ悪いうわさがあった。それも一つだけじゃない。だが、どれも決定的証拠がみつからなかった。ストックホルムの警官たちの中には、そのことで激怒した者もいたと聞いた」

「もしかすると、そのころのスキャンダルに起因しているかもしれませんね」

ヴァランダーははっとしてフーグルンドを振り返った。が、なにも言わなかった。

二人はヴェッテルステッドの敷地と海岸を分ける塀まで来た。門があった。

「わたし、じつはここに前に一度来たことがあるんです」急にフーグルンドが言った。「ヴェッテルステッドは夏の夜、若者たちがこの海岸で歌を歌ったりして騒がしいと言って、よくイースタ署に通報してきたんです。その若者たちの一人が、イースタ・アレハンダ紙に投書して謝ったことがあります。ビュルク署長に一度ここに来て、よく見るようにと命じられました」

「よく見るようにとは、なにを？」

「わかりません。でも、ビュルクは警部もご存じのように、批判に敏感でしたから」

「あれはビュルクのいい面の一つだった」ヴァランダーが言った。「彼はいつもわれわれをかばったよ。そうする人ばかりではないときにも」

鍵束からぴったり合う鍵をみつけて、彼らは裏門の扉を開けた。ヴァランダーは門灯が点かないのに気がついた。門の中の庭はよく手入れが行き届いていた。去年の秋の葉っぱが芝生に残っているようなところはどこにも見受けられなかった。小さな池があって、その中に噴水があった。石膏で作られた裸の子どもが二人、口から水を吹き出していた。木陰のあずまやには揺り椅子があった。床に石が敷いてあるコーナーには大理石のテーブルと椅子が数脚あった。

「手入れがよくて、お金がかかっている」アン＝ブリット・フーグルンドがつぶやいた。「こんな大理石のテーブル、いったいいくらぐらいすると思いますか？」

ヴァランダーは知らなかったので答えなかった。彼らは家のほうに進んだ。この家は二十世紀の初めごろに建てられたものだろうと推量した。庭の中を通っている石畳の小道を渡って、家の表側にまわった。ヴァランダーは玄関脇のブザーを押した。一分ほど待ってからもう一度押した。それから初めて鍵束から鍵を選び出して、玄関ドアを開けた。中に入ると玄関のライトが点いていた。ヴァランダーは静かな家の中に向かって呼びかけた。返事はなかった。

「ヴェッテルステッドはボートの下で殺されたのではない。海岸で襲われたのかもしれないが、おれはここで殺されたのではないかという気がする」

「なぜですか？」フーグルンドが訊いた。

「わからない。ただ、そんな気がするというだけだ」

彼らはゆっくり家の中を歩きだした。地下室から屋根裏まで、部屋の明かりのスイッチ以外、なににも触らなかった。が、ヴァランダーにとっては、それでも十分に手応えがあった。うまくいけば、彼らはいま、犯行がおこなわれたときからいまの時点までの空の時間を埋める手がかりをみつけられるかもしれなかった。だが、家の中は整然としていて、どこにも乱れたところがなかった。ヴァランダーは犯行現場と思えるような場所を目で探した。すでに玄関に入ったときから、彼は侵入者の痕跡を探していた。玄関に立ち、中に声をかけて人がいるかどうか見ながら、ヴァランダーはフーグルンドに靴を脱ぐように指示した。いま彼らは音を立てずにしだいに大きく感じられる家の中を歩きまわっていた。ヴァランダーはフーグルンドが家の中を見るのと同じくらい彼を見ていることに気がついた。まだ駆けだしのころ、リーダーのリードベリのことを自分もまた同じように何度も見たことを思い出した。彼女に尊敬されているとわかったが、それを励ましと感じるのではなく、ヴァランダーは反対に気分が滅入った。役割交代がもう始まっていると思った。警察という同じ家にいながら、彼女は中に入ろうとする人間だ。が、彼自身はもうじき外にはじき出されようとしている。この女性警官に初めて会ってからもうじき一年になる。警察学校を一番の成績で卒業したというが、顔色の悪い、お世辞にも魅力的な女性とは言えないと思ったものだ。だが彼女が彼に最初に言った言葉は、学校の閉ざされた環境では決して学ぶことのできない、予測不可能な現実を見せてくれというものだった。本当は逆なのに、と目の前にある不明瞭な版画をながめながら彼は思った。立場の転換は、目立たないところですでにおこなわれていた。彼女が老いぼれかけているこの警官の頭脳から得ることよりも、彼女がおれをどう見ているかを見て、おれが彼女から学んでいることのほうが多いのだ。

二階まで来て、彼らは海岸が一望できる大きな窓の前に立ち止まった。ボートのそばに投光器がすでに取り付けられている。到着したニーベリがさっそくボートの上に取り付けられた防水シートの屋根が斜めだと文句を言って、やり直しさせているのが見える。丈の長いレインコートを着た警官が、部外者の立入禁止のテープを張っている。雨足はますます強まり、テープの外にいる見物人はいまのところごくわずかだった。

「どうもおれの勘が狂ったようだな」防水シートの屋根がやっと正確な位置に落ち着いたのをながめながら、ヴァランダーが言った。「ここにはヴェッテルステッドが家の中で殺されたということを示すものはなにもない」

「殺人者は殺害のあとで、掃除したのかもしれません」

「それはニーベリが家の中を徹底的に捜査したらわかるだろう。それよりいまおれは、直感で言ったことを直感で取り消したい。犯行は家の外でおこなわれたにちがいない」

彼らは一階に降りた。

「郵便受けが玄関にありません。この家にはいっさい外と通じる穴がありません。郵便箱は建物の外にあると思われます」フーグルンドが言った。

「それは後でチェックしてくれ」ヴァランダーはうなずいて言った。

彼は大きなリビングルームに入り、床のまん中に立った。フーグルンドは部屋の入り口に立ち止まった。あたかもこれから彼が即興の講義をおこなうのを待ちかまえているかのように。

「目に見えないものはなにか、とおれは問うことにしている。だが、ここではすべてが明白に見える。一人の男が、なに一つ乱れていない家に住んでいる。未払いの請求書などもない。孤独が葉巻きの匂いのように壁に染みついている。整然としたパターンを破る唯一のもの、それはいま彼が海岸で、ユーラン・リンドグレンのボートの下に横たわって死んでいるという事実だけだ」

そう言うと彼は、姿勢を変えた。

「いや、もう一つある。庭の側の門灯が点いていないことだ」

「電球が切れたのでしょう？」フーグルンドが意外そうに言った。

「そうだな。だが、とにかく整然としたパターンを破るものであることにちがいはない」

そのとき、玄関からノックの音が聞こえた。ヴァランダーがドアを開けると、ズブ濡れのハンソンが立っていた。

「医者もニーベリも、ボートを表にひっくり返していいかどうか、決めかねている」

「ひっくり返してくれ。おれもすぐに行く」ヴァランダーが言った。

ハンソンはまた雨の中に引き返した。

「遺族を探さなければならない。どこかに電話帳があるはずだ」

「ちょっと変なことがあります」フーグルンドが言った。「この家の主人がいろいろなところへ旅行したことや、たくさんの人間に会ったことを示す記念品はたくさんありますけど、家族の写真というものがありません」

ヴァランダーはいまいるリビングを見まわした。彼女の言うとおりだ。彼はしかし、そのことに自分が先に気がつかなかったのが面白くなかった。

「自分が老人になったことを思い出させるものを飾っておきたくなかったのかもしれない」とは言ったものの、あまり確信的には聞こえなかった。

「女なら家の中に家族の写真を飾らないで住むことはあり得ません。たぶん、だからわたしはそれに気がついたのでしょうね」

ソファのそばのテーブルに電話があった。

「書斎にも電話があった。あんたはそっちを探してくれ。おれはこの部屋を探す」

ヴァランダーは低いテーブルのそばにしゃがみ込んだ。電話のそばにテレビのリモコンがあった。ヴェッテルステッドはテレビを見ながら電話をかけていたのだろう、とヴァランダーは思った。彼自身と同じだった。われわれは、テレビと電話を同時にコントロールできなければ我慢できない時代に生きている。電話帳があったが、個人的な書き込みはなにもなかった。それから電話の置いてあるテーブルの後ろの引き出しを二段、そっと開けた。一段目には切手の収集帳が、二段目にはナプキンリングと糊のチューブが入っていた。書斎へ移ろうとしたとき、電話が鳴りだした。彼はぎくっとした。フーグルンドはすぐに書斎の入り口に姿を現した。ヴァランダーはソファにそっと腰を下ろして受話器を外した。

「ハロー」女性の声がした。「グスタフかい？　なぜ電話をくれないの？」

「どなたですか？」ヴァランダーが訊いた。

女性の声が急によそよそしくなった。

「こちらはグスタフ・ヴェッテルステッドの母親です。そちらこそどなたですか？」

「クルト・ヴァランダーといいます。イースタ警察署の者です」

女性が息を呑む音が聞こえた。もし本当にヴェッテルステッドの母親なら、そうとう高齢にちがいない、とヴァランダーは思った。そして、書斎の入り口から彼を見守っているフーグルンドに顔をしかめてみせた。

「なにか起きたのですか？」女性の声がかん高くなった。

ヴァランダーはどう反応していいかわからなかった。近しい家族の急死を電話で知らせることは、規則にも反するしモラルにも反することだった。だが、彼はすでに自分の名前を名乗っているし、警官であることも言ってしまっている。

「ハロー？」女性の声が響いた。「あなた、まだそこにいるんですか？」

ヴァランダーは答えなかった。助けてくれというようにフーグルンドを見るばかりだった。

それから彼は、後になって、弁解のしようがない行為に出た。

受話器を置いて、電話を切ったのである。

「だれでした？」フーグルンドが訊いた。

ヴァランダーは答えずに、ただ首を振った。

次に、また受話器を持ち上げて、今度はストックホルムのクングスホルメンにある警察本庁へ電話をかけた。

7

同じ日の夜九時、グスタフ・ヴェッテルステッドの電話がふたたび鳴った。それまでにヴァランダーはストックホルムの本庁の同僚に、ヴェッテルステッドの母親に息子の死を知らせるよう要請していた。電話をかけてきたのは、ウステルマルム地区警察署の警官のハンス・ヴィカンダーだった。あと数日で、正確には七月一日になったら、ウステルマルム地区警察署は名前が変わって、〝シティポリス〟となる。

「ヴェッテルステッドの母親に知らせてきました」ヴィカンダーが言った。「非常に高齢なので、私は念のため牧師といっしょに家に行きました。しかし、ヴェッテルステッドの母親はあの年齢とは思えないほど、気丈にこの悪い知らせを受け止めましたよ」

「いや、その年だから、ということもできるかもしれない」ヴァランダーが言葉を挟んだ。

「ヴェッテルステッドの二人の子どもをいま探しているところです」ヴィカンダーは続けた。「息子はニューヨークの国連本部で働いているらしいです。娘のほうはウプサラに住んでいるようです。今晩中に連絡が取れるでしょう」

「離婚した妻とは？」ヴァランダーが訊いた。

「どの妻ですか？　ヴェッテルステッドは三度結婚してましたが」

「三人ともだ。われわれもあとで連絡を取るつもりだが」

「興味深いことが一つあります。母親が言うには、ヴェッテルステッドは毎晩九時ちょうどに必ず電話をかけてきていたそうです」

ヴァランダーは腕時計を見た。九時三分過ぎだった。ヴィカンダーの言葉の重要さがすぐにわかった。

「ヴェッテルステッドはきのうは電話をかけてこなかったそうです。母親は九時半まで待って、自分のほうから電話をかけたそうです。だれも電話に出なかった。彼女の話では十五回もベルが鳴ったにもかかわらず、です」

「その前の晩は？」

「それがはっきり覚えていないというのです。やはり九十四歳は九十四歳ですよ。すぐ前のことはあまり覚えていないと言っていました」

「ほかにもなにか言っていたか？」

「なにを訊いていいのか、わかりませんでした」ヴィカンダーは言った。

「また彼女と話す必要が出てくるだろう。きみが今回連絡を取ってくれたのだから、次のときもきみにたのもう」

「私は七月の第二週から夏休みに入りますが、その前ならいつでもだいじょうぶです」

ヴァランダーは受話器を置いた。フーグルンドが部屋に入ってきた。郵便箱の中を見てきたのだ。

「きのうと今日の新聞がありました。それと電話の請求書です。個人的な手紙はありません。ヴェッテルステッドの死体はあのボートの下に長い時間あったとは考えられませんね」

ヴァランダーはソファから立ち上がった。

「家の中をもう一度まわってみてくれ。なにか盗まれているものがないかどうかを見るんだ。おれはヴェッテルステッドを見に行く」

雨が激しく降っていた。庭を急ぎ足で横切りながら、ヴァランダーは今日の夜は父親を訪ねるつもりだったことを思い出した。顔をしかめて、また建物の中に戻った。玄関に入って、彼はフーグルンドに声をかけた。

「たのみがある。おれの親父に電話をかけて、抜き差しならぬ用事ができたから今晩は行けないと伝えてほしいのだ。おまえはだれだと訊かれたら、新しい署長だと言ってくれ」

フーグルンドは笑ってうなずいた。ヴァランダーは彼女に電話番号を教えて、また雨の中に出た。

投光器からの強い光に照らし出された現場は、幽霊でも出そうな雰囲気だった。彼は強い不快感を感じながら、臨時に張られた屋根の下に足を踏み入れた。グスタフ・ヴェッテルステッドの遺体はビニールの上に置かれていた。呼び出された医者が、ちょうどヴェッテルステッドの口を開けて、のどの中を懐中電灯でのぞき込むところだった。医者はヴァランダーがやってきたことに気がつくと、それを途中でやめ、「元気ですか？」と訊いた。

そのとき初めて、ヴァランダーはその医者に見覚えがあることに気づいた。数年前にヴァランダーが夜中に心臓発作を起こしたと思ったときに、診てくれた医者だった。

「いま目の前にある事件をのぞけば、問題ありません。あれ以来、再発はなかった」ヴァランダーが答えた。

「あのあと私の忠告に従いましたか？」医者がふたたび尋ねた。

「いや、どうもそうしなかったようです」ヴァランダーはもそもそと口の中で言った。

死んだ男の顔を見た。そして、この男は死んでもなお、かつてテレビで見せていたのと同じ印象を与えると思った。その顔にはなにか決心しているような、人を退けるようなものが浮かんでいた。血糊に固まっているにもかかわらずである。ヴァランダーは前かがみになって額の傷を見た。その傷はそのまま頭のてっぺんまで続いていた。てっぺんの頭皮と髪の毛が剝ぎ取られていた。

「死因は？」ヴァランダーが訊いた。

「背骨を刃物で叩き割られている。瞬時に死んだと思われます。肩甲骨のすぐ下で背中が真っ二つにされています。地面に体が倒れ落ちる前に死んでいたでしょう」医者が答えた。

「犯行は外でおこなわれたと思いますか？」ヴァランダーが訊いた。

「ええ、おそらく。背中に対する攻撃は、ヴェッテルステッドのすぐ後ろに立った者の仕業だと考えていいでしょう。刃物を振り下ろされた勢いで、ヴェッテルステッドは前に倒れたはずです。口と目の中に砂の粒子があります。考えられるのは、この付近で犯行がおこなわれたということです」

「血痕があるはずですね」

「しかし雨で痕跡をみつけるのはむずかしい。運がよければ、砂の表面を注意深く掘り下げて、雨が流すことができないほど深いところまで達している血痕をみつけることができるかもしれない」

ヴァランダーは一部が消失しているヴェッテルステッドの頭を指さした。

「これをどう説明しますか？」

医者は肩をすくめた。

「額は鋭い刃物で裂かれています。もしかするとカミソリかもしれない。頭皮と髪の毛は剝ぎ取られているようです。それが背中から襲われる前なのか、後なのかはまだ断定できません。マルメの病理学者が答えを出してくれるでしょう」

「マルムストルム医師は仕事がまた増えるな」ヴァランダーがつぶやいた。

「だれですか？」

「きのう、われわれは焼身自殺の少女の焼け残った体をマルメに送り込んだばかりです。そして今日は頭皮を剝がれた男の死体を送り込む。私が話をしたのはマルムストルムという女医でした」

「病理学者は一人だけではない。数人います。私はその女医は知らないな」

ヴァランダーは死体のそばにしゃがみ込んだ。

「あなたの意見が聞きたい。いったいなにが起きたのだと思いますか？」

「背中の骨を砕いた人間は、自分の行為を十分に知っている。わかってやっていると思われます。死刑執行人でもここまで正確にできるかどうか。だが、頭皮を剝ぐとは！　これは頭のおかしな人間の仕業ですよ」

「あるいはアメリカ先住民のまねごとか」ヴァランダーがつぶやいた。

立ち上がったとき、ひざが痛んだ。しゃがみ込んでもひざが痛まない年齢ではないことをまたもや思い知らされた。

「私の仕事は終わった。すでにマルメの病院には、この死体を運び込むと連絡してあります」医者が言った。

ヴァランダーは答えなかった。ヴェッテルステッドの服の一部が彼の注意を引きつけた。ズボンのジッパーが開いていた。

「服に触りましたか？」ヴァランダーは尋ねた。

「背骨の傷のあたりだけです」医者が答えた。

ヴァランダーはうなずいた。ふたたび不快感が高まるのを感じた。

「一つたのみたいことがある。ジッパーの中に手を入れて、そこにあるべきものがあるかどうか確かめてくれませんか?」

医者はいぶかしげにヴァランダーを見た。

「頭のてっぺんを頭髪ごと剝ぎ取る人間なら、ほかのものを切り取るのも平気でしょう」ヴァランダーはもっとわかりやすく言った。

医者はうなずき、ビニールの手袋をはめた。それからジッパーの中に手を入れて中をまさぐった。

「あるべきものはあるようです」手を抜き出しながら医者が言った。

ヴァランダーはうなずいた。

ヴェッテルステッドの遺体が運び出された。ヴァランダーは表側にひっくり返されたボートのそばにしゃがみ込んでいるニーベリに話しかけた。

「どうだ?」

「わからん。しかしこの雨じゃ痕跡はすべて流されてしまうだろうよ」

「それでも明日は砂を掘り下げてもらわなければならない」と言って、ヴァランダーは医者の言葉をニーベリに伝えた。ニーベリはうなずいた。

「もし血がどこかに残っていれば、われわれはみつける。どこかとくに、集中して探してほしいところがあるか？」

「ボートのまわりだ。それと、庭の裏門から海岸までの周辺」

ニーベリはふたの開いているカバンを指さした。中にビニール袋がいくつか見える。

「ヴェッテルステッドのポケットにはマッチ箱が一個あるだけだった。鍵束はあんたが持っている。身につけているものは高級品だ。木靴以外は、だが」

「家はよそ者が侵入したようには見えない。だが、もしあんたが今晩にも家を徹底的に見てくれればありがたい」ヴァランダーが言った。

「おれは一度に二ヵ所にいることはできん」ニーベリは声を荒立てた。「もし浜辺でなんらかの痕跡を捜し出すのなら、雨がすべてを流し去る前にやらなければならない」

ヴェッテルステッドの家に戻ろうとしたとき、ヴァランダーはユーラン・リンドグレンがまだそこにいることに気がついた。彼はリンドグレンのほうへ行った。リンドグレンは寒さに震えていた。

「もう行っていいですよ」ヴァランダーが言った。

「親父に電話して、しゃべっていいですか？」

「ええ」

「いったいなにが起きたんですか？」

「まだわからない」ヴァランダーはそれしか言えなかった。

立入禁止のテープの外にはまだ何人かの見物人が残っていて、警察の仕事をながめていた。年配の男が数人、犬を連れた若い男、それにモペットに乗った少年が一人。ヴァランダーはこれからの日々のことを思って震えた。背骨を叩き折られ殺された元法務大臣、しかも頭皮を髪の毛ごと剝ぎ取られているとなれば、テレビもラジオも新聞も、毎日ニュースを求めるだろう。唯一、かろうじていいことと言えば、サロモンソンの菜の花畑で焼身自殺した少女のニュースが新聞の一面に報道されずにすむことぐらいなものだろう。

小便がしたくなった。水辺に行ってジッパーを下げた。あれもまたこんな簡単なことだったのかもしれない、とヴァランダーはふと思った。グスタフ・ヴェッテルステッドの前ジッパーが開いていたのは、襲われたとき彼もまたこのように水辺で小便をしていたからかもしれない。

ヴァランダーはまた家に向かって歩きだした。だが、途中で急に立ち止まった。なにかを見逃したような気がした。すぐに思い出し、彼はニーベリのところへ行った。

「スヴェードベリを見かけなかったか？」

「彼はいまビニール布と、できればもっと大きな防水シートを探しに行っている。すべてを雨にさらわれないようにするには、ビニールでカバーするしかないからな」

「彼が戻ってきたら、話をしたい。マーティンソンとハンソンは？」

「マーティンソンはなにか食べに車で出かけた。まったく、こんなとき、だれが食べる時間などあるんだ」

「食べ物をなにか手配するよ」ヴァランダーが言った。「それでハンソンは？」

「彼は検事に報告すると言っていた。食べ物だと？　おれはいらん」

ヴァランダーはまた家のほうに向かった。すっかり濡れている上着をかけ、長靴を脱いだとき、空腹に気づいた。フーグルンドはヴェッテルステッドの書斎で、机の引き出しの中身に目を通していた。ヴァランダーは台所へ行って明かりをつけた。サロモンソンの台所でみんなでコーヒーを飲んだことを思い出した。サロモンソンはいま死んでいる。彼の台所に比べてヴェッテルステッドの台所は、同じ台所と呼ぶのがためらわれるほどの別世界だった。磨き立てられた銅鍋が壁に吊るされている。まん中にはグリルのスペースがあって、昔風のパン焼き窯につながっている。ヴァランダーは冷蔵庫を開けて、チーズとビールを取り出した。堅パンは壁を飾っている美しいシステムキッチンの棚の中にみつけた。テーブルにつき、なにも考えずに食べることに集中した。スヴェードベリが玄関に入ってきたとき、彼はちょうど食事が終わったところだった。

「ニーベリから聞きました。なにか話したいことがあるとか？」

「防水シートのほうはどうなった？」

「できるかぎり砂をカバーしようと思っています。マーティンソンが気象庁に電話をして、この雨がいつまで続くのか訊きました。今晩いっぱい続くそうです。それから二時間ほど止んで、またすぐに降りだすようです。そのときは風を伴う雨で、まさに夏の嵐になると」

台所の床にスヴェードベリの長靴から水がしたたり落ちた。だがヴァランダーは長靴を脱げとは言わなかった。グスタフ・ヴェッテルステッドが殺された理由がこの台所に隠されているとは思えなかった。

スヴェードベリは椅子に座り、ハンカチで頭を拭いた。

「子どものころ、おまえさんはアメリカ先住民の話に興味があったと以前話してくれたことがあるな？　それともおれの記憶違いだろうか？」ヴァランダーが訊いた。

スヴェードベリは驚いたようにヴァランダーを見つめた。

「いえ、そのとおりです。アメリカ先住民についてずいぶん読んだりしたものです。映画はどうせ作り物で、本当のことじゃないですからまったく見ませんでしたが。アメリカ先住民にくわしいウンカスという名の男と文通していましたよ。彼は一度テレビのクイズ番組で優勝したことがあるそうですが、それはかなり昔のことでまだ自分が生まれる前のことらしいです。でも、彼からはたくさんのことを教えてもらいました」

「おれがいまなんでこんなことを訊くのかと思っているだろう？」ヴァランダーが訊いた。

「いえ、そんなに意外じゃありません。ヴェッテルステッドは頭皮を剝ぎ取られていますから」

ヴァランダーはそのまま問いを続けた。

「そうなのか？」

「もし頭皮を剝ぐ手際を技術と呼ぶのなら、今度のこの剝ぎ方はほぼ完璧な技術と言ってもいい。額に鋭いナイフで切りつける。それから両コメカミのあたりに切りつける。これはそこから上のほうに頭皮を剝ぐためです」

「ヴェッテルステッドは背骨を叩き割られて死んだ。肩甲骨のすぐ下だ」ヴァランダーが続けた。

スヴェードベリは肩をすくめた。

「アメリカ先住民の戦士たちは首をちょんぎります。背骨を叩き割るのはむずかしい。斧を斜めに持たなければならないからです。相手が動いている場合はとくにむずかしくなる」

「だが、もし相手がじっとしているときなら？」

「うーん、それでもアメリカ先住民らしくないやり方だと言えます」スヴェードベリが言った。

「そもそも、相手を後ろから切りつけて殺すというやり方そのものが、アメリカ先住民的でない。いや、もともと殺すという行為そのものがアメリカ先住民的でないと言えます」

ヴァランダーは額に片手を当てた。

「なぜこんなことを訊くんですか？　ヴェッテルステッドを殺したのがアメリカ先住民であるはずはないのに？」

「頭皮を剝ぐのはどんな人間だ？」ヴァランダーが続けて訊いた。

「頭のおかしい人間ですよ。こんなことをする人間は気がふれたんです。一刻も早く捕まえなければなりません」スヴェードベリが答えた。

「わかっている」

スヴェードベリは出ていった。ヴァランダーはぞうきんを持ってきて、汚れた床を拭いた。それから書斎で働いているフーグルンドのところへ行った。時刻はすでに十時半近かった。

「お父さんはあまりうれしそうじゃありませんでした」と彼女は部屋に入ってきたヴァランダーに言った。「でもお父さんがいちばんいらだったのはたぶん、あなたがあらかじめ電話をかけて、今晩行くつもりだと知らせていなかったことだと思います」

「そのとおりだろうな。なにかみつけたか？」

「驚くほどなにもありません。いままでのところ、表面的にはなにも盗まれているようには見えません。キャビネットもこじ開けられていませんし。家政婦がいたのではないかと思います。この大きな家を維持するために」

「なぜそう思うのだ？」

「二つ理由があります。一つは男の掃除の仕方と女の掃除の仕方がちがうこと。どうちがうのかは訊かないでください。ただそうなのだとしか言えません」

「それで、二つ目は？」

「手帳をみつけたのですが、その中に〝床磨き女〟という文字と時間の書き込みをみつけました。一ヵ月に二回、その書き込みがあります」

「ヴェッテルステッドは本当に〝床磨き女〟と書いたのか？」

「ええ。昔から支配者階級の使う差別用語です」

「最後にその人がいつ来たか、わかるか？」

「木曜日です」

「なるほど。それでどこもかしこもきれいに見えるのか」

ヴァランダーは机を挟んでフーグルンドと向き合った。

「外はどうでした？」フーグルンドが訊いた。

「斧で背骨が真っ二つにされている。即死だそうだ。殺人者はヴェッテルステッドの頭皮をひんむいて逃げた」

「警部は、犯行は二人でおこなったのではないかという疑いをもっていましたよね？」

「ああ。だが、いまはただ、おれはこの事件が心底嫌いだということしか言えない。二十年以上も世間から離れて一人で暮らしてきた老人をだれが殺す？　それに、頭皮を剝ぐとはどういうことだ？」

　彼らはなにも言わず座り続けた。ヴァランダーは自分の体に火をつけて死んだ少女のことを思った。また、髪の毛ごと頭皮を剝がれた男のことも。そして降り続ける雨のことも。不愉快な光景を消すために、バイバとサンドスコーゲンの砂丘に隠れるところを想像してみた。だが、少女は燃える髪の毛のまま彼の頭の中を走り続け、ヴェッテルステッドはマルメに向かう死体搬送車の担架の上に横たわっている。

彼は頭からこれらのことを追い出して、フーグルンドを見た。

「全体の印象を言ってみてくれないか？　おまえさんはどう思っている？　なにが起きたのだ？　言ってみてくれ。遠慮はいらない」

「ヴェッテルステッドは家の外に出ました。浜辺までの散歩です。だれかに会うためか、それとも単に体を動かすためか。とにかく近くの散歩に出かけたのです」

「なぜそう思う？」

「木靴です。それも履き古したもの。長く歩くには快適じゃなかったはずです。でもちょっとその辺を散歩するには使えるもの」

「ほかに？」

「夜だったと思います。医者はなにか時間のことを言ってましたか？」

「いや、まだわからなかったと思う。続けてくれ。なぜ夜だと思うんだ？」

「昼間だと人目につくリスクが高いからです。この季節、海岸には必ず人がいますから」

「ほかに？」

「一見して動機らしいものはわかりませんが、それでも犯人には計画があったということは推測できます」

「なぜだ？」

「わざわざ死体を隠しているからです」

「なぜそうしたと思う？」

「発見を遅らせるため。彼が十分に隠れることができるだけの時間を稼ぐためです」

「しかし、だれも犯人を見ていない。それでもなぜ彼と言うのかね？」

「女には斧で人の背骨を真っ二つにする力はない。絶望的に追いつめられた女でも、できることは夫の頭に斧を振り下ろすところまででしょう。万一そこまでしたとしても、女は頭皮を剝ぐことはしない。犯人は男です」

「犯人についてわかっていることは？」

「なにもありません。警部がなにか、わたしの知らないことをご存じなのでなければ」

ヴァランダーは首を振った。

「いや、いまあんたが言ったことが、だいたいいまわかっていることだ。そろそろニーベリたちにこの家を引き渡そうか？」

「この事件は一大ニュースになりますよ」フーグルンドが言った。

「そうだ。明日から始まる。あんたは夏休みが始まるからいいな」

「ハンソンから夏休みを先に延ばしてくれないかと訊かれたので、わたしはイエスと答えました」

「今日はもう帰っていい。ほかの者たちにも明日は朝七時に会議を始めると言うつもりだ。捜査計画を立てなければならない」

一人になると、ヴァランダーはもう一度家の中を見てまわった。そして、ヴェッテルステッドの人物像をできるだけ早く掌握しなければならないと思った。いまわかっているのは、彼の習慣の一つだけである。毎晩九時ちょうどに母親に電話をかけること。しかしそのほかのことは？　そのほかのことはなにも知らない。ヴァランダーは台所に戻って、引き出しに紙をみつけて取り出した。そして翌日の朝の会議のためのメモを書きだした。数分後、ニーベリが家の中に入ってきて、濡れたレインコートを脱いだ。

「なにを捜してほしいんだ？」

「犯罪がおこなわれた現場だ。ここではなさそうだ。が、おれはヴェッテルステッドがこの家の中で殺されたという仮説を完全に否定するために、あんたに調べてもらいたいのだ。いつものあんたのやり方で」

ニーベリはうなずき、台所を出ていった。その後、彼が同僚たちに向かって小言を言っている声が聞こえた。ヴァランダーは家に帰って少し眠るべきだと思った。が、結局もう少し残って、もう一度家の中を見てまわることにした。地下室から始めた。一時間後、二階まで来た。ヴェッテルステッドの大きな寝室に入った。クローゼットを開け、吊るされた服と服の間を見、床を調べた。階下からニーベリのいらだった声が聞こえた。クローゼットのドアを閉めようとしたとき、片隅にある小さなカバンが目に入った。彼は屈み込んでそれを取り出した。ベッドの端に腰を下ろして、カバンを開けた。カメラが入っていた。特別に高価なものではなさそうだった。去年リンダが買ったものとよく似ていた。フィルムが入っている。三十六枚撮りのフィルムが七枚使われていた。彼はそのカメラをまたカバンに入れた。そしてニーベリのところへ行った。

「この中にカメラがある。できるだけ早く現像してくれ」

ヴェッテルステッドの家を出たときはすでに夜中の十二時をまわっていた。雨は依然として強かった。

まっすぐ家に車を走らせた。

アパートに入ると、台所で腰を下ろした。あのカメラはなにを写したものだろうか?

雨が窓ガラスを叩いている。

突然、恐怖が忍び寄ってきた。

事件が起きた。が、それはこれから起きる大きな事件の始まりのような気がしてならなかった。

8

六月二十三日木曜日の朝、イースタ署には週末が夏至（スウェーデンは六月の第四土曜日を夏至の日と決めて祝日としている）だとはとうてい思えないような陰鬱な空気が流れていた。ヴァランダーは夜中の二時半に、ウステルマルム署の警官からグスタフ・ヴェッテルステッドの死を聞いたというダーゲンス・ニーヘッター紙の記者にたたき起こされた。その後やっと寝ついたとき、今度はエクスプレッセン紙の記者が電話してきた。ハンソンも夜中に起こされたという。七時過ぎに会議室に集まったとき、一同は顔色も悪く、疲れていた。ニーベリは朝の五時までヴェッテルステッドの家を捜査していたにもかかわらず、会議に参加していた。会議室に向かう途中でハンソンはヴァランダーを片隅に呼び、この事件の指揮をとってほしいとたのんだ。

「おれはどうも、ビュルクはこの事件が起きることを見通していたんじゃないかと思う。だから彼は引退したんじゃないか？」

「ビュルクは引退なんかしてない」ヴァランダーが否定した。「昇進したんだ。それに、ビュルクは未来を見通す能力など、これっぽっちももち合わせていなかった。彼は日々まわりで起きる事柄の心配で手いっぱいだった」

だがヴァランダーはヴェッテルステッド殺害事件の捜査の舵取りは自分の仕事になると覚悟していた。最大の問題は、これから夏の間、人手が不足するということだった。アン＝ブリット・フーグルンドが夏休みをとるのを先に延ばすと言ってくれたのはありがたかった。だが、彼自身の夏休みはどうなる？　あと二週間で、バイバとスカーゲンで夏休みを始めるつもりだったのに。

会議のテーブルにつくと、彼は周囲の疲れた顔を見まわした。雨はまだ降っていたが、少し明るくなったようだ。ヴァランダーの目の前には、受付を通ったときに受け取った、電話のメモが山になっていた。彼はそれらを脇に押しやると、鉛筆の尻でテーブルをとんとんと叩いた。

「始めよう。最悪の事件が起きた。夏休みの時期に殺人事件が発生した。しかし可能なかぎり組織を編成してみよう。だが、この週末は夏至祭のためにパトロール警官が忙しくなる。この時期はたいてい、犯罪捜査課の仕事も増える。これらのことを念頭において、捜査陣を編成してみよう」

だれもなにも言わなかった。ヴァランダーはニーベリから始めた。鑑識の調べがどこまで来たか訊いた。

「数時間でいいから、雨が止んでくれればいいんだが」ニーベリが言った。「犯行現場を捜し当てるには、砂の表面から深く掘り下げなければならない。だがそれは、雨が降っていてはむずかしい作業だ。ただただ砂を掘ることになってしまう」

「さっきスツールップ空港の気象予報所に電話をしました。それによればイースタでは八時過ぎに雨が止むそうです。しかし、午後になると風が強くなり嵐になるおそれがあります。そして雨もまた降りだします。その後は晴れの予想です」マーティンソンが言った。

「少しはなぐさめになるか」ヴァランダーが言った。「夏至の前日、金曜日に雨が降ればわれわれにとってはありがたいのだが」

「いいや、今回はサッカーのおかげで静かな夏至の日になるだろうよ」ニーベリが口を挟んだ。「人々の酒の量が減るとは思わないが、少なくとも街に出て問題を起こすのではなくて、自宅のテレビのまわりに限定されるだろうから」

「もしスウェーデンがロシアに負けたら？」ヴァランダーが訊いた。

「そんなことはあり得ない。われわれは勝つに決まっている」ニーベリが言った。

ヴァランダーはニーベリもまたサッカーファンであることを知った。

「あんたが正しいといいが」とヴァランダーは言った。

「さて、ボートの周辺にはなにも興味を引くものがみつからなかった」ニーベリが本題に入った。「われわれはまた、ヴェッテルステッドの家からボートまで、それとボートから水辺までの間も調べた。いくつか物を拾い上げたが、今回の事件と関係するようなものではない。ただ、一つだけ例外がある」

ニーベリは手持ちのビニール袋から取り出したものを、テーブルの上に置いた。

「立入禁止のテープを張っていた警官の一人がみつけたものだ。スプレー缶だ。女性が暴漢に襲われたときのためにハンドバッグに入れておくように奨励される防犯スプレーだ」

「わが国では使用が禁止されてませんか?」アン＝ブリット・フーグルンドが言った。

「ああ、そのとおり」ニーベリがうなずいた。「だがとにかく、これが砂地に落ちていた。立入禁止のテープのすぐ外側に。指紋を採取してみよう。なにかの役に立つかもしれない」

ニーベリはそのビニール袋をまたカバンの中にしまった。

「あのボートは人間一人の力でひっくり返すことができるか?」ヴァランダーが訊いた。

「ああ。ただし、かなりの力持ちでなければできないだろうが」

「ということは、犯人は二人か」ヴァランダーが言った。

「一人だとすれば、犯人はボートのそばの砂を掘り取ったのかもしれない。そしてヴェッテルステッドの体をボートの下に押し入れてから、また砂を元に戻したとか」

「なるほど。その可能性は確かにある。だが、現実的だろうか?」

会議テーブルのまわりの人間たちはなにも言わなかった。

「犯行が家の中でおこなわれたことを示すものはなにもなかった」ニーベリが続けた。「血痕その他の犯罪現場であることを示す証拠はどこにも見当たらなかった。なにか盗まれたものがあるかどうかについても、そうは見えなかった」

「なにかとくに目を引くようなものはなかったのか?」ヴァランダーが訊いた。

「あの家そのものが目を瞠るようなものだった。ヴェッテルステッドは相当の金持ちだったらしいな」ニーベリが言った。

彼らはニーベリのその言葉を噛みしめてしばらくなにも言わなかった。ヴァランダーは今度は自分が事件の概要を話すときだと思った。

「まずいちばん重要なのは、ヴェッテルステッドはいつ殺されたのかという問いに答えを与えることだ」と彼は話を切りだした。「ヴェッテルステッドの遺体を調べた医者は、犯行現場は海岸と推測した。彼はヴェッテルステッドの目と口の中に砂をみつけた。だが、法医学者の言葉を鵜呑みにしてはならない。いまわれわれにはなんの証拠もないのだから。また殺害動機も見当がつかないから、間口を広げて捜査をしなければならない。まず、ヴェッテルステッドはどんな人物だったかを探ろう。交友関係は？　習慣は？　彼の性格地図を作ろう。彼の人生、生活がどんなものだったかを明確に把握するのだ。また彼が二十五年前までは有名人だったことも考慮に入れなければならない。法務大臣だったのだからな。ある人々の間では、彼は非常に人気があった。だが一方では憎まれた。彼はつねにさまざまなスキャンダルにとりまかれていた。復讐という可能性はないか？　斧で背骨を真っ二つに叩き割られ、頭皮を髪の毛ごと剝がれた。こんな事件がいままでにあっただろうか？　マーティンソン、コンピュータで過去の例を調べてくれ。あと、清掃人がいたらしい。今日にでも取り調べなければならない」

「ヴェッテルステッドの属していた政党のことは？」フーグルンドが言った。

ヴァランダーはうなずいた。

「これからそのことに言及するところだった。ヴェッテルステッドはまだ政治的な仕事をしていたのだろうか？　昔の政治家仲間といまでも交流があるか？　これらも明らかにしなければならない。彼の背景になにか殺害された動機になり得るようなものはないか？」

「ニュースが報道されてからすでに二人、自分がやったと申し出てきた人間がいます」スヴェードベリが報告した。「一つはマルメの公衆電話からの電話でしたが、ひどく酔っぱらっているので、言っている言葉の意味が不明でした。マルメの同僚たちにこの男のことを調べるように要請しました。もう一人はウスターオーケル刑務所に入っています。最後に彼が外出許可を得たのは二月のことです。グスタフ・ヴェッテルステッドがいまでも人々に強い反応を呼び起こす人間であることは確かです」

「古くから警察で働いてきた者なら、警官にも同じような反応をする者たちがいることを知っている。ヴェッテルステッドが法務大臣の時代に、われわれにとっては忘れられないような改革がいくつもおこなわれた。歴代の法務大臣、すなわち警察機構のトップに立った人間の中で、ヴェッテルステッドほど警察を軽んじた人間はいないだろう」ヴァランダーが言った。

その後、一同はさまざまな任務を確認し分担した。ヴァランダーはヴェッテルステッドの清掃人を担当することにした。そして午後四時にまた会議を開くと言った。

「あと二つ、話しておかなければならないことがある」ヴァランダーが言った。「一つはカメラマンと記者が大勢押しかけてくることだ。これはマスメディアが食いついてくるネタだ。頭皮剝ぎ事件とか頭皮剝ぎ殺人事件とかいう見出しでじゃんじゃん報道されるだろう。だから、いっそのことすぐに記者会見を開くほうがいい。おれはできればその役を避けたい」

「それはだめです。だれかがやらなければなりません。警部はいやでも、ほかのだれよりもうまくできるんですから」スヴェードベリが言った。

「その場合、一人ではやりたくない。ハンソンにいっしょに来てもらおう。それとアン＝ブリット・フーグルンドと。それでよかったら、一時ということでどうだ？」

会議は終わったとばかりに一同が立ち上がったとき、ヴァランダーが止めた。

「もう一つは、菜の花畑で焼身自殺した少女の件を棚上げすることはできないということだ」

「この二つの事件に関係があるとでも言うのか？」ハンソンが眉を上げた。

「そういう意味ではない。ただ、彼女の身元を明らかにするのと、このヴェッテルステッド殺害事件の捜査は両方ともおこなわれなければならないということだ」

「データベースからはなにもいい結果が出てきません。あの三つの頭文字の意味もまだわかっていません。でもこれからも調査を続けます」マーティンソンが言った。

「彼女の失踪にだれかが気づくはずだ。まだ少女だ。家族や近しい人がだれも騒ぎ立てないというのは、おかしくないか？」

「いまは夏ですよ。若者たちが動きまわる時期です。失踪したと気づくのに二週間ほどかかることもあり得ます」スヴェードベリが言った。

「スヴェードベリの言うことにも一理ある。よし、もう少し辛抱強く待とう」ヴァランダーがしめくくった。

八時十五分前には散会した。会議は早く終わった。このあとそれぞれ取り組まなければならない仕事が山ほどあることもヴァランダーの念頭にあった。自室に戻ると、受付からもらった電話メモにさっと目を通した。取り立てて急ぎの用件はなかった。新しい大型ノートを引き出しから取り出し、最初のページのいちばん上にグスタフ・ヴェッテルステッドと書いた。

それから椅子に深く背中をもたせかけて目を閉じた。

彼の死はおれになにを物語るか？　だれが彼の背中を斧で真っ二つにし、頭皮を剝いだのか？

彼はふたたび身を起こした。そして書きだした。

グスタフ・ヴェッテルステッドが物取りに殺されたことを示す証拠はない。もちろんその可能性をすっかり否定することはまだできないが。またこれは、頭がおかしくなった人間のやったことでもなければ、偶然の殺人でもない。犯人は死体を隠している。計画的にそれだけの時間をかけてやっているのだ。それでは復讐が動機か？　だれが彼を殺害したいほどの動機をもっているのか？

ペンを置いて、ヴァランダーはいま書いたことに目を通した。不快感がつのってきた。

まだ早すぎる。おれは無理な推測をしようとしている。もっと情報を集めなければ。

彼は立ち上がり、部屋を出た。警察署の外に出ると、雨は止んでいた。スツールップの気象予報士は正しかった。ヴァランダーはまっすぐにヴェッテルステッドの家に車を飛ばした。


海岸には立入禁止のテープが張られたままになっていた。ニーベリはすでに来ていた。彼らは砂地の上の防水シートの一枚を剝がすところだった。今朝はすでに見物人がたくさん立入禁止のテープの外側に集まっていた。ヴァランダーはヴェッテルステッドの鍵を使って玄関のドアを開け、そのまままっすぐに書斎へ行った。前の晩、フーグルンドが始めた捜査作業を続けて、一つひとつ片づけていった。三十分ほどで、彼はヴェッテルステッドが〝床磨き女〟と表現していた女性の電話番号をみつけた。名前をサラ・ビュルクルンドといい、スティールボーズゴンゲンに住んでいた。その住所は町の東側にある大きな雑貨店の先にあることをヴァランダーは知っていた。彼は机の上の電話を取り、彼女の番号を押した。八回ほどベルが鳴ったとき、だれかが電話口に出た。しゃがれた男の声だった。

「サラ・ビュルクルンドさんを探しています」ヴァランダーが告げた。

「いま、家にいないが」男が答えた。

「どこにいますか？」

「あんた、だれだ？」男が不安そうに言った。

「クルト・ヴァランダー、イースタ警察署の者です」

電話の向こうが静かになった。

「もしもし、まだそこにいますか？」ヴァランダーはいらだちを隠さなかった。

「ヴェッテルステッドに関係があることか？　サラは家内だが」男が言った。

「彼女と直接話したいのです」

「いまマルメにいる。午後になったら帰ってくる」

「何時なら会えますか？　時間を言ってください！」

「五時には帰ってくると思う」

「それじゃ、そちらに五時に行きます」そう言うと、ヴァランダーは電話を切った。

建物の外に出て、ニーベリのほうへ行った。立入禁止のテープの外は山のような人だかりだった。

「なにかみつけたか？」

ニーベリは片手に砂の入ったバケツを持っていた。

「なにも。だがヴェッテルステッドが浜辺で殺されたのなら、血がみつかるはずだ。背中からか頭からか、血が噴き出したはずだ。頭には太い血管が通っている」

ヴァランダーはうなずいた。

「スプレー缶はどこでみつけた？」

ニーベリは立入禁止テープの向こう側を指さした。

「この事件とは関係ないような気がする」ヴァランダーが言った。

「おれもそう思う」ニーベリがうなずいた。

車に戻ろうとして歩きだしたとき、ヴァランダーはニーベリにもう一つ訊くことを思い出した。

「裏門の門灯が点かない。あとで見てくれるか?」

「なにをしてほしいんだ? 電球を換えろと言うのか?」ニーベリがいらだちの声を上げた。

「いや、なぜ点かないのか知りたいだけだ」ヴァランダーが答えた。

ふたたび警察署に戻った。空は灰色だったが、雨は降っていなかった。

受付を通ったとき、エッバが声をかけてきた。

「新聞記者がひっきりなしにあなたに電話をかけてきますよ」

「午後一時に歓迎すると言ってくれ。フーグルンドはどこだ?」

「ちょっと前に出かけました。行き先は聞いてません」

「ハンソンは?」

「ペール・オーケソン検事のところだと思います。探しましょうか?」

「記者会見の準備をしなければならない。会議室に椅子を増やすように言ってくれ。大勢来るはずだ」

ヴァランダーは自室に行き、記者会見の準備を始めた。三十分ほどしたとき、フーグルンドがドアをノックした。

「サロモンソンの畑まで行っていました。あの少女がどこからあんなにたくさんのガソリンタンクを持ってきたのか、わかったと思います」

「サロモンソンの納屋にガソリン貯蔵庫があったのか？」

フーグルンドがうなずいた。

「それじゃ、そのことはこれで解決だ。ということは、やはりあの少女はサロモンソンの菜の花畑まで歩いてやってきた可能性が高くなる。必ずしも車や自転車でなくともいい。歩いてきたのじゃないか？」

「サロモンソンが少女を知っていたという可能性は？」フーグルンドが訊いた。

ヴァランダーは考えた。

「いや、サロモンソンはうそをついていないだろう。あの子を一度も見たことがなかったと言っていた」

「少女はつまり、どこからか歩いてやってきた。サロモンソンの納屋でたくさんのガソリンタンクをみつけた。そのうちの五個を菜の花畑に持ち出した。それからそれを撒いて、自分に火をつけた、ということですね？」

「たぶんだいたいそんなところだろう」ヴァランダーはうなずいた。「だが、もし少女の身元がわかったとしても、すべての真実を知ることはできないだろうよ」

彼らはコーヒーを持ってきて、これから記者会見で話すべきことを検討した。ハンソンが現れたのは、十一時近くになってからだった。

「ペール・オーケソンに報告してきた。オーケソンは検事総長と話をすると言っている」ハンソンが言った。

ヴァランダーは驚いて、読んでいた紙から目を上げた。

「なぜだ？」

「グスタフ・ヴェッテルステッドはかつては重要人物だった。十年前、わが国の首相が暗殺された。いま、惨殺された元法務大臣がみつかった。おれが思うに、オーケソンはこの殺人事件の調査に本庁が特別捜査本部を設置するかどうか、知りたいのだと思う」

「もしヴェッテルステッドがいまもまだ法務大臣をしているのなら、納得できる」ヴァランダーが言った。「だが、いまは公的な仕事から引退した老人に過ぎなかった」

「自分でオーケソンと話すんだな。おれは単に彼の言ったことを伝えただけだ」

一時になると、三人は会議室の演台に並んだ。彼らは記者会見をできるだけ短いものにするということで一致していた。重要なのは、記者たちが根拠のない、センセーショナルな憶測に走らないようにすることだった。そのため、ヴェッテルステッドがどのように殺されたかという点について質問があった場合は、できるかぎりあいまいに答えることに決めていた。剝ぎ取られた頭皮については、一言も触れないということもあらかじめ決めていた。

部屋はジャーナリストでいっぱいだった。ヴァランダーが予測したように、スウェーデンのマスメディアは、グスタフ・ヴェッテルステッドの殺害を一大事件と位置づけた。会場に入るとき、ヴァランダーはテレビが三局入っているのが目に入った。


記者会見が終わり、最後のジャーナリストが引き揚げると、ヴァランダーはめったにないほどうまくいったと思った。質問に対する答えは可能なかぎり言葉数を少なくし、始めから終わりまで、捜査技術上の問題で情報開示ができない、詳細を話すことができないと繰り返した。しまいにジャーナリストたちは、ヴァランダーが築いた目に見えない壁を崩すことができないとわかったようだった。彼らのほとんどが引き揚げたとき、ヴァランダーは地方局のインタビューに応じ、フーグルンドはテレビカメラの前に立った。彼女を見て、ヴァランダーは今度は自分がカメラの前に立たずにすんでよかったと思った。

記者会見の後半、ペール・オーケソンが目立たないように部屋に入ってきて、後ろのほうに立った。いま彼は廊下で、すべてを終えて部屋を出てきたヴァランダーを待っていた。

「ストックホルムの検事総長と話をしたそうですね。なにか指示が出ましたか?」

「継続的に捜査状況を伝えてくれとのことだ。私にもそうしてくれときみにたのみたい」オーケソンが言った。

「事件解決のめどがついたときはもちろんのこと、毎日報告します」

「まだ決定的なことはなにもわからないのだね?」

「そのとおりです」


会議は四時にふたたび開かれた。ヴァランダーは今度のもまた早く終わらせた。いまはまだ捜査内容を報告し検討するときではなく、足で稼ぐ捜査のときだと思っていた。集まった捜査官たちにはそれを指摘するにとどめて、それぞれの持ち場に戻るように言った。そして、なにか劇的に捜査に影響するようなことが起きないかぎり、次は翌日の朝八時に会議を開くことに決めた。


五時少し前、ヴァランダーは警察署を出て、車でサラ・ビュルクルンドの住んでいるスティールボーズゴンゲンへ向かった。そこはヴァランダーがほとんど訪れたことのない一角だった。車を停めて、庭の側から家のほうへ近づいた。家に着く前に、ドアが開いた。そこに立っている女は、ヴァランダーが想像していたよりもずっと若かった。たぶん三十歳ぐらいだろう。それでもヴェッテルステッドは彼女を床磨き女と呼んでいたのだ。そう呼ばれていたことを彼女は知っていただろうかとヴァランダーはあらためて思った。

「どうも。さっき電話をした警察の者です。サラ・ビュルクルンドというのはあなたかな?」

「あなたの顔に見覚えがあります」サラ・ビュルクルンドは答えて、うなずいた。

ヴァランダーは家の中に通された。リビングには菓子パンと魔法瓶に入ったコーヒーが用意されていた。上の階から子どもたちに静かにしろと言っている男の声が聞こえた。ヴァランダーは椅子に腰を下ろしてあたりを見まわした。この家のどこかに父親の描く絵がかけてあってもおかしくない、とヴァランダーは思った。なにか欠けているものがあるとすれば、まさにそれだと思った。ここにはスコーネ地方のどの家にもある漁師の絵も、ロマの女の絵も、泣いている子どもの絵もある。ないのは親父の絵だけだ。キバシオオライチョウが描き添えてあるものでも、ないものでも。

「コーヒーはいかがですか？」サラ・ビュルクルンドが訊いた。

「そんなに堅苦しく話さなくてもいい。ええ、一杯ください」

「グスタフ・ヴェッテルステッドは馴れ馴れしく話をさせませんでした」彼女は唐突に話しだした。「ヘル・ヴェッテルステッドと、必ず敬称をつけて呼ばされました。それはあの家で仕事を始めたときに、しっかりと申し渡されました」

ヴァランダーはすぐに本題に入れることにほっとした。そして小さなメモ帳とペンをポケットから取り出した。

「ということは、あなたはもうグスタフ・ヴェッテルステッドが殺されたと知っているんですね？」

「ええ。恐ろしいこと。だれがあんなこと、できるでしょう？」

「われわれもそう思っています」

「彼の死体は本当に海岸にあったんですか？　あの家の二階から見える、あの醜いボートの下に？」

「ええ、そうです。しかし、初めから話を聞こう。あなたはグスタフ・ヴェッテルステッドの家の掃除をしていましたね？」

「はい」

「いつから彼のところで働いていました？」

「まもなく三年になります。失業して困っていたんです。家賃を払うのがたいへんで。だから掃除の仕事でもなんでもしなければならなかったんです。仕事は新聞広告でみつけました」

「掃除はどのくらいの頻度で？」

「月二回です。一週間おきの木曜日」

ヴァランダーはメモを取った。

「いつも木曜日に決まっていた？」

「ええ、いつも」

「鍵は預かっていた？」

「いいえ、そんなこと、ヴェッテルステッドは考えられなかったと思います」

「なぜそう言うんですか？」

「わたしがあの家で仕事をしていたとき、ヴェッテルステッドはずっとそばで見ていたからです。とても窮屈でした。でも、報酬がよかったので」

「なにか特別なことは目につきませんでしたか？」

「例えば？」

「ほかの人がいたとか？」

「そんなことは一度もありませんでした」

「客を招いての夕食などは？」

「わたしの知るかぎり、なかったと思います。わたしが行ったときに流しに汚れた皿があるなんてことは、決してありませんでした」

ヴァランダーは少し考えてから質問を続けた。

「ヴェッテルステッドという人物を説明するとしたら、あなたはどんなふうに言いますか？」

返事は簡潔で迷いがなかった。

「傲慢なタイプです」

「ということは？」

「彼はわたしを侮蔑的に扱っていました。彼にとってわたしはとるに足らない床磨きばあさん以外のなにものでもありませんでした。かつて彼はわたしたち労働者の代弁をすると言っている政党を代表する一人だったのに、です」

「彼が手帳にあなたのことを床磨き女と書いていたこと、知っていますか？」

「いいえ。でもそうだとしても驚きません」

「しかし、あなたは彼のところで働き続けた？」

「いい賃金だったから、ということは前に言いました」

「最後に行ったときのことを思い出してみてください。わたし、ニュースで知ってから考えてみたんです。

「ええ。なにもかも、いつもどおりでした。わたし、ニュースで知ってから考えてみたんです。でも、ヴェッテルステッドはふだんどおりでした」

「あなたが働いたというこの三年間、一度もいつもとちがうということはなかったのですか？」

彼女がためらっているのがわかった。彼は耳を澄まし、集中した。

「去年、一度だけ」ためらいがちにサラ・ビュルクルンドは話しだした。「十一月のことです。木曜日ではなく、金曜日の朝あの家に行きました。どうしてそうなったのかわかりませんが、わたし、日にちを間違えてしまったんです。ちょうどそのとき、黒い大きな車があの家のガレージから出ていきました。窓が曇っていて外から見えないタイプの車です。わたしはいつものように玄関のベルを押しました。長い時間がたってから、ヴェッテルステッドが玄関に出てきました。わたしを見ると、彼はものすごい勢いで怒鳴りつけました。そしてドアをバーンと閉めてしまったのです。わたし、これで仕事を失ったと思いました。でも次の週、わたしが行くと、彼はなにも言いませんでした。その前の週のことなど、まったく知らないという顔をしていました」

ヴァランダーは話の続きを待ったが、彼女はなにも言わなかった。

「それでぜんぶですか？」

「ええ」

「あの家から出てきたのは、黒い大きな車だったのですね？」

「ええ」

ヴァランダーは今日のところはここまでだと思った。すばやくコーヒーを飲むと、立ち上がった。

「なにか思い出したら、電話をかけてください」と言って、彼はその家を出た。

彼はまた町の中央へ向かって車を走らせた。

黒い大きな車がヴェッテルステッドの家を訪ねていた。だれが中にいたのだろう？　それを調べなければならない。

六時になっていた。風が強くなった。そして雨もまた降りだした。

9

ヴァランダーがヴェッテルステッドの家に着いたとき、ニーベリをはじめ鑑識課の者たちは、家の中に移っていた。すでに彼らは何トンもの砂の表面をさらっていたが、捜しているものはみつからなかった。雨がふたたび降りはじめたので、ニーベリはすぐにまた防水シートを砂の上にかぶせるように命じた。雨が止むまでこうして待つよりほかなかった。ヴァランダーはヴェッテルステッドの家に向かって歩きながら、サラ・ビュルクルンドの話を思い出していた。間違った曜日に行ったときに彼女が見た黒い大きな車の話は、ヴェッテルステッドの完璧な表面に少なくとも小さな穴を開けるものになるだろうと思った。彼女は見てはならないものを見てしまったのにちがいない。そうでなければ、ヴェッテルステッドが見せたという激しい怒りや、その後彼女をクビにしなかったこと、またなにごともなかったかのように振る舞ったことなどの説明がつかない。怒りと沈黙は一つのことに対する同じ感情の極端な表れだ。

ニーベリはヴェッテルステッドのリビングでコーヒーを飲んでいた。コーヒーを入れた魔法瓶はだいぶ古そうだ。一九五〇年代のものではないか、とヴァランダーは思った。ニーベリは椅子の座面を汚さないように、尻の下に新聞紙を敷いていた。

「この家の主が殺害された現場がまだ特定できない。また雨が降りだした。これじゃとても捜査はできないな」ニーベリが言った。

「防水シートの上に重しを置いたか？　風がだいぶ強くなってきたぞ」

「いや、あの防水シートは飛ばない。だいじょうぶだ」

「おれはヴェッテルステッドの机の中を徹底的に調べようと思う」ヴァランダーが言った。

「ハンソンが電話をしてきた。ヴェッテルステッドの子どもたちと話をしたそうだよ」ニーベリがヴァランダーに言った。

ヴァランダーは驚いた。「いまごろか？　もうとっくにそれは済んだとばかり思っていたが」

「おれはなにも知らない。ただ彼の言ったことをあんたに伝えただけだ」

ヴァランダーは書斎へ行き、机に向かった。机の上のランプができるかぎり広い範囲を照らすように調節した。それから左側の引き出しを一つ開けた。今年の確定申告書の控えが入っていた。ヴェッテルステッドは所得を約百万クローネ（約千五百万円）と申告していた。申告書の内容を見ると、個人年金と株の配当金であることがわかった。有価証券センターからの書類には、ヴェッテルステッド所有の株は主にスウェーデンの基幹産業のものであることが記載されていた。これらの収入以外にも、ヴェッテルステッドは外務省からの支払いとティーデン出版社からの収入も申告していた。資産の項目には五百万クローネと書き込まれていた。ヴァランダーはこれらの数字を記憶に刻んだ。確定申告の控えを引き出しにしまうと、次の引き出しの鍵を開けた。フォトアルバムのようなものが入っていた。フーグルンドが言っていた、家族の写真がやっと出てきたな、とヴァランダーは思った。アルバムを取り出して机の上に置き、最初のページを開いた。それは昔風のポルノ写真だった。アルバムはそのような写真ばかりを集めたものだった。中にはずいぶん大胆なものもあった。開き癖がついているページがいくつかあった。ヴェッテルステッドは非常に若いモデルがお気に入りだったらしい。書斎のドアにノックの音がした。マーティンソンが入ってきた。ヴァランダーはフォトアルバムを見せた。

「切手を蒐集する者もいれば、こんなものを集める者もいる、ということですか」マーティンソンが口をゆがめた。

ヴァランダーはアルバムを閉じると、引き出しに戻した。

「マルメに住んでいるシューグレンとかいう弁護士から電話がありました。ヴェッテルステッドの遺書を預かっていると言っています。ヴェッテルステッドはかなりの資産家だったようですね。意外な相続人はいるかと尋ねましたが、どうもそんな人物はいないらしい。血縁者だけらしいです。それから、ヴェッテルステッドは法律を学ぶ若者に奨学金を与える基金を創設しているらしいですよ。金はすでにその基金に振り込まれてあって、税金も払っているとのことです」マーティンソンが言った。

「なるほど。グスタフ・ヴェッテルステッドはかなりの資産家だったということだが、もともとは貧しい港湾労働者の息子ではなかったか？」

「いまスヴェードベリがヴェッテルステッドの背景を調べています。昔彼が所属していた政党の秘書をしていた老人をみつけたらしいですよ。とても記憶がはっきりしている人物で、グスタフ・ヴェッテルステッドについてなら、ずいぶん話ができると言ってるとのことです。しかし、自分がここに来たのは、ほかの件です。サロモンソンの畑で死んだ少女のことですよ」

「身元がわかったのか？」

「いえ、しかしデータベースでこの頭文字の何百という組み合わせとその意味を調べました。かなりの数になりましたよ」

ヴァランダーは考えた。この先どうするか？

「インターポールで調べてもらおう。いや、新しい組織の名前はユーロポールだっけ？」

「はい」

「彼女の特徴を知らせるんだ。明日、ペンダントの写真を撮ろう。聖母マリアの像だ。いまはヴェッテルステッドのニュースで持ち切りだから目立たないかもしれんが、新聞にこれを載せるんだ」

「貴金属鑑定家に見せました。本物の金だそうです」

「いずれ、だれかが失踪者の届け出をしてくるにちがいない。心配する家族も関係者もいないということは、めったにないものだからな」

マーティンソンはあくびをかみ殺し、なにか手伝えるかとヴァランダーに訊いた。

「いや、今晩はいい」ヴァランダーが言った。

マーティンソンは帰った。ヴァランダーはそれから一時間、引き出しの中を調べた。終わると、机の上のランプを消して、暗い中で考え続けた。グスタフ・ヴェッテルステッドという男は、どんな人物だったのか？　自分がいだいているイメージはまだはっきりしない。

思いがけなく、一つのアイディアが浮かんだ。リビングへ行って、ある名前を電話帳で調べた。まだ九時になっていない。電話をかけると、相手はすぐに電話口に出た。ヴァランダーは名前を言って、これから行ってもいいかと訊いた。短い会話が終わり、彼は電話を切った。二階にいたニーベリに、ちょっと出かけるが、今晩もう一度戻ると伝えた。外に出ると、強い風が吹いていた。雨が顔にかかってくる。全身が濡れないように、彼は車まで走った。それからイースタの方角へ戻り、ウステルポート・スコーランの近くの建物の前で車を停めた。

建物の入り口のベルを鳴らすと、ドアが開いた。二階まで来たとき、そこに靴下のままの姿でラーシュ・マグヌソンが待っていた。部屋の中から、美しいピアノ音楽が聞こえた。

「最後に会ったのは、きのうじゃないね」ヴァランダーと握手しながら、マグヌソンは言った。

「たしかに。少なくとも五年は前だろうな」

以前、ラーシュ・マグヌソンはジャーナリストだった。エクスプレッセン紙で働いていたが、都会生活に疲れて生まれ故郷のイースタに戻ってきた。ヴァランダーとマグヌソンは妻たちを通して知り合った。彼らの共通の趣味はオペラだった。長い時間がたち、ヴァランダーとモナが離婚してから、初めてヴァランダーはマグヌソンが重度のアルコール中毒症だと知った。そのことがわかったのは、決定的なことがあったためだった。ある晩ヴァランダーが遅くまで働いていたとき、パトロール警官が警察署に引っ張ってきたのが、ラーシュ・マグヌソンだった。泥酔していて、まっすぐ立っていられないほどだった。その状態で車を運転していたため、ハンドルを切り損なって銀行の大窓に突っ込んでしまったのだ。六ヵ月の刑を食らった。刑を終えてイースタに戻ってからは、新聞社で働くことはなかった。妻とも別れた。子どもはなかった。その後も彼は飲み続けたが、限界を超えることはなかった。ジャーナリストをやめてから、彼はいろいろな新聞にチェスの問題を掲載することで生計を立てていた。まだアルコールで潰れずなんとか生きているのは、彼が毎日少なくとも一題、チェスの問題を作らなければアルコールに手を出さない、という規則を自分に課しているためだった。ファックスの時代、もはや郵便局まで問題を送りに行く必要もなくなった。家から直接新聞社に送ることができた。

ヴァランダーは質素なアパートの中に足を踏み入れた。マグヌソンから酒の匂いがした。その証拠にソファテーブルの上にウォッカの瓶があった。グラスは見当たらなかった。

マグヌソンはヴァランダーよりも数歳年上だった。汚れたシャツのカラーの上に長髪が垂れ下がっていた。顔は赤くむくんでいた。だが、意外なことにその目は澄んでいた。ラーシュ・マグヌソンの知性を疑う者はいなかった。またいままでのところ、そうしなければならない理由もなかった。彼がボンニャース出版社から詩集を出版する予定だった話を、ヴァランダーは聞いたことがあった。だが、出版寸前に彼は前払いしてもらっていた金を返して、詩集の刊行をとりやめにしたのだった。

「意外な訪問だな。座ってくれ。なにか飲むか?」ラーシュ・マグヌソンが訊いた。

「いや、なにもいらない」と言って、ヴァランダーはソファから山のような新聞を床に下ろして腰を下ろした。

マグヌソンは恥ずかしげもなくウォッカを瓶からラッパ飲みすると、ヴァランダーの向かい側に腰を下ろし、ピアノ音楽の音を小さくした。

「久しぶりだな。いつだったか、思い出そうとしているんだ」

「酒類販売所だよ」マグヌソンがすかさず答えた。「ほぼ五年前のことだ。あんたはワインを買った。おれはなんでも、あらゆるものを」

ヴァランダーはうなずいた。思い出した。

「記憶には問題ないな」ヴァランダーが言った。

「そこまでアルコール漬けになっていない。それだけは最後まで機能させたいものだ」

「飲むことそのものをやめようと思ったことはないのか?」

「毎日思うさ。だが、あんたはそのためにおれに会いに来たわけじゃないだろう? おれに禁酒させようとして来たとは思えない」

「グスタフ・ヴェッテルステッドが殺されたという記事を読んだだろう?」

「テレビで見た」

「あんたがずっと前に、ヴェッテルステッドのことを話していたというかすかな記憶があるのだ。たしかヴェッテルステッドにまつわるスキャンダルのことだった。スキャンダルがあってもすぐにもみ消されてしまうとかいう話だ」

「それこそが、最大のスキャンダルさ」マグヌソンが口を挟んだ。

「おれはいま、ヴェッテルステッドという人物を把握しようとしているんだ。あんたに力を貸してほしい」

「問題は、あんたが証拠のないうわさ話を聞きたいか、真実を知りたいかだ。おれにはその二つを区別するだけの能力がもうないかもしれないが」

「火のないところに煙は立たないというではないか」

ラーシュ・マグヌソンは、まるで瓶が近すぎるというように、急にウォッカの瓶を隅のほうに押しやった。

「おれは十五歳のときストックホルムの新聞社で働きはじめた。一九五五年の春のことだ。トゥーレ・スヴァンベリという夜番の編集長がいた。そのころトゥーレはいまのおれと同じくらいアルコール漬けになっていた。だが仕事だけは完璧だった。そのうえ彼は新聞の宣伝ビラを書くことにかけては天才だった。彼が書けば必ず売り上げが伸びた。いい加減な文章が大嫌いだった。いまでもおれは、彼がいいかげんに書かれた文章に腹を立てて、その原稿を細かく千切って食べてしまったのを思い出す。原稿を嚙んで飲み込んでしまったんだ。そしてこう言った。『これはクソとなる値しかない原稿だ』とな。おれにものを書くことを教えてくれたのは、このトゥーレ・スヴァンベリという男だ。新聞記者には二つのタイプがある、というのが口癖だった。『一つは真実を探して地面を掘るタイプ。そいつは掘った穴の中にいて、土をスコップで地面にかき上げる。だが穴の上にはもう一人の男が立っていて、その土をまた穴に埋めるんだ。彼もまたジャーナリストだ。この二人の間にはいつでも戦いがある。どちらが強いかを競い合う戦いは、決して終わることがない。片方は真実を明るみに出そうとする。だがもう一方は、権力の召使いで、できごとを隠そうとするのだ』そして、事実そのとおりだ。おれにはそれがすぐにわかった。まだ十五歳だったがね。権力の側についた男たちはいつも、清掃屋とか葬儀屋と呼ぶのがふさわしいやつらと仲良くする。彼らの使者を務めるためにためらいもなく魂を売るジャーナリストは掃いて捨てるほどいる。穴に土を埋めるやつらだ。スキャンダルを葬る者たちだ。真実の光を演出する者たち、清潔な社会という幻想を保障する者たちだ」

マグヌソンは顔をしかめて瓶を手に取り、一口飲んだ。それから腹に手をやった。

「グスタフ・ヴェッテルルステッド」と彼は話しはじめた。「そもそもどういうことが起きたかを知りたいのか?」

ラーシュ・マグヌソンはシャツのポケットから潰れたタバコのパッケージを取り出した。タバコに火をつけて、煙を吐き出した。

「買春と絵画だ。善良な仮面をかぶったグスタフがヴァーサガータンにもっていたアパートメントに、毎週少女を連れてこさせるということは、かなりの長い期間、知る人ぞ知る事実だった。そこは彼の妻の知らない秘密の部屋だった。彼はその仕事をさせる人間を個人的に雇っていた。おれはそいつがモルヒネ中毒だと聞いたことがある。モルヒネはヴェッテルステッドが与えていた。彼には医学界に有力な友人がたくさんいた。ヴェッテルステッドが少女たちを買うことは、新聞社にとって特別なネタではなかった。そんなことをした大臣は彼が最初でも最後でもなかったからだ。興味深いのは、それがよくあることなのか、それともめったにないことなのかということだ。おれはいまでもどうなのだろうと思うよ。だがとにかく、グスタフ・ヴェッテルステッドはあるとき、やりすぎた。買われた女の一人が、果敢にも彼に暴行されたと警察に通報したのだ」

「いつのことだ?」ヴァランダーが口を挟んだ。

「一九六〇年前後のことだ。女はヴェッテルステッドに革ベルトで打たれたこと、カミソリで足の裏を切られたことを告発した。二つの告発のうちの後者、つまりカミソリで女の足の裏を裂いたということが、関係者の間で大騒ぎになった。当時、異常なセックスは人々が読みたがるネタになっていた。問題は、スウェーデンの法制度の最高の地位にいる人間、それは国王の次に高い地位にいると言っていい人間に対する告発だったという点だ。お偉方は、どっちみち五〇年代には訴訟関係のスキャンダルがたくさんあったから、国民は飽き飽きしているにちがいないと判断したらしい。すべては闇に葬られた。告発状がなくなったのだ」

「なくなった？」

「ああ。文字どおり、消えてなくなったのだよ」

「だが、告発した女は？　その女はどうなった？」

「彼女はヴェステロースで、景気のいい洋品店のオーナーになった」

ヴァランダーは首を振った。

「どうして知っているんだ？」

「当時おれは、ステン・ルンドベリというジャーナリストを知っていた。ステンはヴェッテルステッドの周辺を探っていた。嗅ぎまわっていることが知れると、彼は別のところに飛ばされた。実際は書くことを禁止されたのだ」

「彼はそれを承諾したのか？」

「選択の余地がなかった。残念なことに彼にはだれもが知っていた弱点があった。賭け事だ。大きな借金を背負っていた。その借金が突然清算されたといううわさが流れた。ちょうど告発状がなくなったのと同じようにだ。すべてが元どおりになった。グスタフ・ヴェッテルステッドはふたたびモルヒネ中毒者に女の子たちを連れてこさせるようになった」

「もう一つの、絵画というのはなんのことだ？」ヴァランダーが訊いた。

「ヴェッテルステッドが法務大臣をしていた時代に、スウェーデンで絵画窃盗事件がいくつもあり、彼はそれに関与しているというものだ。それらの絵は決して美術館に戻ることはなく、いまでも個人の収集家の壁を飾っているだろうよ。もちろん公開されることもなく。警察は一度、盗品の仲買い人を捕まえたことがあった。もちろん、間違って捕まえてしまった、と言うのが正しいんだろうが。その男は、グスタフ・ヴェッテルステッドがすべてを知っていると言ったらしい。だが、それはもちろん立証できなかった。この情報は闇に葬られた。穴の上にいて穴を埋める者たちのほうが、穴の中から土をかき上げる者の数よりも多かったんだ」

「気の滅入る話だな」ヴァランダーが言った。

「覚えているか、おれが最初に言ったことを？　問題は、あんたが真実を知りたいか、それともうわさを聞きたいかだ。うわさを信じるなら、グスタフ・ヴェッテルステッドは優れた政治家で、党に忠実な、愛すべき人物ということになる。教育もあり、なんでもできる人物だと。彼の死後、そのように記憶されるだろうよ。彼が買った女たちが知っていることをしゃべりだしたりしないかぎり」

「ヴェッテルステッドはなぜ辞職したんだ？　なにかあったのか？」

「自分より年下の大臣たちとうまくいかなかったのではないか？　とくに女性政治家たちと。たしか大きな年代ギャップがあったはずだ。自分の時代は終わったということがわかったのだろう。いや、おれの時代も終わったよ。おれがジャーナリストをやめたのもそのころだ。ヴェッテルステッドがイースタに来てから、おれはまったく彼のことを考えたことがなかった。今日の今日まで」

「こんなに時間がたってから、彼に復讐をする人間がいるだろうか？　だれか思いつくか？」

ラーシュ・マグヌソンは肩をすくめた。

「そんなことに答えられるか」

ヴァランダーはあと一つ訊きたいことがあった。

「スウェーデンで、頭皮を剝がれて殺されたという事件が過去にあっただろうか？　覚えているか？」

マグヌソンの目が細まった。そして新たな関心をたたえた目でヴァランダーを見た。

「ということは、ヴェッテルステッドは頭皮を剝がれたということか？　テレビのニュースでは、それは言わなかったな。もし知っていたら、黙っているはずがないからな」

「ここだけの話だぞ」と言ってヴァランダーはマグヌソンを見た。マグヌソンはうなずいた。

「われわれはまだこの話を一般に知らせたくない」ヴァランダーは続けた。「捜査技術上の理由で情報を公開することができないと言って、できるかぎり遅らせようと思っている。真実を半分しか見せたくないときに警察が使う常套手段だ。が、今度ばかりは本当なんだ」

「ああ、そうだろう。あんたを信じる」マグヌソンが言った。「いや、信じないかもしれない。どっちだっていいんだ。おれはもうジャーナリストじゃないんだから。だが、頭髪剝ぎ殺人事件には、心当たりがないな。新聞の宣伝ビラにこれ以上人目を引く言葉はないというようなものだな。トゥーレ・スヴァンベリなら小躍りしただろう。警察から漏れはしないか?」

「わからない」ヴァランダーが正直に言った。「残念ながら、その経験があるんだ」

「おれはこのネタをたれ込まないからだいじょうぶだ」マグヌソンが言った。

彼はヴァランダーを送って戸口まで来た。

「警官なんて仕事、よくできるな」マグヌソンは、ドアの外に出ているヴァランダーに言った。

「そうだな。おれにもよくわからない。いつか、その答えがわかったときに教えてやるよ」ヴァランダーは答えた。

雨風は激しくなっていた。風が嵐のように強いものに変わっていた。ヴァランダーはヴェッテルステッドの家に戻った。ニーベリの同僚たちが二階の指紋を採っていた。ベランダの窓から、ニーベリが裏庭の門灯の柱にかけたはしごに登っているのが見えた。はしごは強風に揺れ、彼は風にはしごをさらわれないように柱に抱きついている。ニーベリがはしごを降りはじめたのを見て、ヴァランダーは手伝うことにした。玄関から出て、彼に声をかけた。

「あとでもよかったのに。風に吹き飛ばされそうじゃないか」

「そうなったらけがをしたかもしれんな」ニーベリが大声で答えた。「もちろん、電灯のチェックはあとですることもできた。しかしそうしたら、忘れてしまって、調べなかったかもしれない。だが、電灯のことはあんたにたのまれていたので、いや、おれはあんたの仕事ぶりを認めているので、調べることにしたんだ」

ヴァランダーはニーベリの言葉を聞いて内心驚いたが、それは見せないようにした。

「なにかみつけたか？」と代わりに訊いた。

「電灯が壊れていたわけじゃなかった。電球がはずされていたんだ」

ヴァランダーはニーベリの言った言葉の意味を考えた。そしてすばやく判断した。

「ちょっと待ってくれ」と言って、リビングへ行き、サラ・ビュルクルンドへ電話をかけた。

電話に出たのは本人だった。

「夜分遅く電話をかけて申し訳ない」とまず謝り、すぐに質問した。「ヴェッテルステッドの家では壊れた電球を換えるのはだれの仕事でしたか？」

「ヴェッテルステッド自身です」

「外の電球も？」

「ええ、そうだと思います。庭はヴェッテルステッド自身が世話をしていましたから。彼の家に入ることができたよそ者は、わたし一人ではなかったかと思います」

それに、黒い車に乗っていた人間と、とヴァランダーは胸の内で思った。

「裏門に門灯がありますね。それはいつも点いていますか？」

「冬は暗いですから、いつでも点けているようでした」

「訊きたいのはこれだけです。どうも」

玄関先に戻って、彼はニーベリに声をかけた。

「もう一回、はしごを登ってもらえるかな？　新しい電球をつけてもらいたいんだ」

「予備の電球はガレージの中の小部屋にある」と言うと、ニーベリはまた長靴を履いた。

彼らはまた強風の表に出た。ヴァランダーははしごを押さえた。ニーベリははしごを登って電球をソケットに入れ、ねじり込んだ。すぐにあたりが照らし出された。ニーベリはカバーのガラスの円球をねじで留めて、はしごを降りてきた。彼らはいっしょに海岸のほうに歩いた。

「ずいぶんちがうな」ヴァランダーが言った。「水辺まで明かりが届く」

「なにを考えているのか、言ってみろ」ニーベリが言った。

「ヴェッテルステッドが殺された場所は、この光の届く範囲内だと思う。運がよければ、あの円球に指紋が残っているかもしれない」

「つまり、犯人はすべて計算して動いたということだな？　暗くするために電球をはずしたと？」

「ああ。おれはだいたいそうだろうと思う」

ニーベリははしごを持って裏庭に入っていった。ヴァランダーは海岸の砂地に残って、雨が顔に降りかかるのもかまわず立ち続けた。

立入禁止のテープはまだ張られていた。警察の車が一台、海岸の砂浜が始まる境の道路側に停まっている。モペットに乗った少年が一人いたが、ほかにはもう見物人はいなかった。

ヴァランダーは海に背を向けて、家の中に入っていった。

10

　彼は朝七時過ぎに地下室に入った。はだしの足に床がひんやりした。完全に静止して、耳を澄ました。それから後ろのドアを閉めて鍵をかけた。しゃがみ込んで床を見た。最後にこの部屋を出たときに、床に粉を撒いていったのだ。しかし、この部屋に人が入った気配はなく、床にも足跡はなかった。ネズミ取りの中を見た。運がいい。四つのネズミ取りぜんぶにネズミがかかっていた。その中の一つはいままで見たこともないほど大きなネズミだった。

　ジェロニモは死ぬ前に、若いころ、ポーニー族の戦士と戦って勝ったことがあると話した。その戦士の名前は六本指の熊といった。左手に指が六本あったためだ。六本指の熊は、ジェロニモにとって生涯最強の敵だった。その戦いをしたとき彼はまだ若かったが、ほとんど死にかけたほどだった。ジェロニモは敵の六番目の指を切り落として干し、それを小さな革の袋に入れていつも腰ひもに吊るして持ち歩いた。

　彼は斧の一つをいちばん大きなネズミで試してみることにした。小さいヤツたちには、護身用のスプレーの効果を試すことにした。

　だが、まだ先のことだ。まず、大きな変身をしなければならなかった。彼は鏡の前に座った。

ランプを動かして、光が鏡に反射しないように調節した。それから鏡に映る自分の顔を見た。左の頰に小さな切り傷があった。傷はもう乾いていた。最後の変身のための最初の一歩だった。

斧の当たりは完璧だった。最初のモンスターの背骨を斧で真っ二つにしたときの感じは、まるで薪を割るような手応えだった。彼の中で精霊たちが歓声を上げた。彼は迷いなくモンスターの背骨を叩き割り、その頭皮を剝いだ。それはいまあるべきところにある。土の中に、頭髪だけを地面に出して。

もうじき、そこにもう一つ頭皮が添えられる。

彼は鏡の中の自分の顔を見て、もう一方の頰にも切り傷をつけるべきか考えた。新しいナイフを使って切れ味を試そうか？　本当はどうでもいいことだ。すべてが終わったとき、顔には切り傷がたくさんできているだろう。

彼は神経を集中させて用意を始めた。リュックから武器と塗料と筆を取り出した。最後に赤いノートを取り出した。そこには黙示と任務が書かれている。彼はそれを鏡と自分の間に大事そうに置いた。

最初の頭皮を埋めたのは昨晩のことだ。病院付近には警備員がいた。だが、彼は病院を囲む塀が壊れているところを知っていた。窓にもドアにも鉄棒がはめてある頑丈な建物は、大きな公園のような場所の端に一つだけ別棟で立っていた。姉を訪ねたとき、彼は彼女が夜どの部屋で眠るのか、外からわかるように窓を数えた。きのうの晩、彼女の部屋の窓は暗かった。廊下を照らす薄明かりだけが、頑丈で威嚇的な建物の外から見えた。彼は頭皮を埋めて、始めたぞと胸の中で姉にささやいた。彼はモンスターたちを壊滅させるつもりだった。一人ひとり。それが終わったら、彼女はふたたび外に出られる。

彼は上半身裸になった。夏だったにもかかわらず、地下室の中は冷えていて、彼は震えた。赤いノートを手に取り、いまはもう存在しないヴェッテルステッドという名の男について書かれているページを飛ばしてめくった。二番目の頭皮の男について書かれているのは七ページ目だった。彼は姉の書いた文章を読んだ。そして今度はいちばん小さい斧を使うことにした。

ノートを閉じて、彼は鏡の中の自分の顔を見た。顔の形は母親似だった。だが、目は父親そっくりだった。目は落ち窪んでいて、深い銃口のようだった。目だけは父親似だったので、父親もいけにえに捧げるのは残念なことだと思った。だが、それはそれだけのことで、そんなためらいはすぐに振り払うことができた。子ども時代、父親の最初の記憶は、その目だった。父親の目は彼をにらみ続け、おびえさせた。その後彼は父親を、いつも怒鳴っている腕と脚のついた巨大な目としか見ることができなかった。

彼はタオルで顔を拭いた。それから太い筆に黒い色をたっぷりつけ、最初の線を額に引いた。ちょうどナイフでヴェッテルステッドの額を切ったのと同じところだ。

彼は警察の立入禁止のテープの外側で何時間も見ていた。ボートの下に横たわっていた男をだれが殺したのか、いったいなにが起きたのかを突き止めるために、警察がどのように捜査するのかを見るのは、じつに面白かった。何度か、やったのはおれだと叫びたくなるのをこらえた。

それは彼がまだ制御できない弱点だった。自分がやったこと、姉の赤い黙示録から彼が得た任務は、ただひたすら姉のためであるということ。自身のためではないということ。これを言いたいのが彼の弱点であり、抑制しなければならないことだった。

彼は額に二番目の線を引いた。変身はまだ始まったばかりだというのに、すでにもう、大きな変貌を遂げたような気がした。

なぜ自分がステファンと名付けられたのか、彼は知らなかった。あるとき、母親が比較的素面《しらふ》のとき、訊いたことがあった。なぜステファンなのか、なぜほかの名前ではなくこの名前になったのか。母親の答えはあいまいだった。いい名前だから、と母親は言った。それは覚えている。いい名前、人に好まれる名前。一つしかない独特な名前ではなく、ふつうの名前なのがいいと。それを聞いてどんなに不愉快になったか、彼ははっきりと覚えている。リビングのソファに横になっている母親を残して、彼は家を飛び出した。そして自転車をこいで海へ行った。海岸を歩きながら、自分の名前を選んだ。フーヴァー。アメリカのFBIの元長官の名前だった。彼はフーヴァーを信奉していた。フーヴァーの本を読んだことがあった。フーヴァー長官にはアメリカ先住民の血が入っているといわれていた。ステファンは自分の家系にも過去にアメリカ先住民の血が混じったのではないかと思っていた。祖父から、大勢の祖先がアメリカに移民したと聞いていた。中にはアメリカ先住民と子どもを作った者もいたかもしれない。彼自身はその血を受け継いでいなくても、彼の家系にはアメリカ先住民の血が混じっているかもしれないと考えるのが好きだった。

姉が病院に閉じこめられてから、初めて、彼はジェロニモとフーヴァーを溶かし合わせた。祖父がずっと前に、ブリキを溶かして兵隊の型に流し込み、ブリキの兵隊を作るのを見せてくれたことがあった。祖父が死んだとき、彼は兵隊の型とブリキを溶かす鍋を手に入れた。新聞紙に包んでずっと地下室の物置にしまっていたが、先ごろそれらを取り出して、型を変え、溶かしたブリキで警察官とアメリカ先住民を作った。ある晩、家族が寝静まり、父親は刑務所に入っていて絶対に突然アパートに入ってきて暴れまわる危険性がないとき、彼は台所に閉じこもって大いなる式典をおこなった。フーヴァーとジェロニモを溶かし合わせることによって、新しい自分のアイデンティティを作り出したのである。アメリカ先住民の戦士（ジェロニモ）の勇気をもつ怖いもの知らずの警察官（フーヴァー）の誕生だった。彼は絶対に無敵だ。彼がやらなければならない復讐をするとき、何者もそれを邪魔することはできない。

続けて額に弓の形の黒い線を引いた。その線のために、彼の目はもっと落ち窪んで見えた。目は低くうなる山猫のように二つの穴から光っていた。目の中に山猫が潜んでいるようだ。彼はゆっくりとこれから起きることに思いを馳せた。その日は夏至の日の前日で祝日だった。風が吹き雨が降っているために、仕事は困難になるだろう。だが、そんなことで妨げられはしない。ビャレシューに行くときは、しっかりと着込んでいこうと思った。一つだけ不安なことがあった。それは、この悪天候のために、夏至祭のパーティーが屋外から屋内に変更されるかもしれないということだった。だが、それは忍耐強く答えを待つしかないと自分に言い聞かせた。忍耐こそ、フーヴァーがいつも部下に言い聞かせていた教えだった。ジェロニモも忍耐強かった。人間の警戒心というものが、ゆるむ瞬間がある。そのときを待つのだ。同じことがパーティーが屋内に移ることにも言えるはずだ。彼が待っている男は、遅かれ早かれ外に出てくるにちがいない。そのときこそ待ち望んだ瞬間だ。

前日、彼は下見に行った。モペットを林の中に隠して、人から見られずに見渡せる丘に登った。アルネ・カールマンの家はグスタフ・ヴェッテルステッドのと同じように孤立していた。すぐ近くには家がない。根元で切られた不格好な柳の木の並木道が、白い漆喰のスコーネ地方の農家を改造した屋敷までつながっていた。

夏至祭パーティーの用意はすでに始まっていた。トラックの荷台から折り畳みテーブルや臨時の椅子が降ろされるのが見えた。庭の一方の隅に、食事サービス用のテントが張られていた。アルネ・カールマンもその場にいた。双眼鏡で、翌日訪れることになっている当人が、庭を歩きまわり、指示を与える様子が見えた。アルネ・カールマンはスポーティーな上下を着て、頭にはベレー帽のようなものをかぶっていた。想像したくもないのに、この男が姉といっしょにいる姿が目に浮かび、突然吐き気に襲われた。これ以上、ここにいて観察する必要はなかった。明日どのように行動するかは、わかっていた。

額と目のまわりを塗り終わり、鼻の両側に二本ずつ白い線を太く引いた。すでに、ジェロニモの力強い鼓動が彼の中で鳴り響いている。彼はうつむいて、床上のテープレコーダーのスイッチを押した。太鼓の響きが始まった。精霊が彼の中で語りはじめた。

午後、かなり遅い時間になって変身が完了し、今日持っていく武器を選び出した。それから四匹のネズミを大きな箱に移し入れた。ネズミは箱の壁を這い上がろうとしたが、むだだった。大きなネズミたちの中でもいちばん大きなネズミに狙いを定めた。斧はネズミの体を真っ二つに裂いた。叫び声を上げるひまもなく、ネズミは死んだ。ほかのネズミたちは逃げまどった。

彼は革ジャンパーのほうへ行った。内ポケットに手を入れて、スプレー缶を取り出そうとした。だが、なにもなかった。ほかのポケットも探ってみた。どこにもない。彼は一瞬動きを止めた。やっぱりだれかここに来たのだろうか？　いや、それはあり得ない。明確に考えるために、彼はまた鏡の前に座った。スプレー缶はジャンパーから落っこちたにちがいない。彼はグスタフ・ヴェッテルステッドを襲った日からいままでのことを、一つひとつ順を追って思い出していった。思い当たることがあった。立入禁止のテープの外で警察の仕事をながめていたときに、一度、セーターを着るためにジャンパーを脱いだことがあった。そのときにちがいない。だが、それはなんの危険もないと彼は判断した。スプレー缶を落とす者は彼一人ではないはず。缶に指紋があっても、彼の指紋が警察にあるわけがない。ＦＢＩ長官のフーヴァーといえども、スプレー缶を追跡するのは無理だろう。彼は鏡の前から立ち上がり、箱の中のネズミのほうへ行った。彼の姿を見ると、ネズミたちは激しく逃げまどった。斧を三回投げて、彼はネズミたちを殺した。二つに裂かれたネズミの残骸をかき集めると、ビニール袋に入れてきつく口を結んだ。それをさらにもう一つのビニール袋に入れて口を締めると、斧の刃を拭き、指先でその刃に触ってみた。

六時過ぎ、すべての準備が調った。彼は武器とビニール袋のネズミの死骸をリュックに入れた。雨と風が強かったので、靴下をはき、スニーカーを履いた。すでに靴底のパターンは削り取っておいた。明かりを消して地下室を出た。道路に出る前に、ヘルメットを深くかぶった。スツールップ空港への曲がり角で、駐車場にモペットを乗り入れ、ごみ箱にネズミの死骸の入ったビニール袋を捨てた。それからふたたびビャレシューへ向かった。風が止み、急に天気が変わった。夜はきっと暖かくなるだろう。

夏至の日の前日は、画商アルネ・カールマンにとって一年でもっとも重要な日の一つだった。その日、彼が夏を過ごすスコーネの屋敷に人を招いてパーティーを催すのは、すでに十五年もの伝統になっていた。絵描きやギャラリーのオーナーたちにとって、カールマンの夏至祭パーティーに呼ばれるのは重要なことだった。カールマンはスウェーデンの画商たちに絶対的な影響力をもっていた。彼が投資すると決めた芸術家たちはみな有名になり経済的にうるおう。また彼のアドバイスに従わない者たちは憂き目を見る。三十年ほど前、彼は車に絵を積み込んで売って歩く貧しい絵画行商人だった。だが、その経験は彼に、どんな客にどんな絵が売れるかを教えた。この業界のことを知り尽くし、また芸術は金とは関係のない、別の価値をもつと信じられてきた価値観を一蹴した。金を貯めて、ストックホルムの旧市街に額ぶち屋とギャラリーを組み合わせた店を開いた。贈り物と酒と手の切れるような紙幣をふんだんに使って若い芸術家から絵を買い上げ、そして彼らの芸術家としての売り値を決めていった。わいろ、脅し、うそは常套手段だった。十年後、彼はスウェーデン全国三十ヵ所にギャラリーのチェーンショップを開いた。また絵の通信販売も始めた。七〇年代の中ごろには、彼は金持ちになっていた。スコーネに古い豪農の屋敷を買い、その数年後には毎年そこで夏至祭パーティーを開くようになった。それは食べ物も飲み物も惜しみなく提供する、ぜいたくなパーティーとして知られるところとなった。客は一人当たり五千クローネ（約七万五千円）ほどのプレゼントを受け取った。今年はイタリアのデザイナーに限定版の万年筆を作らせていた。

その日早朝、アルネ・カールマンは妻のそばで目を覚まし、窓辺に行って外の天気をうかがった。雨が降り風が吹いていた。不満そうな表情が顔に浮かんだ。だが彼は、世の中には彼の力をもってしてもどうしようもないことがあるということを学んでいた。天候はその一つだった。五年ほど前、彼は悪天候のときのためにレインコートを作らせた。外に出たい客は頭まですっぽりと隠れるレインコートを着て外に出、家の中にいたい客は建物全体が大きなホールに改造された古い納屋にいることができる。

客は八時ころに到着しはじめた。しぶとく降っていた雨は止んだ。しけた雨の中でのパーティーになるはずだった夏至祭パーティーは、美しい夏のパーティーに変わった。アルネ・カールマンはタキシードに身を包んで客を迎えた。息子たちはその後ろから傘を持って従った。カールマンは毎年百人からの客を招待する。その半分は新しい客だった。十時過ぎ、彼はグラスを軽く叩いて立ち上がり、恒例のあいさつをした。客の半分は彼を憎んでいるか軽蔑していることを承知で、彼は話した。だが、六十六歳のいま、彼は人がなんと思うかなどまったく無頓着だった。なにを話そうと、彼の築き上げた帝国が他人に有無を言わせなかった。力が尽きたときは、二人の息子があとを継いでくれる。だが、まだ彼は退くつもりはなかった。またそれこそ、いつもながら自分のことばかりのあいさつの中で彼が言いたかったことだった。まだまだ、おれがくたばるとは思うなよ、まだ数年は今年よりはいい天候のもとで夏至祭のパーティーを開くつもりだから、と。あいさつが終わると、ぱらぱらとまばらな拍手が続いた。そのあと、納屋の中で生の演奏が始まった。客のほとんどは屋内に入った。アルネ・カールマンは妻とフロアに向かい、ダンスの口火を切った。

「おれのささやかなあいさつをどう思った？」踊りながら彼は妻に訊いた。

「今年ほど、えげつないくらいはっきり言ったこと、なかったわね」妻が答えた。

「客には好きなように思わせておけばいいさ。痛くもかゆくもない。おれにとっても、われわれカールマン一家にとっても。おれにはまだまだやりたいことが山ほどある」

真夜中の少し前、カールマンはヨッテボリ出身の若い女性の絵描きに声をかけて、広大な庭の隅にある垣根で囲まれたあずまやに行った。この女性を今年のパーティーに誘うようにアドバイスしたのは、才能のある絵描きをスカウトするのを仕事としている、彼の配下の者だった。カールマンは彼女の油絵を数枚見て、新しい才能であると判断した。新しい形態の理想主義的風景画だった。荒廃した郊外の家々、石の砂漠、孤独な人間たちが、天国の花が咲く野原を背景に描かれている。絵を見たとたん、カールマンは、新幻想主義と名付ける新たな絵画の方向を導くリーダーとして彼女を売り出そうと思った。あずまやに向かって歩きながら、その絵描きがずいぶん若いことに少なからず驚いた。だが女は美しくも神秘的でもなかった。アルネ・カールマンは長い経験から、絵そのものも大事ながら、絵描きの顔形も重要であることを学んでいた。いっしょに歩きながら、この顔色の悪い痩せた女をどうしたものかと彼は考えた。

草はまだ濡れていた。雨上がりの風景が美しかった。納屋では客たちがまだ踊っている。だが、客の多くはテレビの前に集まりだしていた。スウェーデン対ロシアのワールドカップ・サッカー試合があと三十分で始まる。この若い女性との話を早く切り上げて、彼自身テレビ観戦するつもりだった。契約書はポケットの中にあった。

契約はこれから三年間、大金と引き換えに彼が彼女の作品の独占販売権を得ることを約束させるものだった。一見、絵描きにとって有利な契約のように見えるはず。夏の夜の弱い光の中では読めない部分に、小さな字で彼女の将来の作品に関しても彼が大きな権利をもつことが書かれていた。あずまやに入ると、アルネ・カールマンは濡れた椅子の上をすばやくハンカチで拭いて、座るように勧めた。彼女を説得するのに三十分もかからなかった。彼はイタリア人デザイナーの万年筆を渡し、彼女は契約書にサインした。

あずまやを出ると、彼女は納屋に戻ろうと歩きだした。あとで、それは十二時三分過ぎだったと思い出す。建物に向かって砂利道を歩きだしたとき、腕時計を見たのだ。同じように確信をもって、彼女はアルネ・カールマンはまったくいつもどおりだったと語った。心配ごとがあるようにはまったく見えなかった。まただれかを待っているようにも見えなかった。彼はただ、雨のあとの新鮮な空気を吸いたいからしばらくここにいると言った、と。

彼女は一度も振り向かなかった。しかしそれでも彼女は、庭には自分以外にだれもいないという確信があった。もちろん、あずまやに向かって歩いてくる人間にも会わなかった。

フーヴァーはその夜長い時間丘の上に腹ばいになって待った。地面が濡れているので、雨が止んだころには体が冷えてしまった。ときどき立ち上がって、血のめぐりをよくした。十一時過ぎ、望遠鏡をのぞいた彼は、待っていた瞬間がもうじき到来すると確信した。庭にいる人間がまばらになった。彼は武器を取り出してベルトに挟んだ。それから靴も靴下も脱いでリュックに入れ、はだしになった。ゆっくりと丘を滑り降りて、菜の花畑の陰に隠れて走った。庭のそばまで来ると、濡れた地面にしゃがみ込んだ。垣根のすき間から、屋敷全体が見えた。

しばらくして、いよいよその瞬間がやってきた。いっしょに若い女がいる。彼らはあずまやに腰を下ろした。フーヴァーには彼らの話が聞き取れなかった。三十分ほどすると、女が立ち上がったが、アルネ・カールマンのほうはそのまま残った。庭には人影がない。納屋からはもう音楽は聞こえなかった。だが、テレビの音が大きく響いていた。フーヴァーは立ち上がり、斧を手に持ち、あずまやのすぐそばの垣根の間を通り抜けた。最後にもう一度、庭を見渡して人がいないことを確かめた。一片の迷いもなかった。姉の黙示録が任務の遂行をうながした。あずまやに走り込み、アルネ・カールマンの顔に正面から斧を振り下ろした。斧は頭部をあごまで真っ二つに割った。カールマンは二つに割られた頭を胴体の上にのせたまま、椅子に腰を下ろしていた。フーヴァーはナイフを手に持つと、片方の頭から頭髪ごと皮を剥いだ。そして来たときと同じく俊敏に垣根を抜けて丘の上に戻った。リュックを拾い上げると道路管理局所有の小屋の後ろに隠していたモペットまで砂利道を走った。

二時間後、彼はその頭皮を姉の窓の下に埋めた。すでに埋めてある頭皮のすぐそばに。

風がおさまった。空には雲一つなかった。

夏至の日は晴れ渡った暑い日になるだろう。

夏がやってきた。思いもかけない早さで。

スコーネ　一九九四年六月二十五日から二十八日

11

イースタ警察署に通報が入ったのは夜中の二時過ぎだった。

同じ瞬間、スウェーデン対ロシアの試合でトーマス・ブロリンがゴールを決めた。ペナルティーキックだった。スウェーデンの夏の夜に大歓声が上がった。通報を受けた警官はブロリンのキックにとび上がって歓声を上げたところだった。大喜びの瞬間だったにもかかわらず、彼にはその通報が尋常なものではないことがすぐにわかった。電話線を通して聞こえる女性の叫びは酔っぱらいのものではなかった。ヒステリックな悲鳴はショック状態から来ているもので、芝居ではなかった。警官はすぐにハンソンに連絡した。ハンソンは臨時の署長代理の役割を重く感じていて、夏至の日の前夜、家に帰らず署に残っていた。彼は限られた人員をどこにどれだけ配置するのが最適か、頭をひねっていた。十一時に二ヵ所の一般家庭で激しいけんかがあった。一つは嫉妬がらみの家庭内暴力だった。だがもう一つのほうは、スウェーデンのゴールキーパー、トーマス・ラヴェリが原因だった。あとでスヴェードベリが書いた報告書によれば、カメルーンとの試合のときのラヴェリの態度をめぐって三人が激しい口論となり、病院に運ばれるほどのけがをしたというのだった。ちょうどビャレシューからの通報の知らせを受けたとき、出動していたパトカーの一台がすでに戻ってきていた。例年なら、天候が悪ければ夏至の前夜は静かなものになると決まっていた。だが、今年ばかりは、歴史は繰り返しを拒んだらしかった。

ハンソンは捜査本部へ行き、通報を受けた警官と話した。

「通報者の女性は、確かに男が頭を真っ二つに割られたと言ったのか？」

警官はうなずいた。ハンソンは一瞬考えた。

「よし、スヴェードベリに行ってもらおう」

「スヴェードベリはスヴァルテでの家庭内暴力事件を担当していますが？」

「忘れていた。それじゃ、ヴァランダーだな」ハンソンが言った。

一週間ぶりにヴァランダーは十二時前にベッドに入ることに成功していた。眠る前に一瞬弱気になって、スウェーデン中の人々とともにテレビでサッカーの試合を見ようかと思った。スウェーデン対ロシア戦だ。だが、試合が始まる前に眠ってしまった。電話で起こされた瞬間、彼は自分がどこにいるのかわからなかった。ベッドのそばにある電話のコードをたぐって電話に出た。つい先ごろ延長コードをやっと買ったので、夜中の電話に出るためにベッドから電話の置いてある廊下まで走らなくてすむようになった。

「起こしたか?」ハンソンが言った。

「ああ。どうした?」

ヴァランダーは正直に答えたことに自分でも驚いた。以前は、夜中に電話があって、起こしたかと訊かれたらいつもうそをついて、いや、起きていたと言っていたものだ。

ハンソンは通報があったと話した。あとでヴァランダーは、なぜあのときに、ビャレシューの事件がグスタフ・ヴェッテルステッドと関係があるとすぐに思わなかったのだろうかと不思議に思った。連続殺人事件の発生だと思いたくなかったためだろうか? それともヴェッテルステッド殺害はふつうの殺人事件とはちがうと思っていたからだろうか? 二時二十分にハンソンが電話をしてきたときに彼が言ったのは、パトロール警官を送り込むようにということだけだった。その間に彼は着替えてすぐにあとから駆けつける、と。三時五分前、ヴァランダーはビャレシューの屋敷の前に乗りつけた。ラジオからマーティン・ダレーンがヘディングシュートで二点目をゴールしたという声が流れた。スウェーデンが勝つだろうと思った。これでまた百クローネ失うことになる。

ノレーンが車のほうに走ってくるのが見え、ヴァランダーはただならぬものを感じた。だが本当になにが起きたのかがわかったのは、庭まで来てそこにいる人々を見たときだった。ヒステリーを起こしている者、完全に口をつぐんでしまっている者。あずまやに行った。椅子に腰を下ろしている男は、頭を真っ二つに割られていた。左半分の頭のてっぺんが髪の毛ごと剝ぎ取られていた。ヴァランダーは一分ほどその場に凍りついてしまった。ノレーンが話しかけてきたが、なにを言っているのかわからなかった。死んだ男を凝視しながら、これをやったのは数日前にヴェッテルステッドを殺したのと同じ人間にちがいないと思った。その瞬間、どう説明していいかわからない、悲しい気持ちに襲われた。後日、彼はこの思いがけない、じつに警官らしくない感情を、バイバに説明してみようとした。それはまるで最後の防衛線が彼の中で壊れたような感じだった。そんな防衛線は幻想だったのだ。この国にはもはや防衛線などというものは存在しないのだと悟った。いままで大都市にしかなかった種類の暴力が、いまやもう彼の守る警察区にまで広がってきた。世界は縮小と拡大を同時に見せたのだ。

悲しみは恐怖に取って代わった。彼は青ざめているノレーンに向き直った。

「同じ犯人のようですね」ノレーンが言った。

ヴァランダーはうなずいた。

「これはだれだ？」

「アルネ・カールマン、この屋敷の主人です。夏至祭のパーティーが開かれているところでした」

「だれもここから帰してはならない。なにか見た者がいるかどうか、調べるんだ」

ヴァランダーは携帯を取り出し、イースタ署に電話をかけて、ハンソンにつないでもらった。

「ひどい光景だ」電話口に出たハンソンに言った。

「どのように？」

「これ以上ひどいものを見たことがあるかどうか。ヴェッテルステッドを殺したのと同じやつだろう。また頭皮が剝がれている」

ハンソンが息を呑む音がした。

「一斉出動してくれ。それと、ペール・オーケソン検事にもすぐに来てほしい」

ヴァランダーはハンソンが質問をする余裕を与えずに電話を切った。いま自分はなにをするべきか、と彼は考えた。だれを追えばいいのだ？　精神病質者《サイコパス》か？　犯人は用心深く、計算の上で行動している。

だが心の奥底では、彼はなにをするべきか知っていた。グスタフ・ヴェッテルステッドとアルネ・カールマンという二人の男の間には、なんらかの関連があるにちがいない。まずはそれを探すのだ。

二十分後、一斉出動の車が到着しはじめた。ニーベリを見かけると、ヴァランダーはあずまやに連れていった。

「こりゃひどいな」というのがニーベリの最初の言葉だった。

「ヴェッテルステッドを殺したのと同じ人間だろう。ふたたび現れたんだ」ヴァランダーが言った。

「今回は犯行現場がどこか捜す必要がないようだな」ニーベリは垣根の葉っぱと、隅の小さなテーブルの上に飛んだ血しぶきを指さした。

「それに、この男もまた頭皮を剝がれている」ヴァランダーが言った。

ニーベリは鑑識課の捜査官たちを呼び集め、仕事にとりかかった。ノレーンはパーティーの客を納屋に集めた。庭には奇妙なほどひとけがなかった。ノレーンはヴァランダーに近づき、母屋を指さした。

「あそこにカールマンの妻と三人の子どもがいます。全員がショック状態です」

「医者を呼ぶほうがいいか？」

「いや、奥さんがすでに呼びました」

「わかった。あとで彼らと話をしよう。マーティンソンやフーグルンドが来たら、客の中でなにか異状に気がついた者から話を聞くように伝えてくれ。それ以外は帰していい。ただし、名前を記録しろ。身分証明書を呈示させるのを忘れるな。目撃者はいないのか？」

「はい、だれも名乗り出た者はいません」

「事件の経過表は作ったか？」

ノレーンはポケットからノートを取り出した。

「十一時半にはカールマンを見た者たちがいます。だが、二時には確実に死んでいます。この間の時間帯に殺されているのは間違いないようです」

「その時間帯はもっと短くできるだろう。最後に彼を見た人間を特定してくれ。もちろん、死体をみつけた人間もだ」とヴァランダーは言った。

ヴァランダーは母屋に入った。スコーネ地方の民家が伝統を大いに取り入れて改造されていた。ヴァランダーが足を踏み入れたのは大きな部屋で、キッチンとダイニングとリビングを兼ねていた。壁という壁に油絵がかけてある。部屋の片隅に黒い革のソファセットがあって、遺族らしき人々が集まっていた。五十年配の女性が立ち上がって彼に近づいてきた。

「カールマン夫人ですか？」ヴァランダーが訊いた。

「はい、そうです」

泣きはらした顔だった。ヴァランダーは精神的に極限状態にいるかどうか探る目で夫人を見た。だが、彼女は驚くほど気丈に思えた。

「お気の毒なことで」

「ええ、恐ろしいことです」

その答えがどこか機械的に感じられた。質問を始める前に、彼は少し考えた。

「犯人の心当たりはありますか？」

「いいえ」

答えが早すぎると思った。この質問を予測していたのだろう。ということは、彼女の夫の命を狙っている者は少なからずいるということかもしれない。

「カールマン氏の職業は？」

「画商でした」

ヴァランダーは体を硬くした。カールマン夫人は彼の沈黙を誤解し、答えを繰り返した。

「聞こえています」ヴァランダーは言った。「ちょっと失礼」

ヴァランダーはふたたび庭に出た。そして全神経を集中させて、いまカールマン夫人の言ったことと、ラーシュ・マグヌソンが語ったことを合わせて考えた。マグヌソンによれば、グスタフ・ヴェッテルステッドは過去において絵画の窃盗事件と関係があるのではないかとうわさされたということだ。そしていま一人の画商が死んだ。おそらくグスタフ・ヴェッテルステッドを殺したのと同じ犯人の手で殺されたと思われる。こんなに早い段階で、この二人の間に関連をみつけたことに、彼は安堵と感謝を感じた。家の中に入ろうとしたとき、アン＝ブリット・フーグルンドの姿が目に入った。いつもよりも顔色が悪い。そしてかなり緊張している。ヴァランダーは自分が警官になったばかりのころのことを思い出した。あのころは、一つひとつの暴力事件に個人的にのめり込んだものだった。リードベリはかなり早い段階において、被害者および被害者の家族と個人的な関わりをもってはならないと忠告してくれたものだ。ヴァランダーはそれを理解するのに長い時間がかかった。

「またですね？」フーグルンドが訊いた。

「ああ、同じ犯人だ。あるいは犯人たち、複数かもしれない。同じパターンが繰り返されている」

「今度もまた頭皮が剝がれたのですか？」

「ああ、そうだ」

彼はフーグルンドが自然と体を引いたことに気がついた。

「おれはたぶん二人の男たちの間に関連をみつけたと思う」と言って、彼は自分の気づいたことをフーグルンドに話した。その間にマーティンソンとスヴェードベリも到着した。ヴァランダーは急いでいまフーグルンドに話したことをもう一度繰り返した。

「客たちの話を聞いてくれ。ノレーンが正しければ、客は百人はいる。ここから出る前に全員に身分証明書を呈示させることだ」

ヴァランダーは母屋に戻った。ダイニングの椅子を持ってソファの近くに行き、腰を下ろした。カールマン夫人のほかに二十代の息子が二人と、それよりも少し年上と見られる娘がいた。全員が意外なほど落ち着いていた。

「いま早急に知りたいことだけ質問します。ほかのことはあとでまた訊く機会を設けます」

静かになった。だれもなにも言わない。ヴァランダーはまず当然の質問から始めた。

「犯人に心当たりはありますか？　今日の客たちはどうですか？」

「ほかにあり得ますか？」息子の一人が言った。金髪を短く刈り込んでいる。その顔が、少し前にあずまやで見た、変形した顔に似ているところがあって、ヴァランダーは気分が悪くなった。

「だれかとくに思い当たる人がいるのですか？」ヴァランダーが訊いた。

息子は首を振った。

「盛大なパーティーが開かれているときに、わざわざ外部から人が来るでしょうか？　考えられませんわ」カールマン夫人が言った。

冷血な人間ならためらわないだろう、とヴァランダーは思った。またはこんなことができるほど頭がおかしくなっている人間なら。一か八か、捕まってもかまわないと思って行動する人間かもしれない。

「あなたのご主人は画商だったとおっしゃいましたね。どんな仕事をしていたか話してくれますか」ヴァランダーは続けた。

「夫は全国に三十以上の美術ギャラリーを経営しております。ほかの北欧諸国でも手広く仕事をしております。通信販売で絵を売るのです。また企業に絵画をレンタルすることもやっております。毎年いくつか大きな絵画のオークションも開いておりますし、ほかにもいろいろと」

「敵はいましたか？」

「成功者はいつも、同じような野望をもっている、才能のない人たちから憎まれるものですわ」

「ご主人から、脅迫されていると聞いたことはありますか？」

「いいえ」

ヴァランダーはソファに座っている子どもたちのほうを見た。彼らは一斉に首を振った。

「最後にご主人を見たのは何時ごろです？」

「十時半ごろに、彼と踊りました。そのあとも何度か見かけました。最後に彼を見たのはたぶん十一時ごろだと思います」

子どもたちはだれも、そのあとに父親を見かけてはいなかった。ヴァランダーはほかの質問はあとでいいと思った。ノートをポケットにしまって立ち上がった。なにか悔やみの言葉を言うべきだと思った。が、なにも思いつかなかった。ただ小さくうなずいて、その場を離れた。

スウェーデンはロシアに三対一で勝った。ゴールキーパーのラヴェリはすばらしかった。対カメルーン戦のことはこれで忘れられ、マーティン・ダレーンは突如としてそのヘディングのために国民的英雄になった。ヴァランダーはまわりの人々の言葉からこれらのことを知った。フーグルンドとほかに二人の警官が賭けに勝ったらしい。ヴァランダーはいつもながら、いや、前にもまして最下位となった。ヴァランダーは自分がそのことに腹を立てているのか、満足しているのか、わからなかった。

それから数時間、彼らは集中して働いた。ヴァランダーは納屋の隣の小部屋を臨時の捜査本部にした。朝の四時過ぎ、フーグルンドが若い女性を連れてきた。強いヨッテボリ訛りで話す女性だった。

「カールマン氏を最後に見たのはこの方です。マデレーヌ・レディーンという名で、画家です」

「あずまやにいたのですか？　そこでなにをしたのです？」

「アルネ・カールマンに契約書にサインをしてくれと言われました」

「なんの契約書？」

「わたしの絵の販売をしてくれる契約書です」

「それで、あなたはサインしたのですか？」

「はい」

「それからなにが起きました？」

「なにも」

「なにも？」

「わたしはそこから出てこっちに戻りました。時計を見たら、十二時三分前でした」

「なぜ時計を見たのです？」

「なにか重要なことがあると、時計を見る癖があるんです」

「契約書は重要なものでしたか？」

「ええ。わたしは月曜日に二十万クローネ受け取ることになっていました。貧しい絵描きにとってはとても大きな金額です」

「あずまやから、だれか見えましたか？」

「いえ、わたしの見たかぎり、だれもいませんでした」

「あなたがそこから引き揚げたときも？」

「ええ、庭にはだれもいませんでした」

「あなたが立ち去るとき、カールマン氏はなにをしていましたか？」

「そのまま座っていました」

「どうして知っているんです？　振り返って見たのですか？」

「いいえ、でも気持ちのいい空気を吸いたいと言ってました。カールマン氏が立ち上がった気配はありませんでした」

「なにか心配ごとがありそうでしたか？」

「いいえ、上機嫌でした」

ヴァランダーはここで質問をやめた。

「思い出してみてください。明日になったら、なにか思い出せるかもしれません。それがなんであれ、重大な意味があるかもしれない。なにか思い出したら私に連絡してほしいのです」

入れ違いにペール・オーケソンがやってきた。顔色が真っ青だった。たったいままでマデレーヌ・レディーンが座っていた椅子にどっかりと腰を下ろした。

「いままであんなにひどいものは見たことがない」

「見る必要はなかったのですよ。そのために呼び出したのではないので」

「よく平気でいられるね」オーケソンが言った。

「そうですね。自分でもわかりません」ヴァランダーが言った。

オーケソンはさっそく本題に入った。

「ヴェッテルステッドを殺したのと同じ犯人か？」

「ええ、疑いの余地がありません」

彼らは黙った。二人とも同じことを考えているのがわかった。

「ということは、やつはまたやるかもしれないということか？」

ヴァランダーはうなずいた。オーケソンは顔をしかめた。

「この事件よりも優先順位が上のものがあったとしたら、今日からこの捜査を最優先することだ。もっと人員が必要だろう？　非常事態ということで、人を手配することができるぞ」

「いや、まだだいじょうぶです。犯人が絞り込めたとき、人員は多いほうがいいですが、まだそこまで行っていませんから」

ヴァランダーはラーシュ・マグヌソンから聞いた話をオーケソンにした。そしてアルネ・カールマンは画商だったということも話した。

「関連があるかもしれない。それで捜査の目安がつきます」

ペール・オーケソンにはためらいがあった。

「あまり早いうちにすべての卵を同じかごに入れるなよ」

「私はどの部屋のドアも開けておきます。しかし、自分がみつけた壁に寄りかかるのは当然です」

ペール・オーケソンはさらにそれから一時間現場にとどまってから、イースタに戻っていった。明け方の五時近く、新聞記者たちがやってきた。ヴァランダーは腹を立て、イースタに電話をかけ、ハンソンにジャーナリストたちの面倒をみるようにたのんだ。ヴァランダーはそのときにはもう、アルネ・カールマンが頭皮を剝がれたことを隠しておくことはできないと悟っていた。駆けつけたハンソンは屋敷の外で即席の記者会見を開いた。準備もなくめちゃくちゃな記者会見になった。その間にマーティンソンとアン＝ブリット・フーグルンド、それにスヴェードベリは客たちの簡単な取り調べをして、帰していい者は帰した。アルネ・カールマンを発見した、泥酔した彫刻家にはヴァランダー自身が質問した。

「なぜ庭に出たんですか？」

「吐くためだ」

「それで、吐いたんですか？」

「ああ」

「どこで？」

「リンゴの木の陰で」

「それから？」

「あずまやで少し休むつもりだった」

「それで？」

「アルネをみつけた」

ここまで聞いて、ヴァランダーは取り調べを中止しなければならなくなった。彫刻家がまた気分が悪くなったのだ。ヴァランダーはもう一度あずまやへ行ってみた。空はふたたびすっかり晴れ上がり、太陽はすでに高く上がっていた。今年の夏至の日は暖かくていい天気になりそうだ、と彼は思った。あずまやに来てみると、ニーベリがカールマンの頭に不透明のビニール袋をかけておいてくれたのを見てほっとした。ニーベリは敷地と菜の花畑を仕切る垣根の下にしゃがみ込んでいた。

「どんな具合だ？」ヴァランダーが声をかけた。

「この垣根にかすかに血痕がある。あずまやから飛んだものではないだろう。遠すぎる」

「ということは？」

「その答えを出すのはあんたの仕事だろう」ニーベリが言った。

そして垣根を指さした。

「ちょうどここの茂みにすき間がある。あまり太っていない人間なら、ここから庭に出入りできるだろう。反対側はどうなっているか、調べよう。だが、いちばんいいのは、警察犬を呼ぶことだ。できるだけ早く」

ヴァランダーはうなずいた。

警官が警察犬を連れて五時半にやってきた。客のほとんどがそのころには帰宅を許されていた。ヴァランダーは犬を連れてきた警官にうなずいてあいさつした。エスキルソンだ。警察犬は老犬で、この仕事を長いことしてきた。シッテという名前だった。

シッテはすぐにあずまやで臭いを嗅ぎつけ、垣根のほうへ進んだ。ちょうどニーベリが血痕をみつけたあたりで犬は垣根を抜けようとした。エスキルソンとヴァランダーは垣根が薄くなっている別の場所から反対側に出た。そこはトラクターの通り道だった。その道がアルネ・カールマンの土地と菜の花畑を分けていた。犬はまた臭いを嗅ぎつけて、畑沿いに屋敷を背にして泥道を進んだ。ヴァランダーの提案でエスキルソンはリードを放し、犬に探せと命じた。ヴァランダーは緊張した。犬はぬかるみをそのまま進んで菜の花畑の終わるところまで行った。ここで一瞬犬は痕跡を見失ったようだった。そのあとふたたびみつけて小さな人工の池のそばの小高い丘のほうに進んだ。雨のあとで池は半分まで水がたまっていた。エスキルソンは犬をさまざまな方向に向かわせたが、その後痕跡はみつからなかった。

ヴァランダーはあたりを見まわした。丘のてっぺんに強風に耐えてきたために丸くなった木が一本生えていた。古い自転車の金属部分が半分土に埋まっている。ヴァランダーは木に体を寄せて、そこから屋敷を見下ろした。庭が丸見えだった。双眼鏡があれば、庭に出た人間の動きが手に取るようにわかるはずだ。

ヴァランダーは急に体が震えた。だれか、彼の知らない人間が、ここについ数時間前に立っていたということに不快を感じた。彼は屋敷の庭に向かって戻りはじめた。ハンソンとスヴェードベリが母屋の玄関先の石段に腰を下ろしていた。疲労で顔が灰色になっていた。

「フーグルンドはどこだ？」ヴァランダーが訊いた。

「最後の客を見送りに行きました」スヴェードベリが答えた。

「マーティンソンは？　いまなにをしている？」

「電話中です」

ヴァランダーは彼らのそばに腰を下ろした。太陽がすでに暖かく感じられた。

「もう少しがんばろう。フーグルンドが戻ってきたら、いったんイースタに引き揚げるのだ。いまの状況を把握して、捜査の方向を決めなければならない」

だれも答えなかった。また、答える必要もなかった。フーグルンドが納屋から戻ってきた。彼女は三人の前にしゃがみ込んだ。

「こんなにたくさんの人間がいるのに、だれもなにも見ていないとは！　理解に苦しみます」

フーグルンドがしゃがれ声で言った。

エスキルソンが犬を連れて通り過ぎた。あずまやのほうからニーベリのいらだった声が聞こえてきた。

マーティンソンが家の角から現れた。手に電話を持っている。

「いまはタイミングが悪いとしか言えませんが、インターポールからメッセージが入りました。

焼身自殺をした少女の身元がわかったようです」

ヴァランダーが眉を寄せてマーティンソンを見た。

「サロモンソンの菜の花畑の、か？」

「はい」

ヴァランダーが立ち上がった。

「身元がわかったと？」

「ええ。いまの電話では名前を聞きませんでしたが、イースタ署にメッセージが届いているそうです」

そのあとすぐ、彼らはビャレシューを出て、イースタに向かった。

12

ドロレス・マリア・サンタナ。

夏至の日の午前五時四十五分、マーティンソンはインターポールから入ったメッセージを読み上げた。菜の花畑で死んだ少女の名前だった。

「出身は？」フーグルンドが訊いた。

「メッセージはドミニカ共和国から来たものだ。マドリードのインターポール経由で送られてきている」マーティンソンが言った。

マーティンソンはドミニカ共和国など聞いたこともないという顔で、その場にいる者たちの顔を見まわした。

彼の無言の質問に答えたのはフーグルンドだった。

「ドミニカ共和国とは、ハイチと島を二分する国で、西インド諸島にあります。たしかその島はイスパニオーラとかいう名前だったと思いますが」

「どうしてそんなところの少女がスウェーデンの南端の菜の花畑にいたんだ？」ヴァランダーが叫んだ。「だれなんだ、その子は？　インターポールはなんと言ってきた？」

「まだ全部くわしく読んでいませんが、父親が行方不明の届けを出していて、今年の一月以来失踪者ということで捜索されていたらしいです。届けの出された場所はサンチャゴと書いてあります」

「サンチャゴなら、チリじゃないのか?」ヴァランダーが口を挟んだ。

「いえ、その町はサンチャゴ・デ・ロス・トリエンタ・カバレロスとあります。どこかに世界地図ないかな?」マーティンソンが言った。

「あるはずだ」と言って、スヴェードベリが部屋を出ていった。

数分後戻ってきて、首を振った。

「あれはどうもビュルクの個人的な所有物だったらしい。みつけられなかった」

「本屋に電話をかけて、店主を起こすんだ! いますぐ地図がほしい!」ヴァランダーが爆発した。

「いまはまだ六時前だということ、知っていますか? しかもこともあろうに夏至の日ですよ、今日は」スヴェードベリが目を瞠った。

「そんなことは言っていられない。電話をかけるんだ。だれか地図を買いに走らせろ」

ヴァランダーはポケットから百クローネ札を一枚取り出し、スヴェードベリに渡した。スヴェードベリは電話をかけに行った。

彼らはコーヒーを取りに行き、そのまま会議室に入ってドアを閉めた。これから先の一時間は、ニーベリ以外だれも通すなとハンソンが受付に伝えた。ヴァランダーはみんなの顔を見まわした。全員が灰色の疲れきった顔をしている。自分の顔色も想像がついた。

「菜の花畑の少女のことは後回しにしよう」と彼は提案した。「いまは昨夜から今朝にかけて起きた事件に集中することにする。初めから、犯人はグスタフ・ヴェッテルステッドを殺したのと同じ人間だと言って間違いないと思う。ヴェッテルステッドは背中を叩き割られているが、カールマンは頭を叩き割られているという違いはあるけれども、犯行手段は同じだ。それに、二人とも頭皮を剝ぎ取られている」

「こんなことは見たこともない」スヴェードベリが口を挟んだ。「こんなことをやるやつは、人間とは言えない」

ヴァランダーは手を上げて制止した。

「最後まで話させてくれ。わかっていることがもう少しあるのだ。アルネ・カールマンは画商だった。これからおれは、きのう知ったことをみんなに話す」

ヴァランダーはラーシュ・マグヌソンから聞いたことを報告した。以前、ヴェッテルステッドに関してささやかれたうわさである。

「言い換えれば、ここに一つの関連性があると考えられる」と彼は話を締めくくった。「キーワードと手がかりは絵だ。絵の窃盗と絵に関連する詐欺だ。彼ら二人をつなぐ接点をみつければ、犯人もみつかるかもしれない」

全員が沈黙した。いま聞いたことを吟味しているようだった。

「とにかく捜査がここから始められることは確かだ」ヴァランダーが言った。「ヴェッテルステッドとカールマンの接点を探そう。しかしこれはほかに問題がないことを意味するものではない」

彼はテーブルのまわりの人間たちを見まわした。言わんとしていることが理解されていると思った。

「犯人はふたたびやるだろう。ヴェッテルステッドとカールマンが殺された理由をわれわれは知らない。だから、彼があと何人殺そうとしているのか、わからない。だれが狙われるかもわからない。われわれが望むのは、狙われていると思う人間がそれに気づくことだ」

「もう一つわれわれにわからないことがある」マーティンソンが言った。「犯人は頭がおかしい人間かどうかということです。動機は復讐なのか、ほかにあるのか。犯人は実際に起きたことを根拠にして行動しているのか、それとも頭の中で作り上げたことが動機なのか、それもわからない。もし頭のおかしい人間のやることなら、だれにも予測がつかないですよ」

「それも言える。だが、われわれがかかえているのは不確かなことばかりだ」ヴァランダーが言った。

「しかもこれはまだ始まりかもしれないのだ」ハンソンが悲観的な発言をした。「ひょっとしてこれから続く連続殺人の始まりなのかもしれない」

「それもまたあり得る」ヴァランダーがうなずいた。「だからこそ、いまの時点で外からの援助を受けようと思う。とくにストックホルムの犯罪心理学専門家の手助けが必要だ。犯人が殺害に用いる手段がじつに異常だ。とくに頭皮を剝ぐという行為が。専門家に犯人の心理的プロフィルを作成してもらうといいかもしれない」

「この犯人は前にも殺人を犯しているのだろうか。あるいはいま初めて彼はこのような行動に出たのだろうか？」スヴェードベリが言った。

「わからない。だが、用心深い。行動を周到に計画しているようだ。そして行動の瞬間が来たときは、ためらいなく実行している。その理由は少なくとも二つ考えられる。一つは捕まりたくないから即時にやってしまうということ。やろうとしていることを途中で邪魔されたくないから、一気にやってしまうのだ」

ヴァランダーの最後の言葉で、その場にいた者たちから不快そうな声が漏れた。

「さて、いま捜査の出発点に当たってわれわれにできるのは、ヴェッテルステッドとカールマンの接点を探すことだ。彼らの行動がどこで交差していたか？　それを明白にさせよう。それもできるかぎり迅速に」ヴァランダーが言った。

「ここではっきり言っておこう。これからの捜査には、マスコミの目が光るということだ」ハンソンが言った。「ジャーナリストたちが群がるだろう。すでに彼らはカールマンが頭皮を剝がれたことを知っている。ほしがっていた情報を手に入れたわけだ。不思議なことだが、スウエーデン人は夏休みに残酷な事件の報道を読みたがる傾向があるとみえるな」

「それはある意味ではいい面でもある。もしかすると犯人の作った見えない殺しのリストに自分の名前があるのではないかと恐れる者たちには、いい警告になるかもしれない」ヴァランダーが言った。

「一般からの通報がほしいということを強調することもできます」フーグルンドが言った。

「もし警部のおっしゃるとおり、犯人にリストがあるのなら、そして犯人がそのリストに従って殺しているというのなら、自分が狙われているかもしれないという心当たりのある人間たちは、犯人の想像もつくかもしれません」

「そのとおりだ」ヴァランダーが言い、ハンソンに話しかけた。「できるだけ早く記者会見を開こう。そこで、知っていることを全部話すんだ。この二つの事件を起こした犯人を捜索中だと発表して、警察は一般からの通報を待っていると報道してもらおう」

スヴェードベリが立ち上がって窓を開けた。マーティンソンは口を開けて大きなあくびをした。

「みんな、疲れているな。しかしそれでもやらなければならない。少しでも時間ができたら眠っておけ」ヴァランダーが言った。

ドアにノックの音がして、警官が一人、地図を差し出した。机の上に開いて、ドミニカ共和国とサンチャゴという都市を探した。

「少女のことはここでひとまず棚上げにしよう。二つ同時の捜査は無理だ」ヴァランダーが言った。

「ええ、でも一応返事を出しておきます。それにその少女がどういう状況下で失踪したのかもう少し詳しい情報がほしいということも」マーティンソンが言った。

「おれは彼女がどのようにしてここに至ったのか、知りたい」

「インターポールの知らせによれば、彼女の年齢は十七歳です。身長は一六〇センチぐらいだということです」

「ペンダントのことをくわしく知らせるんだ。父親がそれを確認できたら、この事件は解決だ」

七時十分過ぎ、会議は終わった。マーティンソンはボーンホルム島への遠足は取りやめにすると家族に伝えると言って家に帰った。スヴェードベリは警察署のシャワーを浴び、着替えるために地下室へ行った。ハンソンは記者会見の準備をするために廊下を急いだ。ヴァランダーはフーグルンドの後ろから彼女の部屋に入った。

「犯人を捕まえられるでしょうか?」フーグルンドの顔は真剣だった。

「わからない。手がかりが少しだがある。確実そうに見える。この犯人は行き当たりばったりに人殺しをしているという想定は、不可能だ。彼は目的をもって犯行を遂行している。頭皮は彼にとっては戦利品なのだ」

フーグルンドは椅子に腰をかけて、ドア枠に寄りかかって話すヴァランダーの話を聞いた。

「なぜ戦利品が必要なのでしょう？」

「誇示するために」

「自分自身に、それともほかの人に？」

「両方あり、だろうな」

そのときヴァランダーはフーグルンドがなぜ戦利品が必要かと訊いた意味がわかった。

「犯人が頭皮を剝がすのは、それをだれかに見せるためだと思うのか？」

「その可能性は排除しないほうがいいと思います」フーグルンドが言った。

「確かに。その可能性は確かにある。だがほかの事柄同様、その可能性は小さい」

引き揚げようとしたときに、思い出したことがあって、ヴァランダーは振り向いた。

「犯罪心理学者のこと、ストックホルムの本庁へ電話をしてくれるか？」

「今日は夏至ですから休日です。宿直もいるかどうか」

「それじゃ、心当たりの警官の自宅に電話をかけてくれ。犯人がいつまた次の行動を起こすかわからないから、ぐずぐずしてはいられないのだ」

ヴァランダーは自室へ行き、机のほうではなく訪問客の椅子に重い腰を下ろした。椅子の脚がきしんだ。疲れで頭痛がした。頭を椅子にもたせかけ、目を閉じた。すぐに眠りに落ちた。

部屋に人が入ってくる気配がして彼は目を覚ました。腕時計を見ると、一時間近く眠っていたことがわかった。鈍い頭痛はまだあった。それでも少し疲れが取れたような気がした。

部屋に入ってきたのはニーベリだった。目は血走り、髪の毛はくしゃくしゃだった。

「起こすつもりはなかった」と彼は申し訳なさそうに言った。

「いや、ちょっと居眠りをしただけだ。なにかみつかったのか？」

ニーベリは首を振った。

「いや、なにも。一つだけ確実に言えるのは、カールマンを叩き割ったやつは全身に返り血を浴びたはずだということだけだ。法医学者の報告を待たずにあえておれの推測を言えば、犯人は上からまっすぐ凶器を振り下ろしたにちがいない。ということは、斧を持った犯人は、カールマンのすぐ近くに立ったということになる」

「凶器が斧というのは、確かか？」

「いや、確かではない。確かなことはなにもないんだ。頑丈なサーベルだったかもしれないし、ほかのものだったかもしれない。しかし、なにを使ったにせよ、頭が一撃で薪のように真っ二つに割れたことは間違いない」

ヴァランダーはそれを聞いてすぐに気分が悪くなった。

「そこまでにしてくれ。犯人はとにかく大量の返り血を浴びたはずだと言うのだな。目撃者がいるかもしれない。返り血を浴びたとなると、パーティーに来ていた客には容疑者がいないことになる」

「垣根に沿って捜査した」ニーベリが続けた。「菜の花畑に沿って、また丘の上まで徹底して捜した。さっきカールマンの敷地を取り囲んでいる畑の所有者が、菜の花を刈ってもいいかと訊きに来た。おれはいいと返事をした」

「ああ、それでいい」ヴァランダーが言った。「刈り入れはいつもよりも遅いんじゃないか？」

「ああ、おれもそう思う。もう夏至だからな」

「それで、丘はどうだった？」

「だれかがそこにいたことは確かだ。草が踏まれた跡がある。一ヵ所、人が座ったと見える跡があった。そこの草と土をいま鑑定している」

「ほかには？」

「あそこにあった古い自転車は関係ないだろうと思う」

「警察犬が痕跡を見失ってしまった。なぜだと思う？」ヴァランダーが訊いた。

「それは犬を連れていった警官に訊くほうがいい。だが、なにか新しい臭いが強烈に現れて、犬がそれまで探してきた臭いがわからなくなってしまうということはあり得る。痕跡が忽然と消えることには、いろいろな説明が成り立ち得るのだ」

　ヴァランダーはいま聞いたことを考えた。

「家に帰って眠ってくれ。もう限界だという顔をしている」

「そのとおりだ」ニーベリが言った。

　ニーベリが出ていくと、ヴァランダーは食堂へ行ってサンドウィッチを食べた。受付の女性が彼宛の電話メモを置いていった。目を通して、全部ジャーナリストたちからのものだとわかった。家に帰って着替えてこようかと一瞬思ったが、まったく別のことをすることにした。ハンソンの部屋をノックし、カールマンの屋敷に行ってくると伝えた。

「記者会見は一時に開くということにしたぞ」ハンソンが言った。

「それまでには帰る。だが、特別のことが起きなければ、おれがあそこにいる間、探さないでほしい。考える時間がほしいのだ」ヴァランダーが言った。

「なにより眠る時間がほしい。みんなそうだ。こんな地獄のような目に遭おうとは、夢にも思わなかったぞ、おれは」

「犯罪は予期していないときに、起きるものだよ」

美しい夏の景色の中を、ヴァランダーはビャレシューに向かって車を走らせた。窓を下まで全部下げた。今日こそ父親に会いに行こう。リンダにも電話をしなければ。バイバもタリンから帰ってくる。あと二週間で、彼の休暇が始まるのだ。

カールマンの広大な敷地のまわりを囲っている立入禁止のテープのそばに車を停めた。道路には野次馬が数人いた。ヴァランダーは警備の警官にうなずき、大きな庭をぐるりとまわった。それからぬかる道を丘まで歩いた。犬が痕跡を失ったところまで来て立ち止まり、あたりを見まわした。

犯人はこの丘を入念に選んでいる。ここからは庭が手に取るように見える。納屋からの音楽も聞こえたはずだ。夜遅くなると、庭には人影がほとんどなくなった。客たちも、遅くなってからは屋内にいたと言っていた。十一時半すぎ、カールマンはマデレーヌ・レディーンといっしょにあずまやのほうに歩いていった。さて、ここでおまえはなにをするか？

ヴァランダーは自分の問いに答えなかった。かわりに後ろを見て、丘の反対側に目を移した。下にトラクターの通り道があった。坂を下りてその道に出た。道は一方が林の中に、もう一方がマルメやイースタへ向かう幹線道路に出る枝道に合流していた。ヴァランダーはトラクターの道を林の中に向かって歩きだした。高いブナの林に入った。日の光が葉っぱを通して地面の上を踊っていた。土のいい香りがした。トラクターのタイヤの跡は伐採地点で終わっていた。そこには倒されて枝払いが終わったばかりの材木が、運び出されるのを待っていた。ヴァランダーはそこからさらに奥に進める小道を探した。道と林の境界線はどこにあるのか。この林を抜けて幹線道路に出ようとした者がいるとすれば、この先にある二軒の家と農耕地を通らなければならなかったはずだ。彼は幹線道路までの距離をおよそ二キロと見当をつけた。そこで彼は方向を変え、いま来た道を戻り、反対側へ進んだ。歩数を数えて一キロにも達しないときに小道は幹線道路に合流する枝道に出た。枝道には車のタイヤの跡が多く残っていた。道のはずれに道路管理局の小屋があった。ドアには鍵がかかっていた。彼は立ち止まりあたりを見まわした。それから小屋の裏側にまわった。丸められた防水シートと鉄パイプがあった。立ち去ろうとしたとき、地面の上のものに目が留まった。腰をかがめてそれを拾い上げると、茶色い紙袋の切れ端であることがわかった。黒っぽいしみがいくつかついている。彼はそれを親指と人さし指で注意してつまみ上げた。そのしみがなんであるかはわからなかった。彼はまたそれを地面の上に戻した。それから数分、小屋の後ろを念入りに見て歩いた。四本の土台石の上に立っているその小屋の下をのぞき込んだとき、紙袋の残りの部分がみつかった。片手を差し込んで、引っ張り出した。すぐにさっきの切れ端はこの袋の一部であることが見て取れた。だが、袋そのものにはしみはなかった。彼は息を詰めて考えた。それから紙袋を下に置くと、電話を取り出した。ちょうど家から戻ったばかりのマーティンソンをつかまえることができた。

「エスキルソンと警察犬を呼んでくれ」

「どこにいるんです？　なにが起きたんですか？」

「カールマンの屋敷の近くだ。確かめたいことがある」

マーティンソンは手配すると約束した。ヴァランダーは現在地をマーティンソンに教えた。

エスキルソンは三十分後犬といっしょにやってきた。ヴァランダーは調べてほしいことを伝えた。

「丘の上に行ってくれ。前に犬が痕跡を見失ったところだ。それからここに戻ってくるのだ」

エスキルソンは犬を連れて出発し、およそ十分後に戻ってきた。犬は捜すのをやめていたが、小屋に近づいたとたんに反応した。エスキルソンはいぶかしげにヴァランダーを見た。

「放せ」ヴァランダーがエスキルソンに言った。犬は紙の切れ端に近づくと臭いを嗅いだ。だが、エスキルソンが続けて捜すようにけしかけると、犬はすぐに嗅ぎまわるのをやめた。痕跡がまた消えたようだ。

「それは血痕ですか？」エスキルソンが紙を指さして訊いた。

「ああ、そうだろうと思う。とにかくこれで、あの丘にいた男と関係あるものをみつけたというわけだ」ヴァランダーが言った。

エスキルソンは犬を連れて戻っていった。ニーベリに電話をかけようとしたとき、ヴァランダーはポケットにビニール袋をみつけた。それはヴェッテルステッドの家を捜索したときに、彼自身が入れたものだった。彼は気をつけながら紙の切れ端をその袋に入れた。

おまえがカールマンの家からここまで来るのに、何分もかからなかっただろう。おそらくここに自転車があったのだろう。おまえはここで着替えたはずだ。返り血をたっぷり浴びていただろうから。だがそれだけでなく、布きれで拭いたはずだ。そうだ凶器だ。ナイフか斧かを拭いたはず。それから出発した。おそらくマルメかイースタに向かって。幹線道路を越えたあと、この地方に特有の網の目のような小道を行ったのだろう。ここまでおまえを追跡できた。だが、この先がわからない。

ヴァランダーはカールマンの屋敷のそばの車まで戻った。立入禁止のテープのそばで警備に当たっていた警官に、まだカールマンの家族はここに残っているかと訊いた。

「だれも見かけませんでした。が、だれも屋敷から出ていないと思います」

ヴァランダーはうなずいて車へ戻った。物見高い見物人が立入禁止のテープの外に集まっている。ヴァランダーはその人々のほうをちらりと見て、夏の朝だというのに、血なまぐさいものを見にわざわざやってくる人間がいることに首を振った。

なにか重要なものを見たのに、反応しなかったと気がついたのは、車をしばらく運転してからのことだった。彼はスピードを落として、それがなんだったのか思い出そうとした。

立入禁止のテープの外の見物人に関することだ。自分はなにに目を留めたのだろう？　夏の朝、血なまぐさいものを見に来る人間たちのことか？

彼はブレーキを踏んで、Uターンした。カールマンの屋敷まで戻ったとき、見物人たちはまだいた。自分がなにに目を留めたのかはっきりわからないまま、彼はあたりを見まわした。警備の警官に、見物人たちはずっと同じか、それとも帰った者がいるかと訊いた。

「わかりません。見物人は多いですから」

「とくに目についた者はいるか？」

警官は思い出そうとした。

「いいえ」

ヴァランダーはまた車に戻った。

時間は夏至の日の午前九時三十分だった。

13

警察署に戻ってくると、受付の女性が彼の部屋で訪問者が待っていると伝えた。ヴァランダーはめったにないことだが夏期アルバイトのその女性を大声で怒鳴りつけ、だれであろうと部屋に通してはならないと叫んだ。廊下をドシドシと渡り、自室のドアを勢いよく開けた。

訪問者用の椅子に座っているのは父親だった。驚いたように顔を上げた。

「ドアが壊れそうだな、そんな勢いで開けたんでは。おまえ、怒っているのか？」

「私の部屋で待っている人がいると聞いたものですから。でも父さんだとは思わなかった」

職場に父親が訪ねてきたのは初めてだ、と彼は思った。いままで一度もそんなことはなかった。警官になりたてのころ、制服を着たまま父の家に行くと、家に入れてもらえなかった。私服でなければ家の敷居をまたぐことが許されなかったのだ。だがその父親がいま彼の勤め先の部屋に来ている。しかもいちばんいいスーツを着て。

「いや、驚いたな。だれにここまで運転してもらったんです？」

「運転免許も車ももっている妻がいるものでな」父親は答えた。「イェートルードはわしがおまえのところにいる間、親戚を訪ねている。きのうの晩の試合は見たか？」

「いや、仕事していました」

「すばらしかったよ。スウェーデンで開催された一九五八年のワールドカップを思い出した」

「父さんはサッカーに興味なかったでしょう？」

「いや、わしは昔からサッカーが好きだった」

ヴァランダーは信じられない思いで父親を見た。

「それは知らなかった」

「おまえが知らないことはいくらでもある。一九五八年のスウェーデンのディフェンスはスヴェン・アクスボンだった。対するブラジル選手に強いやつがいて、ずいぶん悩まされたもんだ。忘れたのか？」

「一九五八年なんて、私は何歳だったと思いますか？　生まれたばかりですよ！」

「おまえは昔からボール遊びは苦手だったからな。もしかすると、だからおまえは警官になったのかもしれん」

「私はロシアに賭けました」

「そうだろうな。わしは二対ゼロでスウェーデンに賭けた。イェートルードは慎重だったな。彼女は一対一だと思った」

　サッカーの話が途切れた。

「コーヒー飲みますか？」ヴァランダーが訊いた。

「ああ、ありがとう」

ヴァランダーはコーヒーを二つ取りに行った。廊下でハンソンと出くわした。

「これから三十分、おれを呼び出さないでくれないか?」

ハンソンは心配そうに眉を寄せた。

「いやしかし、おれはすぐにも話がしたい」

ヴァランダーはその命令調の言葉遣いにいらだった。

「三十分後だ。そうしたら話を聞こう」

彼は部屋に戻ってドアを閉めた。父親はプラスティックのカップを両手で受け取った。ヴァランダーは机を前にして座った。

「予期せぬ訪問、というものですよ、父さん。あなたを警察署で見る日が来るとは思わなかった」

「いや、わしにとっても同じことだ。どうしても必要でなかったら、決して来ることはなかっただろうよ」

ヴァランダーはカップを机の上に置いた。父親が警察署に訪ねてくるとは、よほどのことがあるにちがいないと初めから思うべきだった。

「なにか起きたんですか?」

「いや、なにも。ただわしが病気であることがわかっただけだ」と父親は簡単に答えた。

ヴァランダーは胃が縮まった。

「病気？」

「ああ、わからなくなっていくらしい」父親はくったくなく答えた。「なんという名前の病気だったかは、思い出せない。ぼけるのだよ。それに怒りっぽくもなるらしい。進行は速いという」

ヴァランダーは父親の言っている病気がわかった。スヴェードベリの母親がかかった病気だ。だが、彼もその病名が思い出せなかった。

「どうしてわかったんです？　医者に診てもらったんですか？　なぜいままで黙っていたんです？」

「ルンドの大学病院の専門家にまで診てもらった。イェートルードが送ってくれたよ」

父親は静かにコーヒーを飲んだ。ヴァランダーは言葉がみつからなかった。

「いや、じつは、今日こうやって訪ねてきたわけは、おまえにたのみたいことがあるからだ」

父親はそう言って息子を見た。「無理でなければの話だが」

そのとき電話が鳴りだした。ヴァランダーは受話器を上げ、答えもせずにすぐに切った。

「わしは時間がある」父親は言った。

「電話をつなぐなと言ってあるのです。それより、たのみとはなんですか？」

「昔からわしはイタリアへ旅行したかった。手遅れになる前に、わしはイタリアに行きたい。

おまえにいっしょに来てほしい。イェートルードはイタリアに興味がない。旅行したいかどうかさえあやしいものだ。わしがおまえの分も払う。そのくらいの金はある」

ヴァランダーは父親を見た。椅子に座っているその姿は、縮んで小さく見える。まるでいま、父親は実際の年に追いついたようだった。まもなく八十だ。

「いいですよ。もちろんいっしょに行きましょう。いつがいいか、考えましたか？」

「あまり待たないほうがいいような気がするのだ」父親が答えた。「九月のイタリアはあまり暑くないと聞いている。だが、そのころおまえは時間がないんじゃないか？」

「一週間ぐらいの休みは、いつだってとれますよ。でも父さんはもっと長い旅行を考えていた？」

「いや、一週間でいい」

父親は手を伸ばしてカップを机の上に置くと立ち上がった。

「さあ、もう仕事のじゃまはしないぞ。イェートルードを受付で待つよ」

「ここで待つほうがいいですよ」ヴァランダーが言った。

父親は打ち消すように鳥打ち帽を振った。

「おまえは忙しいだろう？　なんで忙しいのかはわからんが。わしは向こうで待つ」

ヴァランダーは受付までついていった。父親はソファに腰を下ろした。

「いっしょに待たなくていい。イェートルードはすぐに来るから」

ヴァランダーはうなずいた。

「もちろん喜んでイタリアにいっしょに行きますよ、父さん。近いうちに遊びに行きますから」

「そうだな、楽しい旅行になるかもしれん。思いがけなくも、だ」

ヴァランダーは父親から離れて、受付の女性のほうへ行った。

「さっきはすまなかった。父を部屋に通してくれたのは正しかった」

彼は自室に戻った。部屋に入ったとたん、涙が湧いてきた。父親との関係は必ずしもよいものではなく、良心の痛みを感じていた。そしていま父親が離れていってしまうことに大きな悲しみを感じた。窓辺に立って、美しいスウェーデンの夏の景色をながめた。

昔父さんとは、何者も間に入ることができないほど親密な時期があった。シルクライダーがぴかぴかに磨き立てたアメ車に乗ってやってきて、父さんの絵を買いあさったころのことだ。あのころすでに父さんはイタリアに行きたがっていた。ほんの数年前、父さんはイタリアに行きかけたことがあった。パジャマを着たまま旅行カバンを持って畑のまん中に立っている父さんをおれはみつけた。だが、今度は本当の旅行をしよう。絶対になにものにもじゃまはさせない。

ヴァランダーは机に戻ってストックホルムの姉に電話をかけた。留守電が夜まで帰らないと告げた。

父親のことを頭から払って、捜査に集中できるようになるまで時間がかかった。不安でたまらなかった。さっき聞いたことの深刻さを受け止めることができなかった。本当のこととは信じられなかった。

ハンソンと話をしてから、彼は捜査の状況を理解するために全体をまとめた。十一時ちょっと前、オーケソンの自宅に電話をし、報告した。それが終わってから、マリアガータンのアパートに戻ってシャワーを浴び、着替えた。十二時には警察署に戻っていた。自室に行く途中でフーグルンドを呼び出した。道路管理局の小屋の後ろで血らしきもののついた汚れた紙の切れ端をみつけたと言った。

「ストックホルムの犯罪心理学者たちと連絡が取れたか？」ヴァランダーが訊いた。

「ローランド・ムラーという人をみつけました。ヴァックスホルムの近くのサマーハウスにいるところをつかまえました。必要なのは署長代理のハンソンが正式の捜査協力を要請することだけです」フーグルンドが言った。

「ハンソンと話したか？」

「ええ、すでに要請したそうです」

「よし。それじゃいま、まったく別の話をしよう。もしおれが、犯人は犯行現場に立ち戻ると言ったら、あんたはなんと言う？」

「それは神話でもあり本当でもあると言います」

「神話とは？」

「一般的な真実だというのは誤り、という意味です。犯人がいつも必ずそうするわけではありませんから」

「本当、のほうは？」

「じつは、ときどき本当にそういうことが起きるということです。実際の犯罪を例にとれば、ここスコーネで起きた事件です。一九五〇年代、何人かの人を殺した犯人は警察官でしたが、その捜査に加わって彼は何度も現場に行っていたのです」

「それは例として適当じゃないな」ヴァランダーが言葉を挟んだ。「彼は仕事上現場に戻らざるを得なかったんだから。おれがいま言っているのは、自分の意思で現場に戻る犯人のことだ。なぜそうするのだろうか？」

「警察に対する挑戦じゃないですか？　自信を深めるため。または、警察がどこまで知っているかを探るためかも」

ヴァランダーは考え、うなずいた。

「なぜそんなことを訊くんですか？」フーグルンドが言った。

「ちょっと不思議な経験をしたのだ。カールマンの屋敷のまわりで、ヴェッテルステッドの事件捜査のときに海岸で見かけたのと同じ人間を見たような気がしたのだ」ヴァランダーが言った。

「同じ人間だと思いたくないのですか？　なぜです？」

「いや、そうではない。ただ、その人物にはなにか特別なものがあった。それがなんなのかがわからないのだ」

「わたしにはその手伝いができそうもありませんが？」

「ああ、それをたのんでいるわけではない。だがこれからは、立入禁止テープの外に集まっている見物人をできるかぎり目立たないように写真に撮ってくれないか？」

「これからは？」

口を滑らせてしまったことに気がついた。彼は迷信どおり、掌で三回机を叩くまじないをして悪霊を払った。

「もちろんこんなことが二度と起きてほしくないと思っている。が、万一起きた場合は、という意味だ」

ヴァランダーは彼女を部屋まで送った。それから車に乗って警察署をあとにした。イースタの町外れのグリルバーまで走ってハンバーガーを食べた。店の温度計は二十六度を示していた。一時十五分前、彼はふたたび警察署に戻った。


夏至の日、イースタ警察署で開かれた記者会見は、それまでに一度もないような、関係者の記憶に残るものになった。ヴァランダーは途中で怒り心頭に発して部屋を出てしまった。同僚たちは彼の行動はまったく正しいと支持した。しかし翌日ヴァランダーは警察本庁の高官からの電話で、警官がジャーナリストに対し乱暴な言葉を使うことは厳重に慎むべきだという注意を受けた。マスメディアと警察当局の関係は、それでなくともすでに十分に険悪で、これ以上悪くさせることは許されないというのだった。

実際はこういうことだった。記者会見の終わりにさしかかったとき、夕刊新聞の記者が犠牲者たちの頭部について細かく質問を始めた。ヴァランダーは最後の最後まで、あまり血なまぐさい細部の話はせずにできるだけおおまかな説明に留めた。ヴェッテルステッドとカールマンの頭皮の一部が切り取られているとだけ言った。だが、その記者はそれでは満足しなかった。ヴァランダーが捜査技術上これ以上は情報提供できないと言っても、もっと知りたがった。ヴァランダーはそのころには頭が割れるように痛かった。記者はさらに、最初の段階から捜査技術上の問題でくわしい情報は提供できないと断るべきで、それをいま記者会見の終わりころになって言うのは欺瞞であると、攻撃の手をゆるめなかった。ここまで言われてヴァランダーの我慢が爆発した。彼は立ち上がり、テーブルを激しく叩いた。

「口から先に生まれたような新聞記者に、警察の仕事をああしろこうしろなどと指図させないぞ！」と叫んだ。

カメラのフラッシュが連続して光った。ヴァランダーは唐突に記者会見を終わらせると部屋を出た。あとで、落ち着いてから、彼はハンソンにこのような結果になったことをわびた。

「いや、どのように終わっても、明日の新聞の見出しはどうせ思いきり派手なものになる。関係ないさ」ハンソンはそう言った。

「黙って言わせておけば、向こうがつけ上がってくる。線引きが必要だったんだ」

「もちろん、同感だよ。だが、そう思わない者たちもいるだろうよ」

「休職にされてもいい。配置転換されてもいい。だが、あの生意気な記者に謝罪することだけはしないぞ」

「いまの言葉は警察本庁から夕刊紙の編集長に非公式に伝えられるだろう。われわれの知らないときに」ハンソンが言った。


夕方の四時、捜査本部の会議室のドアが閉められた。ハンソンは人も電話も絶対に取りつぐなと厳しく受付に伝えた。ヴァランダーの要請でペール・オーケソン検事を迎えに車が出された。オーケソンはこの会議で下される決断がこれからの捜査の重要な方向づけをすると理解していた。捜査は同時進行で多方面に広げられる。あらゆる可能性をチェックするのだ。だが同時にヴァランダーは主要な手がかりに集中しなければならないと思ってもいた。フーグルンドに頭痛薬をもらってから、ヴァランダーは自室に閉じこもりラーシュ・マグヌソンから聞いた話をもう一度頭の中で整理していた。ヴェッテルステッドとカールマンの間になんらかの共通項があるにちがいないということ。ほかにもなにか見逃したものがあっただろうか？　彼は疲れた頭の中を徹底的に検討し、捜査を支える基礎になり得る要因をほかに探った。が、なにもみつからなかった。当分の間、絵画窃盗と贋作など絵にまつわる犯罪を主軸にして捜査を続けてみよう。三十年も前のヴェッテルステッドを取り巻くうわさを深く掘り下げてみるのだ。それも迅速にやらなければ。ヴァランダーはこの捜査に協力する者はおそらくほとんどいないだろうと覚悟していた。ラーシュ・マグヌソンは葬儀屋の話をした。明かりのついている場所と権力に仕える者たちのいる暗い控え室を清掃する葬儀屋たち。警官が手入れしなければならないのはそんな暗い部屋だ。簡単であろうはずがない。

四時ちょうどに始まった捜査会議は、それまでヴァランダーが経験したことがないほど長いものになった。ハンソンが会議終了を告げるまで、彼らはじつに九時間にわたる会議をおこなった。全員顔色が疲れで鉛色になった。フーグルンドの頭痛薬は会議の席を一周し、彼女の手元に戻ってきたときは空っぽだった。プラスティックのコーヒーカップが机の上に散らかった。ピザの箱が、中身が残ったまま部屋の隅に積み上げられた。

だが、ヴァランダーにとっては、それは長いだけでなくもっとも中身のある会議の一つとなった。全員の意識が研ぎ澄まされていた。また全員が意見を言い、合理的に考えられた結果が捜査進行計画表に書き込まれた。スヴェードベリはグスタフ・ヴェッテルステッドの子ども二人と、最後に別れた妻と電話で話した結果、動機に当たるものは依然としてみつかっていないと報告した。ハンソンはヴェッテルステッドが法務大臣をしていたころ政党の書記をしていた八十歳近い男に会いに行って話を聞いたが、ここでもまた新しい情報は一つも得られなかった。

確かにヴェッテルステッドは政党内でもさまざまな評価が下された人物だと老人は言った。だが、政党に対する彼の貢献を疑う者はいなかった。マーティンソンは長時間にわたってカールマンの未亡人から調書を取った。彼女は相変わらずしっかりしていた。が、マーティンソンは夫人が精神安定剤を飲んでいるのではないかと推測した。彼女もまた、子どもたち同様、具体的な動機は思い当たらなかった。ヴァランダーは〝床磨き女〟サラ・ビュルクルンドから聞いた話を報告した。また彼はヴェッテルステッドの裏門の門灯は電球がはずされていたことも報告した。そして最後に道路管理局の小屋の後ろでみつけたしみのついた紙袋の切れ端のことを報告した。

だが会議参加者はだれも、彼がこの間ずっと父親のことを考え続けていたとは知らなかった。あとで彼はアン＝ブリット・フーグルンドに彼がこの長い会議の間ずっとうわのそらだったことに気がついたかと訊いた。彼女はそれを聞いて驚いた。彼がいつにもまして冴えているように見えたからだった。

九時ごろ、彼らは会議室の窓を開け放して換気し、休憩をとった。マーティンソンとフーグルンドは家に電話をかけ、ヴァランダーはやっと姉に連絡が取れた。父親が今日署を訪ねてきたことと病気の話をすると、彼女は泣きだした。ヴァランダーは姉をなぐさめたが、彼自身のどが詰まった。最後に、姉は翌日イェートルードに電話をかけて、できるだけ早く父親に会いに来ると言った。電話を切る前に姉は、父親は本当にイタリアまで行けるのかと訊いた。ヴァランダーは自分にもそれはわからないが、旅行はさせてやりたいと言い、自分たちが小さいころから父親がどんなにイタリアへ行きたがっていたか覚えているかと姉に訊いた。

ヴァランダーは休憩時間、リンダにも電話をかけてみたが、十五回ベルが鳴ってからあきらめた。今度会ったら、留守番電話機を買うように金を渡そうと思った。

ふたたび会議室に集まったとき、ヴァランダーは二つの事件の接点を話すところから始めた。それこそ彼らが第一にやらなければならない仕事だった。もちろん、そのためにほかの可能性を閉ざす必要はなかったが。

「夫はヴェッテルステッドを知らなかったとカールマン夫人は確信しています」マーティンソンが言った。「子どもたちも同じ意見です。父親の電話帳に全部目を通したが、ヴェッテルステッドの名前はなかったと言うのです」

「ヴェッテルステッドの電話帳にもカールマンの名前はありません」フーグルンドが言った。

「つまり接点は目に見えないということだ」ヴァランダーが言った。「目に見えない、あるいはもっと正確に言えばわざと見えないようにしているのか。どこかに接点があるにちがいないのだ。それをみつければ、もしかすると二人を殺した犯人も見えてくるかもしれない。少なくとも動機がわかるかもしれない。迅速にしかも深く掘り下げるんだ」

「また犯人が次の襲撃をする前に、だな。果たして次があるのかどうかはだれにもわからないことだが」ハンソンが言った。

「だれに警告を出すべきなのかもわからない。われわれが犯人について、あるいは犯人たちについて知っていることは唯一、周到な計画を立てているということだけだ」ヴァランダーが言った。

「そうだろうか？」ペール・オーケソンが口を挟んだ。「その結論は尚早なのではないかという気がする」

「とにかく、これは行き当たりばったりで人殺しをしている相手ではないことだけははっきりしている。またやつは思いつきで頭皮を剝ぎ取っているのではないこともわかりきっているではないですか？」とヴァランダーは言ったが、自分でもいらだっているのがわかった。

「それだけだという結論に反応したのであって、その事実を否定するつもりは毛頭ない」オーケソンが言った。

部屋の中の空気が重苦しくなった。ヴァランダーとオーケソンの間に生じた緊張感を感じない者はいなかった。いつもなら、ヴァランダーはそのまま進んでオーケソンとけんかをするところだったが、今度だけは引き下がることにした。疲れているせいもあったが、まだ会議をこれから数時間続けなければならないからでもあった。

「わかりました。結論は取り消します。そしてこれらの行為はおそらく計画的なものだろう、と言うにとどめます」

「明日、ストックホルムから犯罪心理学の専門家がやってくる。おれがスツールップへ迎えに行く。心理学者の参加が役立つといいが」ハンソンが言った。

ヴァランダーはうなずいた。それから用意していなかった質問を思いつきで投げかけた。いまが適当な時機だと思ったからだった。

「殺人者のことだが、当分の間単独犯で、男性だと考えよう。これを聞いて、みんな、なにが見える？　なにを思う？」

「体力がある」ニーベリが言った。「斧がものすごい力で振るわれている」

「彼が戦利品を集めているというのが怖い。頭のおかしい人間にしかそんなまねはできない」

マーティンソンが首を振った。

「あるいは、われわれを間違った方向に進ませようと、頭皮で目くらましの道を見せているか」ヴァランダーが言った。

「意見ではないのですが」アン＝ブリット・フーグルンドが言った。「あえて感想を言えば、これはすごく心理的に混乱した人間の仕業だと思います」

犯人についての推測はしまいには宙に浮いてしまった。ヴァランダーは最後に全員でやるべき仕事を数え上げ、担当を決めた。夜中の十二時ごろ、ペール・オーケソンが立ち上がり、適当なときが来たら人員補強に協力すると言って、帰った。全員が疲れきっているにもかかわらず、ヴァランダーはもう一度捜査内容に目を通し、しまいに言った。

「これから数日の間はだれ一人、満足に眠る時間はないだろう。それだけじゃない。夏休みの予定は狂うだろう。だが、もてる力を百パーセント発揮して捜査に当たろう。われわれにできるのはそれだけだ」

「人員補強をたのもう」ハンソンが言った。

「月曜日に決めよう」ヴァランダーが答えた。「それまではいまのままで」

翌日は午後に会議をもつことにした。それまでにハンソンとヴァランダーがストックホルムから来る心理学者に状況を説明しておくことになった。

会議は終わり、全員が帰った。

ヴァランダーは自分の車の前で立ち止まり、白夜の空を見上げた。

父親のことを考えようとした。

が、思いが乱れて集中できなかった。

まだ顔のない殺人者が、もう一度斧を振るう恐怖でなにも考えられなかった。

14

六月二十六日日曜日の朝七時、ヴァランダーのアパートのドアベルが鳴った。深い眠りからむりやり目を覚まさせられて、最初彼は電話のベルだと思った。ふたたびドアベルが鳴ったとき、彼はやっと起き上がって、ベッドの下からモーニングガウンを引っ張り出し、玄関に出てドアを開けた。ドアの外には娘のリンダが、ヴァランダーがそれまで会ったことのない、友だちと思われる若い娘といっしょに立っていた。自分の娘さえ見間違うところだった。長い金髪を短く切って、そのうえ赤く染めていた。だが、それでも彼が最初に感じたのは安心と喜びだった。二人を中に入れて、彼はカイサと名乗るその娘と握手した。ヴァランダーには訊きたいことがたくさんあった。中でも、なぜ彼女らがこともあろうに日曜日の朝七時にやってきたのかということ。そんなに朝早くイースタに到着する列車があるのか？　リンダはじつは昨夜遅くに到着していたのだが、学校時代の友だちの家に泊めてもらったと言った。その両親は旅行中なので、今週はこのままその友だちの家に泊まるつもり。なぜこんなに朝早くやってきたのかと言えば、新聞を読んで父親がものすごく忙しいことを知ったからだ、と言った。ヴァランダーは冷蔵庫から残り物を出して、彼女たちに朝食の用意をした。朝食をとりながら、リンダたちはこれから一週間、芝居の練習をするつもりだと言った。脚本は二人で書いたという。それが終わったら、二人はゴットランドへ行って、演劇の講習を受ける。ヴァランダーは話を聞きながら、心配を見せまいとした。リンダの夢は家具を修繕する職人になることだった。勉強が終わって戻ってきたらイースタの町で自分の店を開くと言っていたのだ。なのに、その夢はもうあきらめたのか？　彼はまた自分の父親の話もリンダとしたかった。彼女は祖父と仲がよかった。イースタに来たら必ず祖父に会いに行くことも知っていた。彼はカイサがトイレに行っている間に娘に話しかけた。

「いろんなことが起きているんだよ。ゆっくりおまえと話したい。おまえだけと」

「それがパパのいいところよ。あたしと会うといつもとても喜んでくれる」リンダがうれしそうに言った。

彼女は友だちの家の電話番号を書いて父親に渡し、電話をもらえればすぐに会いに来ると言った。

「新聞で読んだわ。実際、書かれているほどひどいの？」

「それ以上だよ」ヴァランダーは答えた。「やらなければならないことがありすぎて、どうしていいかわからないほどだ。いまおれを家でつかまえることができたのは運がよかった」

彼らは八時過ぎまでしゃべった。ハンソンが電話をかけてきて、スツールップ空港にいるのだが、いまストックホルムから心理学者が到着したと言った。ヴァランダーは九時に署で会おうと言った。

「残念だけれども、もう行かなければならない」

「あたしたちもそうしなくちゃ」

「おまえたちがやる芝居のことだが、なんという芝居だ?」外に出ながらヴァランダーが訊いた。

「芝居というよりも寸劇よ」リンダが言った。

「そうか」と言いながら、ヴァランダーは芝居と寸劇のちがいはなんだろうと思った。「題名はついていないのか?」

「ええ、まだ」カイサが言った。

「見せてくれるかな」ヴァランダーは娘の様子をうかがいながら言った。

「完成したときにね」今度はリンダが言った。「まだでき上がっていないの」

車で送っていってあげようかとヴァランダーが訊いた。

「いいわ。これからイースタの町を見せてあげるつもりだから」

「きみの出身は?」彼はカイサに訊いた。

「サンドヴィーケン。スコーネにはいままで一度も来たことがないの」

「それじゃあいこだね。私もサンドヴィーケンに行ったことがない」

彼はリンダたちが角を曲がるまで見送った。空がきのうに続いて晴れ上がっている。今日はきのうよりももっと暖かくなると感じた。娘が突然現れたことで、彼は上機嫌だった。もちろん、娘がこの数年、ヘアスタイルや化粧を極端に変えるたびに感じる戸惑いを覚えはしたが。今朝、戸口に立っているリンダを見たとき、彼はいままでさんざん人から言われたことは正しかったと思った。それは彼女が自分に似ているということだった。彼女の顔に自分の顔を見たような気がした。

警察署に着いたとき、彼はリンダに会ったことで新たなエネルギーが湧いたように感じた。廊下を歩きながら、自分の歩き方が太りすぎのゾウのように重く感じられて苦笑した。部屋に入るなり、上着を脱いだ。椅子に腰を下ろすのも待てない思いで電話を取り、スヴェン・ニーベリを探してくれと受付にたのんだ。前の晩、眠りに落ちる前に、調べなければならないことが頭に浮かんだのだった。いらだって待っているヴァランダーに受付の女性がニーベリへの電話を繋いだのは五分後のことだった。

「ヴァランダーだ。海岸で立入禁止のテープを張るときに、催涙ガスのようなものが入っているスプレー缶がみつかったこと、覚えているか？」

「覚えているに決まっている」ニーベリが答えた。

ヴァランダーはニーベリの機嫌が悪いことを完全に無視して話を続けた。

「指紋を採るべきだと思う。そしてそれをおれがカールマンの家の近くでみつけた紙切れについている指紋と比べてくれ」

「そうしよう」ニーベリが言った。「だがそれはあんたにたのまれなくとも、どのみちやったと思うがね」

「ああ、そうだろう。だが、あんたも知っているとおり急いでいるんだ」

「そんなことは知るもんか。だが、なにかみつかったらすぐに知らせるよ」

ヴァランダーは新しいエネルギーが体に満ちているのを証明するように、元気よく電話を切った。窓辺に立ち、町のはずれにそびえ立つ水塔を見ながら、今日一日の仕事の手順を考えた。経験から、必ず思いがけないことが起こって、計画どおりに実行されることはないと知っていた。計画の半分も実行できたら、満足しなければならないとも思っていた。九時になり、彼はコーヒーを取りに行き、そのまま小さいほうの会議室へ向かった。そこにはハンソンがストックホルムから来た心理学者といっしょに待っていた。六十代の男性で、名前をマッツ・エクホルムと名乗った。握手の手ががっしりとしていてヴァランダーはすぐに好感をもった。多くの警察官と同じく、ヴァランダーもいままでは心理学者が実際の犯罪捜査に役立つかどうか疑問をもっていた。だが、アン＝ブリット・フーグルンドと話を交わしているうちに、彼は心理学者に対する不信感にはまったく根拠がないこと、もしかすると偏見をもっていただけだったかもしれないと思うようになった。いま、マッツ・エクホルムと同じテーブルについて、ヴァランダーはここで彼に心理学者の本当の力を見せてもらいたいと思った。

捜査資料はテーブルの上にあった。

「できるかぎり読んできましたよ」マッツ・エクホルムが言った。「ここに書かれていないことから話を聞きましょうか」

「すべてここに書かれてます。警官がいやでも身につけることは、報告書を書く技術ですよ」

ハンソンが見当違いのことを言った。

「われわれの考えを聞きたい、ということですね？」ヴァランダーが口を挟んだ。

マッツ・エクホルムはうなずいた。

「ええ、そうです。初歩的な心理パターンというものがあって、それによると、警官が犯人を捜すとき、あてずっぽうに捜しているわけではない。犯人の顔がわからなければ、警官は代理像をおく。たいていの場合、警官たちにはその背中しか見えない。ところが犯人を捕まえてみると、警官たちが想像していた代理像によく似ていることがあるというのです」

ヴァランダーはエクホルムの説明にうなずいた。自分の経験からもそれが言えた。捜査の間中、彼の頭の中にはいつも予想する犯人像というものがある。まったくなにもなしに捜すということはない。

「ここに殺人事件が二件発生した」マッツ・エクホルムが続けた。「犯行手段は同じ。だが、興味深い違いもある。グスタフ・ヴェッテルスステッドは後ろから襲われている。犯人は彼の後ろから背骨を刃物で叩き割っている。頭ではなく。これは興味深い点です。犯人はむずかしいほうを選んでいる。もしかすると、それは彼がヴェッテルスステッドの頭を残しておきたかったためだろうか？　それはわれわれにはわからない。殺したあと、彼は頭皮を剝ぎ、死体を隠した。いまカールマンに起きたことと比較すれば、はっきりと類似点と相違点がわかる。カールマンも刃物で叩き殺されている。彼もまた頭皮の一部を剝ぎ取られている。だが彼の場合、真っ正面から刃物を振り下ろされている。彼は自分を殺す人間を見たにちがいない。犯人はまた大勢の人間が集まっている機会を選んだ。みつかるリスクは大きかったはずだ。彼は死体を隠すような面倒なことはしなかった。そんな時間がないとわかっていたからだ。最初に問われるべきことは単純です。すなわち、類似点と相違点のどちらが重要か？」

「殺人者は」とヴァランダーが話を受けて話しはじめた。「二人の人間を選び出した。彼は綿密な計画を立てた。ヴェッテルステッドの家の前の海岸に何度も行ってみているはずです。彼の裏庭から海までの間を暗くするために、門灯の電球をはずすほど計画的にやっている」

「ヴェッテルステッドが夜散歩する習慣があったかどうか、知ってますか？」エクホルムが訊いた。

「いや、それは知りません。だがもちろん調べておくべきことですね」

「話を続けてください」エクホルムがうながした。

「表面上は、カールマンに関してはパターンがまったくちがうように見える。夏至祭のパーティーで人が大勢集まっていた。だが、犯人はそれをちがう角度から見たかもしれない。もしかすると彼は大きなパーティーのとき、一隅に発生するひとけのない瞬間というものを知っていたのだろうか。大勢の人間が動いているところでは人はしだいになにも見えなくなるということを知っていたのかもしれない。大勢の人間が集まっていたときのことで、細かな点を訊いても、ちゃんと答えられる人間はめったにいないものです」

「その答えを得るためには、犯人がほかにどのような選択肢をもっていたかを知らなければならない」エクホルムが言った。「アルネ・カールマンは事業家で、その行動範囲は広かった。いつも大勢の人間に囲まれていた。もしかするとパーティーのときを狙ったのは正しい選択だったのかもしれない」

「類似点と相違点。つまりどっちが決定要因なのかということですね？」

マッツ・エクホルムは肩をすくめた。

「もちろん、いまそれに答えを出すのは早すぎる。いまの時点でわれわれが推測できるのは、犯人は周到に計画して行動しているということと、非常に冷静であるということだけです」

「彼は頭皮を剝ぐ。戦利品を集めていると思われる。これにどういう意味があるのですか？」ヴァランダーが訊いた。

「彼は力を顕示したいのです。戦利品は彼の犯行の証拠です。彼にとって頭皮は、狩猟家が壁に角を飾る以上の意味はないでしょう」エクホルムが言った。

「だが、頭皮を剝ぐという選択は？　なぜそんな行為を選ぶのですか？」

「それはとくに意外というわけではないですよ」エクホルムが言った。「皮肉家に聞こえるのを恐れずに言いますと、人間の体のどの部分が戦利品にするのにいちばん適していると思いますか？　人間の体は腐るもの。髪の毛のついた頭皮は比較的長く保てる」

「しかし、それでも私はアメリカ先住民のことを連想してしまう」ヴァランダーが言った。

「確かにあなたの犯人はアメリカ先住民の戦士にこだわりがあるかもしれない」エクホルムが言った。「心理的なボーダーゾーンにいる人間たちはほかの人間のアイデンティティに隠れることがよくあるのです。あるいは神話的な人物とか」

「ボーダーゾーン？　それはどういう意味ですか？」ヴァランダーが訊いた。

「あなたの犯人はすでに人を二人殺している。犯行の動機がわからないから、われわれは彼がまた殺すかもしれない可能性を否定することができない。人間を二人殺していることは、おそらく心理的なボーダーラインを超えてしまったということを意味するのです。通常の人がもつ禁忌の感覚をすべて超えてしまったということです。人間は突発的に人を殺すことがある。だが、犯行を繰り返す殺人者はまったくちがう特別の心理的法則に従っているのです。彼はグレーゾーンにいる。われわれにはときどきしか彼の姿が見えない。存在した境界線は彼自身が取っ払ってしまったのです。表面上、彼はまったく正常な生活をしているはずです。毎朝仕事に出かけることができるし、家族もいるかもしれないし、仕事のあとはゴルフをしたり庭の手入れをしたりすることもできる。子どもをひざに抱いてソファに座って、テレビのニュースを見ることもできる。そのニュースが自分のやった犯行を報道しているのを見て、そんな人間が捕まらずに勝手なことをしているのは恐ろしいことだと言ったりする。彼には二つのアイデンティティがあって、二つとも制御できるのです。彼は自分自身の糸に操られている。彼は操り人形でもあり、操り人形の操り手でもあるのです」

ヴァランダーは黙ってマッツ・エクホルムの話を聞き、そして言った。

「彼はだれなんです？　どんな外見で、何歳ぐらい？　私は〝外見は正常に見える病気の脳の人間〟を捜すことはできない。私が捜し出せるのは、単に一人の人間です」

「それに答えるには尚早すぎます。犯人の心理的なプロフィルを描くには、資料をよく検討する時間が必要ですからね」

「今日の日曜日を休日とは思わないでいただきたい。われわれは一日でも一時間でも早く、そのプロフィルが必要なんです」ヴァランダーがため息をついた。

「明日までになにか言えるようにやってみましょう。だが、あなたもほかの警官も、この仕事が困難なこと、誤った推測の可能性も大きいことを十分に理解してほしい」

「それはわかっています。それでも得られるものならどんな協力でもほしいというのがわれわれの真情です」

マッツ・エクホルムとの話が終わるとヴァランダーはイースタ署を出た。港へ行き、数日前にビュルクのための送辞の言葉を練った桟橋まで行った。ベンチに腰を下ろし、港から出ていこうとする一隻の漁船をながめた。シャツの首もとをゆるめて、太陽に向かって顔を上げた。

近くから子どもの笑い声が聞こえてくる。頭の中を空っぽにして、ただ太陽の日差しだけを感じようとした。だが、わずか数分間そうしていただけで、彼はすぐに立ち上がって港を離れた。

あなたの犯人はすでに人を二人殺している。犯行の動機がわからないから、われわれは彼がまた殺すかもしれない可能性を否定することができない。

マッツ・エクホルムの言葉は自分の言葉と言ってもよかった。グスタフ・ヴェッテルステッドとアルネ・カールマンを殺した犯人を捕まえるまで、彼の不安は収まらない。ヴァランダーは自分という人間をよく知っていた。彼の強さは、辛抱強さにあった。また物事が見通せる鋭さもときに彼の武器となった。だが、彼の弱さもまた明白だった。それは職業的責任を個人的な心配ごとにしてしまうことだった。あなたの犯人、とマッツ・エクホルムは表現した。この言葉遣いはうまく彼の弱さを表している。ヴェッテルステッドとカールマンを殺した男の逮捕は、ヴァランダーの中で彼個人の責任になってしまっているのだ。彼がそれを望もうと望むまいと。

彼は車に乗り込み、その日の朝決めた予定を頭の中でチェックした。ヴェッテルステッドの家まで車を走らせた。海岸の立入禁止のテープは取り払われていた。ユーラン・リンドグレンと彼の父親と思われる年配の男がボートのペンキを削っていた。ヴァランダーはあいさつに行かなかった。代わりに、まだ手元にあったヴェッテルステッドの家の鍵を使って、表玄関の鍵を開けた。静けさで耳が痛いほどだった。彼はリビングルームの革の椅子に腰を下ろした。海岸からの音がかすかに聞こえてくる。部屋の中を見まわした。いま目に映るもろもろのものはなにを語っているのだろう？　犯人はこの家の中に入ったことがあるのだろうか？　彼は一つのことに考えを集中できないことに気づいた。立ち上がると、大きな窓まで行き、庭、海岸、そして海まで見渡した。グスタフ・ヴェッテルステッドはちょうどこの場所に何度となく立ったにちがいない。ちょうど彼の立っているところの板張りの床の表面がこすれていた。彼は窓の外に目を戻した。庭の噴水の水が止まっていた。だれかが止めたのにちがいない。彼は視線をふたたび移動させて、さっき始めた思考の回路に戻った。

　おれの犯人は、カールマンの屋敷を見渡せる丘の上に立って、パーティーの様子をながめた。もしかすると彼はそこに何度も行ったことがあったかもしれない。そこはよそから見られずに、自分のほうからだけカールマンの家全体が見えるという利点があった。いま問題は、このヴェッテルステッドの家全体が見えるような、カールマン邸の近くの丘に匹敵する場所があるかということだ。ヴェッテルステッドに見られずに、自分のほうからだけ見えるような場所があるか？

　彼は家の中をぐるりと見てまわり、一つひとつの窓のそばで立ち止まった。台所の窓からは、ヴェッテルステッドの敷地の外に生えている一本の木が見えた。しかしそれはまだ若木の白樺で、人が登る重さには耐えられないものだった。

　書斎に来て窓の外を見たとき、もしかすると答えをみつけたかもしれないと思った。外に張り出しているガレージの屋根の上からならば、書斎の中まで見えるはずだ。彼は外に出てガレージに行った。体力のある男なら、とび上がって屋根の端をつかみ、屋根の上に体を引き上げることができるだろうと思った。ヴァランダーは家の反対側で目にしたはしごを持ってきた。それをガレージの屋根にかけると、はしごを登った。屋根はタール紙を張った旧式のものだった。屋根がどれだけの荷重に耐えられるかがわからなかったので、彼は四つんばいになって、ヴェッテルステッドの書斎の中が見えるところを探して進んだ。書斎の窓からは遠いけれども、中まですっかり見える箇所がみつかった。四つんばいになったまま、彼はその位置で屋根の厚紙に目を落とした。いくつか線が重なっている傷がすぐに目についた。指の先で厚紙に触ってみた。だれかが厚紙をナイフで切りつけたあとだ。彼はあたりを見まわした。海岸からもヴェッテルステッドの家の前を通っている道路からも、ここは見えない。ヴァランダーははしごを降り、元の場所に戻した。それからガレージの石床を見渡した。みつけたのは汚れた紙切れ数枚で、よく見ると漫画から破られたページだった。そとから風で運ばれてきたのかもしれない。彼はまた家の中に戻った。さっきと同様圧倒的な静けさだった。彼は二階へ上がった。ヴェッテルステッドの寝室の窓から、浜辺でユーラン・リンドグレンと父親がボートを表にひっくり返すのが見えた。二人がかりでなければできない仕事と見えた。

それにもかかわらず、彼はいま、犯人は一人だと確信していた。ここでヴェッテルステッドを殺したときも、カールマンのときも。足跡はほとんどないに等しかったが、本能的に彼はヴエッテルステッドの屋根にいたのもカールマンの丘にいたのも一人の人間に間違いないと思った。

おれの相手は単独犯だ。ボーダーゾーンから出てきて人間を叩き殺し、頭皮を戦利品として剝ぎ取る一人の男だ。

ヴェッテルステッドの家を出たのは、十一時だった。太陽の下に出たとき、彼は大きな安堵を覚えた。ガソリンスタンドに入り、そこのカフェテリアでランチを食べた。近くのテーブルから若い女性があいさつの声をかけてきた。彼はあいさつを返したが、相手がだれだかわからなかった。彼女がカフェテリアを出ていったとき、それはブリッタ＝レーナ・ボデーンという銀行員だと思い出した。以前、犯罪捜査のときに彼女のすばらしい記憶力が大きな助けになったことがあった。

十二時、彼は署に戻った。

フーグルンドが受付に出ていた。

「部屋の窓から警部が見えました」フーグルンドが言った。

瞬間的に、なにかが起きたのにちがいないとヴァランダーは思った。緊張して彼女の言葉を待った。

「接点がみつかりました。一九六〇年代の終わりごろ、アルネ・カールマンは刑務所で服役していました。ロングホルメンです。そのころ、グスタフ・ヴェッテルステッドは法務大臣でした」

「それは接点としては遠すぎる」ヴァランダーが言った。

「話はまだ終わっていません」フーグルンドが言った。「アルネ・カールマンはグスタフ・ヴェッテルステッドに手紙を書き、刑務所を出てから会ったというのです」

ヴァランダーは身じろぎもせずに話を聞いた。

「どうしてそんなことを知っているんだ?」

「私の部屋に来てください。くわしく話します」

ヴァランダーは理解した。

もし接点がみつかったのなら、捜査の外側の、もっとも固い殻を破ったことになる。

15

それは電話で始まった。

アン＝ブリット・フーグルンドはマーティンソンの部屋へ向かう途中、放送で呼び出された。部屋に戻って、電話を取った。電話をかけてきたのは男性だったが、声が非常に低く、初めフーグルンドは男が病気かけがをしているのではないかと思ったほどだった。だが、そうではなく、男はヴァランダーと話をしたいとささやいていた。ほかのだれでも用をなさない、とくに女では話にならない、と。フーグルンドは、いまヴァランダーは外出中で、行き先はだれも知らない、いつ戻るかもわからないと言った。だが、電話の男は彼女の言葉に満足しなかった。小声で話しているにもかかわらず、頑固で引き下がろうとしない男にフーグルンドは手を焼いた。一瞬、マーティンソンへ電話を回して、ヴァランダーのふりをして話を聞いてもらおうかと思ったが、それはやめた。男の声に、ひょっとしてヴァランダーの話し方を知っているかもしれないと思わせるものを感じたからだ。

男は初めから、重要な情報をもっていると言った。グスタフ・ヴェッテルステッドの死と関係があるかと訊くと、そうかもしれない、と男は言った。それではアルネ・カールマンの死と関係があることかと訊くと、男はふたたび、そうかもしれないと言った。この男を引き止めておかなければならないと彼女は直感した。

解決法をみつけたのは、男自身だった。長い時間、彼が沈黙したので、フーグルンドは電話が切れてしまったにちがいないと思った。しかしその瞬間に、男はふたたび話しだし、警察署のファックス番号を訊いた。

ファックスをヴァランダーに渡せ。ほかの者ではだめだぞ。

一時間後、ファックスが入った。それがいま彼女の机の上にあった。彼女はそれを訪問客用の椅子に腰を下ろしているヴァランダーに手渡した。レターヘッドにストックホルムのスコーグルンド金物店と印刷してあることにヴァランダーは注目した。

「その店の電話番号を調べて電話をしました」フーグルンドが言った。「金物店が日曜日に開けているのがおかしいと思いましたので。店の伝言メッセージで店主の携帯電話番号を知ったので、電話をかけました。閉まっている店の電話からイースタ警察署にファックスが送られたと知ると、店主は仰天しました。ちょうどゴルフに出かけるところだったらしいのですが、調べると言ってくれました。三十分後、電話があり、店主は興奮しながら、店の中にだれかが押し入ったと教えてくれました」

「おかしな話だな」ヴァランダーがうなずいた。

それから彼はファックスを読んだ。手書きで一部ほとんど読めないところがあった。またもや、老眼鏡を買わなければならないと思い知らされた。文字が目の前で躍っているような感じは、もはや一時的な疲れとか、目の使いすぎとかで説明できるものではなかった。その手紙は文章も文字もいい加減で、大急ぎで書かれたものにちがいなかった。ヴァランダーはまずそれを黙読した。それから声に出して読み上げた。手紙の内容を読み間違えていないかどうか確かめるために。

「『一九六九年の春アルネ・カールマンは盗品故買罪と詐欺罪で、ロングホルメン刑務所で服役中だった。当時グスタフ・ヴェッテルステッドは法務大臣の座にいた。カールマンはヴェッテルステッドに手紙を書いた。彼はそれを自慢そうに吹聴していた。出所すると彼はヴェッテルステッドに会った。彼らはなにを話したのか？　いっしょになにをしたのか？　だれもそれは知らない。だが、その後カールマンは順風満帆だった。刑務所に送り込まれることもなかった。そしていまは二人とも死んでいる』こう読めるが、どうだ？」

「ええ、わたしもそう読みました」

「サインはない。この男はなにを言いたいのだろう？　だれなんだ？　こんなことをなぜ知っているのだ？　ここに書かれていることはそもそも事実か？」

「わかりません。でもわたしはこの男は自分の言っていることがわかっていると思いました。それにカールマンが実際に一九六九年の春、ロングホルメン刑務所にいたかどうかは調べればすぐにわかることです。当時の法務大臣がヴェッテルステッドであることは間違いないです」

「ロングホルメン刑務所は当時まだ閉鎖されていなかったかな?」ヴァランダーが眉を寄せた。

「その数年後だと思います。一九七五年とか。必要なら、正確な年を調べますが」

ヴァランダーは打ち消すように手を振った。

「なぜその男はおれとだけ話したがったのだろう? なにか理由を言っていたか?」

「あなたの名前をどこかで聞いたのだと思います」

「おれのことを知っているとは言わなかったのだな? その男は」

「はい」

ヴァランダーは考えた。

「その男が書いていることが事実だといいが。もしそうならこれで二人に関係があったということになる」

「それが事実だったかどうかを確かめるのはそうむずかしいことではないと思います。もちろん今日は日曜日ではありますが」

「そうだ」ヴァランダーが相づちを打った。「おれはこれからカールマン夫人に会いに行ってくる。彼女は夫が刑務所に入っていたかどうか、知らないはずはないだろう」

「わたしも行きましょうか?」

「いや、その必要はない」

三十分後、ヴァランダーはビャレシューの立入禁止テープのそばに車を止めた。警官が退屈そうに車の中で新聞を読んでいた。ヴァランダーを見てさっと背筋を伸ばした。

「ニーベリはまだここで捜査をしているのか？」ヴァランダーが驚いて訊いた。「現場検証はもう終わったのではなかったか？」

「鑑識官は一人も見かけていません」警官が答えた。

「署に電話をかけてなぜ立入禁止テープがまだあるのか訊いてくれ。中に家族はいるか？」

「夫人はいると思います」警官が言った。「そして娘さんも。息子たちはだいぶ前に車で出かけました」

ヴァランダーは庭に入った。あずまやのテーブルと椅子はなくなっていた。美しい夏の日差しの中で、きのうのできごとなどうそのようだった。彼は玄関ドアをノックした。アルネ・カールマンの未亡人はすぐにドアを開けた。

「お邪魔して申し訳ない」ヴァランダーは謝った。「どうしてもすぐに返事をいただきたいことがあるので」

彼女は依然として青ざめていた。中に入ったとき、彼女からかすかなアルコールの匂いがした。どこか離れたところで、娘が訪問者はだれかと訊いている声がした。ヴァランダーはいま自分の前を歩いている夫人の名前を思い出そうとした。そもそも名前を聞いたことがあっただろうか？　思い出した。アニタだ。スヴェードベリがきのう、長時間にわたった会議で彼女の名前を言っていた。ソファまで来てヴァランダーは夫人の正面に腰を下ろした。彼女はタバコに火をつけて彼をながめた。明るい色の楽しげな夏のワンピースを着ていた。ヴァランダーは少し不愉快になった。夫が殺されて死んだばかりだ。人はもう死に対して敬意を払わなくなったのだろうか？　夫を愛していなかったとしても、もう少し控えめな色の服を着てもいいではないか？

それから彼は、自分はときどきひどく保守的な考え方をすると思い、自分でも驚いた。悲しみと敬意は、色と関係ないではないか。

「なにか飲み物はいかがですか？」夫人が訊いた。

「いや、けっこうです。話はすぐに済みますから」ヴァランダーは答えた。

そのとき、急に夫人は彼の後ろに目を走らせた。彼は振り返った。この家の娘が音もなく部屋に入ってきて、ヴァランダーの後ろの椅子に腰を下ろした。タバコを吸っている。神経質そうにぴりぴりしていた。

「話を聞いてもいいかしら？」と娘が言った。その声が攻撃的に聞こえた。

「ええ、かまいません。こちらにどうぞ」

「いいえ、ここでいいわ」娘が答えた。

母親が目に見えないほどかすかに首を振っているのが見えた。娘のことをしょうがないと思っているようにヴァランダーには思えた。

「じつは今日は日曜日なのでこちらにうかがったのです」ヴァランダーが話を切りだした。

「日曜日は役所が閉まっていて問い合わせることができないもので。一刻も早く答えがほしくてこちらに来ました」

「今日が日曜日だという言い訳は必要ありません。なにを知りたいんですか?」夫人は単刀直入に訊いた。

「一九六九年の春、ご主人は刑務所に入っていましたか?」

打てば響くような返事があった。

「アルネはロングホルメンに二月九日から六月八日までいました。わたしが彼をそこまで送り、また迎えに行きました。彼は盗品故買罪と詐欺罪の判決を受けたのです」

その正直さにヴァランダーは一瞬戸惑った。なにに驚いたのか? 彼女が否定すると思ったのか?

「刑務所に送り込まれたのはそれが最初でしたか?」

「ええ、最初で最後でした」

「盗品故買罪と詐欺罪でしたね?」

「はい」

「それについてもっと話してもらえますか?」

「主人は否定したのにこの判決を受けました。盗品の絵を受け取ったことも、小切手を偽装したこともありません。ほかの人間がそれをして、主人の名前をかたったのです」

「ご主人は無罪だったとおっしゃるのですね？」

「わたしの意見がどうかなど、どうでもいいのです。主人は無罪でした」

ヴァランダーは別の角度から訊きはじめた。

「あなたのご主人がグスタフ・ヴェッテルステッドを知っていたということを示す情報があります。しかしあなたもお子さんたちもそれは否定されましたね？」

「もし主人がヴェッテルステッドを知っていたとすれば、わたしはそれを知りませんでした」

「ご主人はあなたが知らないところでヴェッテルステッドと接触していたということはあり得ますか？」

彼女は考えてから口を開いた。

「それはほとんど考えられないことです」

ヴァランダーはすぐに彼女の言葉は真実ではないとわかった。そのうそがどういう意味をもつのか、すぐにはわからなかった。ほかに質問がなかったので、彼は立ち上がった。

「玄関まではお一人でどうぞ」と夫人は言った。急にげっそりと疲れたように見えた。

ヴァランダーは玄関へ向かって歩きだした。ちょうど娘のそばを通りかかったとき、それまで後ろの椅子に腰を下ろして、ずっと彼の動きを目で追っていたカールマンの娘が、突然立ち上がってヴァランダーの行く手をさえぎった。タバコはまだ左手の指先にあった。どこからともなく彼女の手が飛んできて、ヴァランダーの左頰を激しく打った。彼は驚いて足を一歩引き、そのとたんに後ろに倒れた。

「なぜ警察は止められなかったのよ？」娘が叫んだ。

彼女はヴァランダーを激しく乱打しはじめた。ヴァランダーは攻撃から逃れながら立ち上がろうとした。ソファに座っていた母親が飛んできた。そして娘がたったいまヴァランダーにしたように、娘に激しい平手打ちをした。それからソファに連れていった。左頰に触ったまま怒りと驚きでぼう然としているヴァランダーのところに戻ってくると、アニタ・カールマンは言った。

「今度のことで、娘はすっかり神経がやられてしまいました。抑制力を失ってしまったのです。どうぞ、許してやってください」

「医者に診せたらどうですか？」ヴァランダーは自分の声が震えていることに気づいた。

「もう、そうしています」

ヴァランダーはうなずき、玄関へ行き外に出た。まだあの猛烈な平手打ちにショックを受けていた。最後に殴られたのはいつだったか思い出そうとした。十年以上も前だ。空き巣狙いの容疑者を調べていたときのことだった。男は突然テーブルの上にとび上がると、ヴァランダーの口をめがけてこぶしで殴りかかってきた。あのときは彼も殴り返した。怒りのあまり、男の鼻の骨を折ってしまった。男はあとで警官の過剰行為だとヴァランダーを訴えたが、それは却下された。男はそれからも法制度オンブズマンに訴えたが、とりあわれなかった。

女に殴られたことは一度もなかった。別れた妻のモナは激しく怒ったとき彼に向かって物を投げることはあったが、殴ったことはなかった。もし彼女が殴りかかってきたらどうしただろうと思うことがあった。殴り返しただろうか？　おそらく。そのリスクは大きかっただろう。庭で立ち止まって、痛む頰に手を当てた。今朝リンダが友だちと家にやってきたときにもらったエネルギーがぜんぶ消えてしまったような気がした。あまりのショックにエネルギーを使い果たしてしまったのだ。

車に戻った。警官がゆっくりと立入禁止のテープを取り外していた。

彼は車のカセットプレーヤーをつけた。〈フィガロの結婚〉。車の壁が震えるほどボリュームを大きくした。頰がまだ痛んだ。バックミラーで見ると赤くなっている。イースタに戻ると、彼は町の入り口にある家具センターの駐車場に車を止めた。店は閉まっていて、駐車場には車が一台もなかった。彼は音楽が外にまで聞こえるように車のドアを開けた。バーバラ・ヘンドリックスの声がちょっとの間グスタフ・ヴェッテルステッドとアルネ・カールマンのことを忘れさせてくれた。だが、燃える少女だけは依然として彼の頭の中を走っていた。菜の花畑はどこまでも続いているようだ。少女は走り続けている。燃えながら。

彼は音楽を小さくして、駐車場の中を行ったり来たりしはじめた。考えるとき、彼はいつも地面を見つめて歩く。そのために彼は一人のカメラマンが偶然この夏の日、がらんとした駐車場を歩きまわる彼をみつけて、望遠レンズで写真を撮ったことに気がつかなかった。数週間後、駐車場を歩きまわる自分の姿を新聞で見たとき、あの日駐車場を歩きながら捜査の状況を全体的に掌握しようとしたことを思い出した。

捜査官たちはその日曜日、午後二時に短時間会議を開いた。マッツ・エクホルムは、すでにハンソンとヴァランダーに話したことをみんなに伝えた。フーグルンドは匿名のファックスを会議のテーブルに置き、ヴァランダーはカールマン夫人が、アルネ・カールマンがロングホルメンに入所していた事実を認めていると報告した。平手打ちについてはなにも言わなかった。なぜかいつも捜査会議の時間を嗅ぎつけて警察署の前に集まっているジャーナリストたちと話をしてくれないかとハンソンにたのまれて、ヴァランダーは断った。

「われわれはチームで仕事をしていることを、彼らにわからせなければならない」と言ったが、自分でも説得力のない言い訳だと思った。「フーグルンドがいいだろう。おれはいやだ」

「言ってはいけないことはありますか?」フーグルンドが訊いた。

「被疑者がいるとは言うな。それは本当じゃないからだ」ヴァランダーが答えた。

会議の後、ヴァランダーはマーティンソンと二、三、言葉を交わした。

「焼身自殺をした少女のことで、なにかもっとわかったことがあるか?」

「いいえ、まだです」マーティンソンが答えた。

「なにかわかったら、すぐに知らせてくれ」

ヴァランダーは自室に戻った。そのとたんに電話が鳴り、彼はぎくっとした。電話が鳴るたびに、新たな殺人が起きたという知らせではないかと思うのだ。だがそれは姉からの電話だった。彼女はイェートルードと話をし、父の病気がアルツハイマーであることは間違いないと言った。声が悲しそうに響いた。

「親父はなんといっても、もうじき八十だ」とヴァランダーはなぐさめた。「遅かれ早かれ、なにか病気がみつかるんだよ」

「ええ、わかってる。それでも」

ヴァランダーは彼女の言いたいことが痛いほどわかった。彼自身、同じ言葉を使いたかった。あまりにも多くの場合、力ない抗議の言葉、〝それでも〟という言葉に人生は凝縮される。

「父さん、イタリアまでは無理でしょう？」

「いや、親父がそうしたいのなら、きっと行ける。それになんといっても、おれは約束をしたんだ」

「わたしも行くほうがいいかしら？」

「いや、これは父さんとおれの旅行だ」

電話を切ったあと、いっしょに来てほしくないと言われて、姉が傷ついたかもしれないと思った。だが、彼はそれを頭から追い払った。それより、やっと父親のところに行く時間ができたと思った。リンダの電話番号を書いた紙を探し出して、電話した。いい天気だからおそらく家にいないだろうと思っていたのに反して、カイサがすぐに電話に出たのに驚いた。リンダが電話口に出たとき、彼は芝居の練習をちょっと休んでいっしょに父親のところに行かないかと言った。

「カイサもいっしょに行ってもいい？」リンダが訊いた。

「ああ、いいよ。ただ、今度だけは、おまえだけのほうがいい。話しておかなければならないことがある」


三十分後、ヴァランダーはリンダをウステルポート・トリィで拾った。ルーデルップへ行く車の中で、父親が署に訪ねてきたこと、そして彼が病気であることを話した。

「病気がどれだけ速く進むかは、だれにもわからない」ヴァランダーが言った。「だが、親父はおれたちをおいて行ってしまうんだ。水平線の向こうに消えてしまう船のように。おれたちのほうから親父は見える。だが、親父からはおれたちの姿はだんだんぼんやりとしか見えなくなる。おれたちの顔、話す言葉、いっしょの思い出、しまいには全部消えてしまう。なぜ怒るのか自分でもわからないのに怒るとか、まったくちがう人格になるかもしれない」

リンダが悲しんでいるのがわかった。

「なにかできることはないの？」長い時間沈黙してから、リンダが訊いた。

「それはイェートルードだけが答えられる。だが、なんの薬もないんだそうだ」

父親が望んでいる旅行の話もした。

「親父とおれだけで行くんだ。もしかすると、長い間のしこりが、なくなるかもしれない」

彼らが家の前に車を着けると、イェートルードが迎えてくれた。リンダは車を飛び出すと、祖父が絵を描いている納屋に走っていった。ヴァランダーは台所へ行ってイェートルードと話をした。彼が想像していたとおりだった。いつもどおりに暮らすこと以外になにもないと彼女は言った。

「そして待つこと」

「イタリア旅行には行けると思う？」

「あの人は、それは楽しみにしています。もし旅行中、向こうで死ぬようなことがあったら、それもまたいいと思っているのではないかしら？」

イェートルードは、父親が病気のことを冷静に受け止めていると話した。ほんの少しのけがでも大騒ぎした父親を知っているヴァランダーには、意外だった。

「実年齢に追いついたんだと思いますよ。もう一度生きるチャンスが与えられたら、きっと同じように生きるだろうと思っているんじゃないかしら」

「その人生でも、きっと親父はおれが警察官になるのをいやがるでしょうね」

「新聞で読んでいるわ。恐ろしいこと！　あなたの仕事はひどいことばかりね」

「だれかがしなければならないんです」ヴァランダーが言った。「それだけのことです」

彼らは夕食をいっしょに食べてから帰ることにした。ヴァランダーはその晩父親がいつになく機嫌がいいと思った。それはきっとリンダのせいだろう。父親の家を出たとき、時間はすでに十一時をまわっていた。

「大人って、本当に子どもっぽいんだから」リンダが急にそう言った。「ときどきわざとそうするんだろうと思うの。若く見えるように。でもおじいちゃんの場合は、本当に子どもっぽいんだと思うわ」

「おまえのおじいさんは、特別に変わった人だよ。昔からそうだった」ヴァランダーが言った。

「パパ、おじいちゃんに似てきたということ、知ってる？　年とともにますますそうなってきたわよ」

「ああ、知っている。だが、おれはそれが喜ぶべきことなのかどうか、わからない」

彼はリンダを乗せたのと同じ場所で降ろした。彼女のほうから二、三日中に電話をくれることに決めた。彼女がウステルポート・スコーランの横を曲がるのを見届けてから、彼はふと、今夜は一度も事件のことを考えなかったことに気がついた。そしてすぐに良心のとがめを感じた。だが、それを追い払った。今日はこれ以上のことはできなかったことはわかっていた。

警察署に短時間寄った。犯罪捜査官はだれもいなかった。彼宛の電話メモも、すぐに対処しなければならないものはなかった。彼は車を走らせ、アパートの建物の前で駐車し、部屋に戻った。

ヴァランダーはその晩は遅くまで起きていた。暖かい夏の夜で、彼は窓を全部開け放していた。ステレオからプッチーニの歌曲が流れていた。瓶に残っていた最後のウィスキーをグラスに注いだ。サロモンソンの菜の花畑に向かったときに車の中で感じた夏の喜びがふたたびよみがえった。数日前、それは一連の凄惨な事件が発生する前のことだった。いま彼は二つの殺人事件捜査のまっただ中にいた。これらの事件に関していえることが二つあった。一つは犯人がだれか、まったく見当がつかないこと。もう一つは、犯人はまさにこの瞬間、第三番目の殺人を犯しかけているかもしれないということだった。それでも夜遅くヴァランダーは捜査から気分的に離れることができた。短い間だったが、彼の頭の中で燃えながら走っていた少女も見えなくなった。彼はイースタ地域で発生するすべての暴力事件を一人で解決することはできないと自分に言い聞かせた。最大限、一生懸命にやる以外ない。それ以上のことはだれにもできない。

ソファに横たわって音楽を聴いた。ウィスキーグラスはすぐ手元にあった。

そのときふたたび彼の意識になにかが浮かび上がった。それはリンダが車の中で言ったことだった。話の中の言葉が突然ほかの意味合いで耳に響いた。彼はソファに起き上がり、額にしわを寄せた。リンダはなんと言ったのか？　大人って、本当に子どもっぽい？　大人は子どもっぽいんだから。この言葉が彼になにかを思い起こさせようとしていた。

そしてそれがなんだったか、わかった。どうしてすぐにピンと来なかったのか、なぜあんなに軽く、だらしなく扱ったのか、わからない。彼は靴を履き、台所の引き出しから懐中電灯を取り出して車へ行った。ウスターレーデンを走り、右へ曲がってヴェッテルステッドの家の前で車を止めた。家は暗く静まり返っていた。裏庭の門を開けた。ブラックベリーの木の下を走り抜けた猫にぎくっとした。それから懐中電灯を持ち、ガレージの石床を照らした。長い時間探す必要はなかった。すぐに探し物が見つかった。破られた漫画のページを親指と人さし指の間に挟んで、懐中電灯の光を当てた。それはファントムの漫画の一ページだった。ポケットからビニール袋を取り出して、その紙切れをしまった。

それから家に向かった。自分のだらしなさに腹が立った。すぐにも気づくべきだったのに。

大人は子どもっぽいのだ。

大人の男がガレージの屋根に座り込んでファントムを読むことは、大いにあり得るのだ。

16

ヴァランダーが明け方の五時前に目を覚ましたときには、すでに西から雲が張り出し、イースタに差しかかっていた。六月二十七日月曜日。幸いまだ雨は降りだしていない。ヴァランダーは起き上がらずに、もう一度眠ろうとした。六時ちょっと前に起き上がり、シャワーを浴びてコーヒーを飲んだ。疲れと寝不足で体がぎしぎし痛んだ。十代のころは、どんなに睡眠が少なくとも、朝疲れが取れないまま起きるなどということはなかったのを思い出した。しかしそんな時代はもう永遠に過ぎたのだ。

七時五分前、ヴァランダーはイースタ署に到着した。エッバがすでに受付にいて、彼宛の電話連絡のメモを渡しながらほほ笑みかけてきた。

「夏休みじゃなかったんだ？」ヴァランダーが訊いた。

「ハンソンから数日ずらしてくれってたのまれたんですよ。しばらくは、落ち着かない日が続くからじゃないですか」

「手のほうはもう治ったの？」

「前にも言ったでしょう？　年をとるということは面白くないことよ。なにもかもがクソになってしまうんだから」

ヴァランダーはエッバがそんな過激な言葉を使うのを聞いたことがなかった。父親の病気のことを話そうかとちらっと思ったが、やめにした。コーヒーを取りに行って、自室の机に向かった。電話のメモに目を通し、昨晩のメモの上に重ねて置いた。それから受話器に手を伸ばしてリガに電話をかけようとした。すぐに良心の痛みを感じた。彼は個人的な用事に職場の電話を使うことは避けたいという古い価値観の持ち主だった。数年前、ハンソンがなにかにとり憑かれたように競馬に夢中になったときのことを思い出した。当時ハンソンは職場にいる時間の半分を費やして、全国の競馬場に電話をかけまくり、馬に関する最新のニュースを手に入れようとしていた。職場ではみんながそれを知っていたが、だれもなにも言わなかった。だれかがハンソンに注意すべきだと思ったのは、ヴァランダーだけのようだった。ところがある一日を境に、ハンソンの机の上から半分書き込まれた競馬の予想表や馬券が姿を消した。うわさによれば、ハンソンは負債を抱え込む前に競馬をきっぱりとやめたのだという。

バイバは三回のベルで電話に出た。ヴァランダーは不安だった。電話をかけるたびに、もうつきあいをやめようと彼女が言いだすのではないかと心配だった。自分の感情に確信がもてるのと反比例して、彼女の感情に自信がもてなかった。だがいま聞こえる彼女の声は、うれしそうだった。その喜びがすぐに彼に伝わった。彼女はタリンへの旅行が急に決まったことを説明した。女友達からタリンへいっしょに行かないかと誘われたのだった。ちょうど今週は大学の講議がなかった。翻訳の仕事も、締め切りが迫っているわけではなかった。彼女は簡単に旅行の話をしてから、イースタはどうかと訊いた。ヴァランダーは仕事の関係でもしかするとスカーゲンへの旅行は無理になるかもしれないと言うのはやめにした。そしてすべて順調だとだけ言った。今晩もう一度電話をすることにして通話を切った。そのあと、彼はしばらくそのまま受話器を持って座っていた。夏休みの予定を先送りしたら彼女はなんと思うだろうという心配が始まった。

ヴァランダーは年を追うごとに、自分の性格の悪い面がどんどん強くなってきたような気がした。それは心配しすぎの癖だった。彼はバイバがタリンへ旅行したことを心配した。自分が病気になるのではないかと心配している。寝坊するのではないかと心配する。車が壊れるのではないかと心配する。自分のまわりを不必要な心配の雲でおおう。彼は苦笑いして、もしかするとマッツ・エクホルムに自分のプロフィルを作ってもらって、心配の先取りをやめるにはどうしたらいいか、アドバイスしてもらったらいいのかもしれないと思った。

スヴェードベリが半分開いているドアをノックして入ってきたので、考えは中断された。前日スヴェードベリは強い太陽を浴びたらしい。はげている頭のてっぺんや額や鼻が、真っ赤に日焼けしていた。

「いつも不注意でこうなってしまう」スヴェードベリがいまいましそうに言った。「ひりひりと痛むんです」

ヴァランダーは前日平手打ちを食らったときの痛みを思い出した。が、なにも言わなかった。

「きのうは、ヴェッテルステッドの近くに住む人たちに聞き込みをしました。それでわかったのですが、ヴェッテルステッドはよく散歩をする人間だったらしいです。朝も夜も散歩している姿を見られています。散歩の途中で会う人たちにはいつでも折り目正しくあいさつをしたそうです。しかし、あの近所の人間とはだれともつきあいがなかったようです」

「夜も散歩の習慣があったということだな？」

スヴェードベリはメモに目を落とした。

「家の前の海岸付近を歩いていたらしいです」

「それはヴェッテルステッドが習慣としていたことだったのだな？」

「聞き込みをした人たちの話を自分が正しく理解していたとすれば、答えはイエスです」

ヴァランダーはうなずいた。

「そうではないかと思っていた」

「もう一つ、興味深いことがわかりました」スヴェードベリが続けた。「自治体の課長を定年退職したランツという老人が、六月二十日の日曜日、新聞か雑誌社のジャーナリストが彼の家の呼び鈴を鳴らしたと言っています。ヴェッテルステッドの家への道筋を訊かれたそうです。ジャーナリストが一人、カメラマンが一人、ヴェッテルステッドの家に向かったとランツは言っています。ルポルタージュを書くためと彼らは言っていたそうです。ということは、ヴェッテルステッドの最後の日に、あの家に入った人間がいたということになります」

「それと、写真があるということも新事実だな。どこのジャーナリストだったって？」ヴァランダーが訊いた。

「ランツは知りませんでした」

「それじゃ、だれかに新聞、雑誌関係の出版社に電話をかけさせろ。重要なことがわかるかもしれない」

スヴェードベリはうなずいて部屋を出かかった。

「おい、その日焼け、オイルを擦り込んでおけよ。だいぶひどそうじゃないか」ヴァランダーが声をかけた。

スヴェードベリの姿が見えなくなると、ヴァランダーはニーベリに電話をかけた。数分後ニーベリがやってきて、ヴァランダーからファントムの漫画本の破れたページを受け取った。

「あんたの犯人だが、自転車で来たんじゃないと思う。道路管理局の小屋の後ろでタイヤの跡を発見したが、あれはモペットか原付きのバイクだな。あの小屋を使う道路管理局の連中は全員車で来ることが突き止められたからな」

一瞬、ヴァランダーの頭の中をなにかが横切ったが、それがなにか、理解できなかった。彼はいまのニーベリの言葉を大学ノートに書いた。

「これ、なにをしてほしいんだ？」と言ってニーベリは、ビニール袋に入った漫画の破れたページをかざした。

「指紋を採ってくれ。もしかするとほかの指紋と一致するかもしれん」

「ファントムを読むのは子どもだけだと思っていたがね」

「そうじゃない。それが間違いなんだ」ヴァランダーが言った。

　ニーベリがいなくなると、急にヴァランダーはこれからなにをしていいか、わからなくなった。リードベリから習ったことに、警官はいつもそのときいちばん重要なことに取り組まなければならないというものがあった。しかし、いまいちばん重要なこととは？　いま彼らはなにもかもが不明瞭なところにいた。一つのことがもう一つのことよりも間違いなく重要だとは言えない時期だった。いまはなによりも忍耐が必要だとヴァランダーは思った。

　彼は廊下に出て、マッツ・エクホルムに与えられた部屋の前まで来てノックした。声がしたので、ドアを開けて中に入った。エクホルムは両足を机の上にあげて、資料を読んでいた。彼はヴァランダーに椅子を勧めると、資料を机の上に置いた。

「どうですか？」ヴァランダーが訊いた。

「あまりよくない」エクホルムは正直に言った。「犯人を追い込むのはむずかしいな。もう少し資料があるといいのだが」

「次の殺人事件が起きてほしいということですか？」

「不適切を承知で言えば、もしそうだったら、もっと簡単ではないかと思うよ」エクホルムが言った。「アメリカの報告によれば、連続殺人はしばしば三番目か四番目のときに決定的なことが判明するという。そこまできたら、個々のケースの重要でないものを振り分け、連続事件に共通なパターンが見えてくる。いま、われわれが探しているのはパターンなのだ。そのパターンを鏡のように使って、事件の背景にある頭脳の中を見ようとしているのだ」

「漫画を読む大人をどう思いますか？」ヴァランダーが訊いた。

エクホルムは眉を上げた。

「この事件に関係があるのかね？」

「もしかすると」

ヴァランダーは前日に発見したもののことを話した。エクホルムは聞き入り、そして言った。

「感情未発達、あるいは感情のゆがみというほうが正しいかもしれない。繰り返し暴力事件を起こす人間はそのような状態にいる。ほかの人間の命の価値を自分に引きつけて理解することができないのだ。そのためにほかの人々の痛みも理解できない」

「だがファントムを読む大人がみんな人を殺すわけではない」ヴァランダーが言った。

「かと思えば、ドストエフスキーの専門家で連続殺人を犯す者もいる」エクホルムが極端な例で応じた。「試しに、パズルの一片を置いてみて、それがぴったりと合うかどうか見てみるのだ。その一片はまったく別のパズルに合うということがわかる場合もある」

ヴァランダーはしだいに辛抱できなくなってきた。いま長い机上の空論をエクホルムと展開するひまはない。

「渡した資料はぜんぶ読み終わったでしょう。結論はなんですか？」

「一つしかない。彼はもう一回やると思う」

ヴァランダーは言葉の続きを待った。が、エクホルムはそれ以上言わなかった。

「なぜです？」

「全体図からそう思えてならない。経験からそう思う」

「いま目の前になにが見えますか？　いま考えていることを言ってほしい。なんでもいいのです。あとでその言葉の責任を取れとは言いませんから」

「大人の男だと思う」エクホルムが言った。「被害者の年齢から見て、加害者が彼らとなんらかの関係をもったとすれば、少なくとも三十歳はいっていると思う。もしかするとそれより上かもしれない。神話にアイデンティティをおく、おそらくアメリカ先住民に自分を見立てている人間なら、身体能力が並外れた者だろうと思う。彼は用心深いと同時に大胆だ。つまり彼はすべて計算して行動している。推量するに、彼は規則正しい、秩序立った暮らしをしている。内面の激しさを平常な日常生活の中に隠している」

「そして彼はもう一度やる、と言うのですね？」

エクホルムは首をすくめた。

「私の間違いならいいのだが。だが、あえて考えを聞きたいということだったので」

「ヴェッテルステッドとカールマンの事件の間隔は三日ありました。もし今度も三日おくのなら、彼は今日人を殺すということになる」

「それはどうかな。彼は用心深い人間だから、三日という時間にこだわらず、確実に成功するときを待つと思う。もちろん今日という可能性もある。しかし、何週間も先になるかもしれない。いや、何年も先かもしれない」

ほかに質問がなかったので、ヴァランダーはあとで開かれる捜査会議に参加してほしいと伝えて、自室に戻った。しだいにエクホルムの言葉で不愉快な気分がつのってきた。彼らが追っている男、しかもその男について彼らはなにも知らないのだが、その男はもう一度殺すとエクホルムは言う。

さっきニーベリが言ったことを書きつけたメモに目を落とした。そしてそのときに彼の頭をよぎった不確かなイメージをつかまえようとした。なぜかそれは重要なことのような気がしてならなかった。道路管理局の小屋と関係のあることだった。だがどうしてもはっきりさせることができなかった。

その後すぐに彼は会議室へ行った。リードベリがいないのがいつにも増して残念でならなかった。

ヴァランダーはいつもの場所に腰を下ろした。テーブルの短い側である。あたりを見まわした。会議に出席するべき者は全員集まっていた。彼は特別な雰囲気をすぐに嗅ぎ分けた。犯罪捜査をしているときにみんながここで突破口を開けたいと願っているときの緊張感だった。みんな、がっかりするだろうとヴァランダーは思った。だが、だれもそれを見せはしないだろう。この部屋に集まっている警察官たちは全員がプロ中のプロだ。

「きのうから今日にかけての頭皮剝ぎ殺人事件の捜査の把握から始めよう」ヴァランダーが言った。

頭皮剝ぎ殺人事件という言葉は意識して言ったものではなかった。だがその瞬間からその事件はそれ以外の名では呼ばれなくなった。

ほかの者から指名されないかぎり、ヴァランダーはいつも自分の報告をいちばん後にまわす。それはみんなが彼のまとめを待って次へ進むつもりであることとも関係があった。今日はフーグルンドから始めるのが自然だった。スコーグルンド金物店から送られてきたファックスが一同にまわされた。

国の中央情報局からアルネ・カールマンの刑と服役期間が確認された。カールマン夫人の言葉どおりだった。だが、いちばん面倒な仕事はまだ終わっていないとフーグルンドが言った。カールマンがヴェッテルステッドに向けて書いたといわれる手紙の確認、できればコピーがほしいということだ。

「問題はこれらすべてが時間的にずっと以前のことだということです」と彼女は締めくくった。

「スウェーデンは記録や物証がきちんと保管されている国ですが、それでも二十五年以上も前のこととなると時間がかかります。それにそのころはまだコンピュータで情報管理をしていませんでした」

「だが、それでもやらなければならない。ヴェッテルステッドとカールマンの接点を確認することはわれわれにとって捜査進行の上で決定的に重要なことだ」ヴァランダーが言った。

「電話をしてきた男は」スヴェードベリが日に焼けた鼻の皮膚をなでながら尋ねた。「なぜ名前を書かなかったのだろう？　そもそもファックスを送るために人の家に忍び込む人間がいるだろうか？」

「それについてはわたしも考えました」フーグルンドが答えた。「明らかに、ファックスの男はわたしたちを特定の軌跡に導こうとしています。正体を見せないことにはもちろんいろいろな理由が考えられます。その一つは、恐れです」

部屋が静まり返った。

ヴァランダーはフーグルンドの考えは正しいと思った。彼は続けるようにうながした。

「もちろん、推測に過ぎませんが、もしかしてあの男はヴェッテルステッドとカールマンを殺した犯人に狙われていると感じているのかもしれません。だから彼はわれわれ警察に犯人を捕まえてほしいと思っているのかも。自分の名前を言わないまま」

「もっとはっきり言いたいことを書いてもよかったのに」マーティンソンが言った。

「もしかすると、書けなかったのかもしれません」フーグルンドが反応した。「わたしの推測が正しければ、つまり、恐怖感から警察に連絡してきたのであれば、これ以上は書けなかったのかもしれません」

ヴァランダーが手を上げた。

「よし、先に進もう。われわれに電話をかけてきた男は、出発点はカールマンであることを教えた。ヴェッテルステッドではないと。それは決定的な点だ。彼によれば、カールマンはヴェッテルステッドに手紙を書き、釈放されてから二人は会っている。こんな情報を知っているのはだれか。それが問題だ」

「刑務所で同期に服役していた者」フーグルンドが言った。

「おれも最初そう考えた」ヴァランダーが言った。「だがそう考えると、彼は恐怖感からわれわれに連絡してきたというあんたの仮説が崩れる。男とカールマンの接点が刑務所に限られるなら」

「いいえ、その先も続いていたのだと思います。なぜなら、出所したカールマンがヴェッテルステッドと会っていることを知っているからです」

「男はもしかするとなにかの目撃者かもしれない」それまでなにも言わなかったハンソンが口を開いた。「そのなにかのために、二十五年後のいま二人の人間が殺されたのかもしれない」

「二十五年は長い時間だが」ヴァランダーが言った。

「復讐のための〝孵化《ふか》〟時間には際限がない」エクホルムが口を開いた。「復讐のための心理的プロセスには時効がないのです。復讐者はどんなに長い時間でも待てるというのは、最古の犯罪学上の真実の一つです。もし復讐が今回の動機なら」

「ほかにどんな動機が考えられるだろう？」ヴァランダーが一同に尋ねた。「物取りの仕業とは考えられない。グスタフ・ヴェッテルステッドの場合は九十九パーセント、カールマンの場合は百パーセントあり得ないと言っていい」

「動機はたくさんの要素から成り立っている」エクホルムが言った。「純粋に〝快楽殺人〟の場合でさえ、初めはまったく見えないしかるべき要素で動機が成り立っている場合が多いものです。連続殺人の犯人はわれわれ外部の人間から見るとまったく計画性がないように見える原因の関連性から、犠牲者を選んでいることがあり得ます。例えば、彼は頭皮を剝ぎますが、もしかすると特別な髪の毛を集めているのかもしれない。写真から、ヴェッテルステッドもカールマンもともに白髪の剛毛であることがわかります。つまり、なにも除外するなということです。しかし、捜査については専門家ではありませんが、いまは二人の接点を明らかにするのがもっとも重要だという意見に賛成です」

「それはまったく間違っているということはないだろうか」マーティンソンが突然口を開いた。「犯人はヴェッテルステッドとカールマンの間に象徴的な共通点があるということを示したいのではないだろうか？　われわれは現実を掘り下げているわけですが、彼はわれわれには見えない象徴的な関連を見ているのではないだろうか？　われわれの理性的な頭では考えられないようなものを？」

ヴァランダーは、マーティンソンはときに捜査の方向をぐるりと変えて正しい軌跡に乗せることができることを知っていた。

「なにか考えているな、マーティンソン。聞こう」

マーティンソンは首をすくめた。いま言ったことを撤回しそうだった。

「べつに。ただ、ヴェッテルステッドとカールマンは金持ちだったということです。二人とも上流階級に属していました。象徴的な意味で、政治の権力と経済の権力の代表者として選ばれているかもしれないと思っただけです」

「動機はテロだったと示唆しているのか？」ヴァランダーの声に驚きがあった。

「いいえ、自分はなにも示唆などしていません。みんなの意見を聞いて、自分で考えてみただけです。自分もこの部屋にいるみんなと同様、彼がまたやるのではないかと恐れているんです」

ヴァランダーは一同の顔を見まわした。日焼けしすぎたスヴェードベリを除けば、青ざめた、真剣な顔、顔。

彼は初めてほかの者たちも怖いのだと思った。

電話が鳴るのを恐れているのは彼だけではなかったのだ。

会議が終わって、ヴァランダーはマーティンソンに残るように言った。

「少女のことはどうなった？　ドロレス・マリア・サンタナといったか？」

「インターポールからの連絡待ちです」

「突っついてくれ」ヴァランダーが言った。

マーティンソンは眉を寄せた。

「あの女の子のことをやっているひまが本当にあるんですか？」

「ない。だが、なにもしないでいるわけにはいかない」

マーティンソンはドロレス・マリア・サンタナについての情報をあらためてインターポールに要請すると約束した。ヴァランダーは部屋に戻り、ラーシュ・マグヌソンに電話をかけた。長い間呼び出し音が鳴ってから、やっとマグヌソンが電話に出た。酔っぱらっているとわかる口調だった。

「この間の話の続きを聞きたい」ヴァランダーが言った。

「遅すぎる。こんな時間、おれは話をしないことになってるんだ」

「コーヒーを作っておいてくれ」ヴァランダーが言った。「瓶は片づけておくんだぞ。三十分以内にそっちに行く」

ラーシュ・マグヌソンの文句も聞かずに、彼は電話を切った。それから机の上に置かれていた二件に関する予備段階の司法解剖報告を読んだ。経験から、病理学者や法医学者が解剖報告書に使う専門用語も理解できるようになっていた。だいぶ前に、警察が開催した特別講座を受けたこともあった。ヴァランダーはいまでも、ウプサラで開かれた講座の解剖室で見たことを鮮明に覚えていた。不快感が込み上げてくる。

報告書には特別に目を引くものはなかった。傍らに置くと、彼は窓の外に目を移した。追跡している犯人像を想像してみた。外見は？　いま彼はなにをしているのだろうか？像のイメージは空っぽだった。見えるのはただ暗闇だけだ。

不愉快になって彼は立ち上がり、部屋を出た。

17

　ヴァランダーはラーシュ・マグヌソンの部屋で二時間過ごした。筋の通った話ができない、むだな訪問だった。部屋を出たとき、なによりもしたかったのは、家に帰って風呂に入ることだった。最初に来たときは、これほど部屋に異臭がこもっているとは思わなかった。だが、今回は我慢ができないほど臭った。ヴァランダーが到着したとき、玄関のドアはすに開いていた。アパートの中に入ると、マグヌソンはソファに寝そべり、台所ではコーヒーのための湯が沸騰していた。マグヌソンはヴァランダーを見ると、おまえなんか地獄へ行けと怒鳴った。ここには二度と来るな、ラーシュ・マグヌソンという人間がいたことなど忘れてしまえ。だが、ヴァランダーは帰らなかった。台所で湯が煮立っていたのは、マグヌソンが昼間は人と話さないことにしている習慣をちょっとだけやめて話をしてもいいと思った証拠ではないか、と彼は考えた。台所へ行って汚れていないカップを探した。流しの皿には古い汚れがこびりついて化石のように盛り上がっていた。やっとカップをみつけると、それを洗って、リビングに持っていった。マグヌソンは汚い短パン姿だった。ひげは伸び放題、両手で甘いデザートワインの瓶を抱えていた。まるで不器用に十字架につかまっているような姿だった。ヴァランダーはその哀れな様子に初め胸が痛んだ。なにより不愉快だったのは、マグヌソンの歯がほとんど抜け落ちていることだった。しかしそれから無性に腹が立った。ソファの人間はまったく彼を意に介さない様子だった。ヴァランダーはマグヌソンから瓶を取り上げ、質問に答えろと迫った。そのやり方にどんな権威があったのかわからないが、マグヌソンは言われたとおりにソファに起き上がった。

ヴァランダーはグスタフ・ヴェッテルステッドが大小のスキャンダルに囲まれた法務大臣の時代に話を向けた。だが、ラーシュ・マグヌソンはなにも覚えていないようだった。前回ヴァランダーに会ったときに話したことも記憶にない様子だ。瓶を返してもらって一口、二口アルコールを飲んだあと、マグヌソンの記憶が初めて少しよみがえったようだった。マグヌソンの部屋を出たとき、ヴァランダーは役に立ちそうな情報を一つだけ手に入れることができた。頭が一瞬冴えたとき、ラーシュ・マグヌソンはストックホルムの詐欺捜査課に昔ヴェッテルステッドに特別の関心をもっていた警官がいたのを思い出した。その警官がヒューゴ・サンディンという名前であることまで思い出した。サンディンはヴェッテルステッドに関して個人的に情報を集めていたとジャーナリスト仲間ではうわさされていたが、その情報は決して報道されることはなかったと言った。だが、ヒューゴ・サンディンは定年退職後、スウェーデン南部に移り住み、いまはヘスレホルムで陶芸家をしている息子の家に住んでいることまでマグヌソンは思い出せた。

「もちろん、まだ生きていればの話だ」とマグヌソンは言い、ヒューゴ・サンディンが彼よりも先に向こう側に渡っていることを望んでいるかのように、歯のない口を開けて笑った。

外に出るとヴァランダーは、ヒューゴ・サンディンが生きているかどうか調べようと思った。これから家に帰って風呂に入り、マグヌソンの部屋に満ちていた悪臭を洗い落とすべきかどうか迷った。時計はほぼ一時を示していた。朝食はほとんど食べなかったにもかかわらず、空腹でなかった。彼はイースタ署に戻った。ラーシュ・マグヌソンが話してくれたヒューゴ・サンディンが、ヘスレホルムの近くに住んでいるという情報が正しいかどうか確認したかった。受付でスヴェードベリと出くわした。まだ日焼けが治っていない。

「ヴェッテルステッドをインタビューした雑誌は『マガジネット』というものでした」

ヴァランダーが一度も聞いたことのない名前だった。

「年金生活者がただでもらう雑誌ですよ」スヴェードベリがヴァランダーの無言の問いに答えた。「ジャーナリストの名前はアンナ・リサ・ブロムグレン、カメラマンもいっしょでした。ヴェッテルステッドが死んだので、記事はボツになったそうです」

「その記者と話すんだ。カメラマンからは写真をもらうように」

ヴァランダーは自室に向かった。スヴェードベリと話をしているうちに思い出したことがあった。交換台に電話をして、ニーベリを探してくれと言った。十五分後、ニーベリから電話があった。

「ヴェッテルステッドの家でカメラの入ったカバンがみつかって、あんたに渡したのを覚えているか？」

「もちろん」ニーベリがいらだった声を上げた。

「フィルムが現像されたかどうか聞きたいだけだ。確か七枚写真が撮られていたと思うが」

「まだ受け取っていないのか？」ニーベリの声に驚きがあった。

「ああ、まだだ」

「土曜日にはあんたの手元に届いているはずだ」

「受け取っていない」

「確かか？」

「どこかに置き忘れられているんじゃないか？」

「探してみよう。あとで電話する」

ヴァランダーは受話器を置いたが、これでだれかがニーベリに激しく叱責されることになるだろうと思った。自分でなくてよかったと心の中で思った。

ヘスレホルムの警察の番号を調べて電話をかけると、運のいいことにヒューゴ・サンディンを知っている警官と話すことができた。ヴァランダーが単刀直入にした質問に、警官はヒューゴ・サンディンは八十五歳だが、いまでも頭がしっかりしていると答えた。

「年に二、三度、顔を見せに来ますよ」ムルクと名乗ったその警官は言った。

ヴァランダーは電話番号を訊き、礼を言って電話を切った。それからふたたび受話器を取り、今度はマルメにかけた。幸い、ヴェッテルステッドを解剖した医者とすぐに話すことができた。

「死亡時刻が書いていないのですが」ヴァランダーが言った。「われわれには重要な部分なのです」

医者は書類を持ってくると言って電話を離れ、すぐに戻ってきた。

「申し訳ない。記入漏れです。ときどき私のテープレコーダーが不調になって、聞き取れないことがあるもので。ヴェッテルステッドは発見されたときからさかのぼって二日以内に死んでいます。まだラボからの結果を待っているので、その結果がわかったら、もっと時間帯を縮めることができるでしょう」

「それじゃそれを待ちましょう」とヴァランダーは言い、礼を言って電話を終わらせた。

廊下を渡ってパソコンに向かっているスヴェードベリのところに行った。

「例のジャーナリストと話をしたか？」

「ええ、いまその結果をまとめているところです」

「時間は何時と言っていた？」

スヴェードベリはメモをめくった。

「彼らはヴェッテルステッドの家に午前十時に着いています。一時までいたそうです」

「その時間以後、だれも彼の姿を見かけた者はいないことになるな？」

スヴェードベリは考えた。

「ええ、そうだと思います」

「それじゃ、そこまではっきりしたな」と言って、ヴァランダーはスヴェードベリの部屋を出た。

ちょうどヒューゴ・サンディンに電話をかけようとしたとき、マーティンソンが部屋をのぞいた。

「時間ありますか?」

「ああ、いつでもある。なんだ?」

マーティンソンは手に手紙を持っていた。

「これが今日の郵便の中に入っていました。この人物は六月二十日の夜、ヘルシングボリからトンメリラまで少女を乗せたと言っています。新聞に載っていた焼身自殺した少女の特徴を見て、ひょっとして自分が乗せた女の子かもしれないと思ったそうです」

マーティンソンは封筒をヴァランダーに手渡した。ヴァランダーは手紙を読んだ。

「これもまた名前がないな」

「ええ、しかしレターヘッドを見てください」

ヴァランダーはうなずいた。

「スメーズトルプ教会か。確かに本物の国教会の便せんだ」

「調べなければなりませんね」マーティンソンが言った。

「ああ、調べなければならない。おまえさんがインターポールとの連絡などで手いっぱいだったら、おれがやってもいい」

「自分にはどうしても、いまこの事件もやらなければならないというのがわかりません」

「やらなければならないから、やるしかないんだ」ヴァランダーが答えた。

マーティンソンは部屋を出ていった。そのときヴァランダーはマーティンソンが焼身自殺した女の子のことから手を引かない自分を間接的に批判していることに初めて気がついた。そして、マーティンソンがそう考えるのも無理はないと思った。確かにいまはヴェッテルステッドとカールマン以外のことをする時間はない。しかし次に、その批判は当たっていないと思った。警官がやらなければならないことに限界はない。警官というものはすべてをやらなければならないのだ、時間的にもエネルギー的にも限界なしに。

その解釈が正しいことを証明するかのように、彼はイースタ署を出て、トンメリラの先、スメーズトルプへ車を走らせた。車の中でヴェッテルステッドとカールマンのことを考える時間ができた。美しい夏の景色の中を走りながらこんなことを考えるのは、非現実的に思えてならなかった。鉈《なた》か斧で叩き殺され、頭皮を剝ぎ取られた二人の男。それにもう一つ、菜の花畑で自分の体に火をつけて死んだ少女がいる。そしておれのまわりには夏の景色が広がっている。スコーネがいちばん美しいときだ。どの道路も枝道に入れば、天国のように美しい風景がある。

目を開けさえすれば、そこに天国がある。しかし、よく見ると、道に沿って死体搬送車が隠れているかもしれない。

ヴァランダーはスメーズトルプの教会事務所がどこにあるか知っていた。ルンナルプを過ぎてから左に曲がった。教会事務所の開いている時間が不規則であることも彼は知っていた。だが、白い建物の前まで来ると、車が数台停まっていた。男が一人、建物のまわりの芝生を刈っていた。ヴァランダーは玄関のドアに触ってみた。鍵が下ろされている。ドアベルを押して、そばにある掲示板を読んだ。次に事務所が開くのは水曜日、とある。ベルを押したが返事がない。後ろから電動草刈り機の音がした。ヴァランダーがあきらめて帰ろうとしたとき、上の階の窓が開き、女性が顔を出した。

「教会が開いているのは水曜日と金曜日です」女性が高い声で言った。

「知っています」ヴァランダーも声を上げて答えた。「しかし、急ぎの用事があるのです。イースタ警察署の者です」

頭が引っ込んだ。すぐに玄関のドアが開いた。金髪の女性が黒い服を着て立っていた。しっかり化粧している。ハイヒールまで履いている。ヴァランダーは、黒い服の首元に小さな白い牧師襟を見て、内心驚愕した。彼は手を差し出し、あいさつした。

「グンネル・ニルソン。この教会の牧師です」と金髪の女性は答えた。

ヴァランダーは牧師の後ろから教会に入った。ここが教会でなかったら、こんなに驚かないのだが、と彼は思った。近ごろの牧師は、どうもおれのもっているイメージとはちがう。

グンネル・ニルソン牧師は一室のドアを開けてヴァランダーを招き入れ、椅子を勧めた。ヴァランダーはグンネル・ニルソンが美しい女性であることに目を瞠った。そして、彼女が牧師だからそう思うのだろうか、それともどこで見てもそう思うだろうかと自問した。

机の上に教会の封筒が置いてあった。教会のロゴマークに見覚えがあった。

「警察に一通の手紙が来たのです」と彼は話しはじめた。「便せんにはこちらの教会のロゴが印刷してありました。私はそれで来たのです」

彼は焼身自殺をした少女の話をした。牧師が話を聞いて胸を痛めたのがわかった。あとで訊くと、彼女はここ数日病気で休んでいて、新聞を読んでいなかったと言った。

ヴァランダーは持ってきた手紙を見せた。

「これを書いたのがだれか、わかりますか？　便せんを使える立場にあるのはだれですか？」

牧師は首を振って答えた。

「教会事務所は銀行とはちがいます。それに、ここで働いているのは女性ばかりです」

「この手紙を書いたのは女性であるか、男性であるか、わかりませんが？」ヴァランダーが指摘した。

「本当にだれだか、わかりませんわ」

「ヘルシングボリと聞いてなにか心当たりがありませんか。教会事務所でヘルシングボリに住んでいる人はいませんか？　それともよくヘルシングボリに行く人とか？」

　牧師はふたたび首を振った。その態度は真剣だった。

「ここで何人働いていますか？」

「教会事務所はわたしを入れて四人です。それと、庭を手伝ってくれるアンダーソン。それに警備員も雇っています。スツーレ・ロセルという人です。彼はたいてい墓地と教会の建物のほうにいます。いま申し上げた人たちなら、だれでも教会の便せんと封筒を手に入れることができると思います。それに、教会事務所を訪れる人たちの中にもいるかもしれません」

「この筆跡には見覚えがありませんか？」

「ええ」

「ヒッチハイカーを車に乗せるのは法律違反ではありません。しかし、この手紙には差出人の名前がない。ヘルシングボリに行ったこと自体を隠すためか？　私にとってはなぜ手紙にサインがないのか、意味がわかりません」

「だれかその日ヘルシングボリに行った人がいるかどうか、調べてみます。それと筆跡もここの者のものか、当たってみましょう」

「礼を言います」と言って、ヴァランダーは立ち上がった。「なにかあったら、イースタ署に電話をください」

　ヴァランダーは牧師が渡してくれた紙に電話番号を書いた。彼女は外まで彼を見送った。

「私はいままで女性牧師に会ったことがありませんでした」

「そうですか。いまでも驚く人がたくさんいますよ」

「イースタ警察署の新しい署長は女性です。時代が変わってきたのですね」

「いいほうへ、だといいですが」と言って、彼女はほほ笑んだ。

ヴァランダーは彼女を見た。ふたたび美しい人だと思った。指に結婚指輪はない。車に戻りながら、彼は考えてはならないことを考えた。じつに魅力的な女性だった。

芝生を刈っていた男はベンチに腰を下ろしてタバコを吸っていた。あとで思うとなぜそうしたのかわからないのだが、ヴァランダーはそのベンチに腰を下ろし、その男と話をした。男は六十歳ぐらいだった。胸元を開けた青い作業シャツを着ていて、コールテンのズボンをはいていた。足元は履き古した運動靴。吸っているタバコはフィルターなしのチェスターフィールドだった。子どものとき、父親が吸っていたタバコと同じ銘柄だ。

「あの人は、決まりの時間以外に事務所のドアを開けることはないのだが」と男はなにか考えがありそうに言った。「おれの知るかぎり、これが最初だな」

「牧師さんは美人だね」ヴァランダーが言った。

「そのうえ、とても人にやさしい」男が言った。「説教もいいよ。正直言って、これ以上いい牧師がこの教会に送り込まれたことがあっただろうかと思うほどだ。しかしもちろん、女はだめだという輩《やから》のほうが多いがね」

「そうなんだ？」ヴァランダーはぼんやり反応した。

「ああ、そうだよ。牧師といったら男に決まっていると考える連中が多いからね。スコーネの人間は保守的だ。たいていそうだな」

話が途切れた。ベンチの二人は話すこともなくただ座っていた。ヴァランダーは夏の鳥の鳴き声に耳を澄ました。刈ったばかりの草の匂いがした。そうしながらもヴァランダーは、ストックホルムのウステルマルム署のハンス・ヴィカンダーと連絡を取らなければならないと思った。いまごろはもう、グスタフ・ヴェッテルステッドの老母の話がとれているだろう。やらなければならないことがたくさんあった。なにより、スメーズトルプの教会事務所前のベンチに座っている時間などないはずだった。

「転入転出の申請かい？」男が急に訊いた。ヴァランダーは思いがけないときに声をかけられて驚き、慌てた。

「いや、ちょっと訊きたいことがあって来たんだ」ヴァランダーは立ち上がった。

男はまぶしそうに彼を見上げた。

「あんたに見覚えがある。トンメリラから来たのか？」

「いや、もともとはマルメ出身だが、もう長いことイースタに住んでいる」

あいさつして立ち去ろうとして、ヴァランダーは男を見た。そのとき、開いているシャツの下に着ているTシャツが見えた。胸にヘルシングボリからヘルシングウー間のフェリー船の広告が印刷されていた。もちろん、偶然にちがいない、と思った。が、すぐにそうじゃないと思った。彼はまたベンチに腰を下ろした。男は吸ったタバコを草にこすりつけて、立ち上がるところだった。

「ちょっとの間、座ってくれるかな。訊きたいことがある」

男はヴァランダーの声が変わったことに気がついたにちがいなかった。目つきに警戒の色が現われた。

「私は警官だ。牧師と話しに来たと言ったが、ほんとうはあんたに用事があるのだ。なぜあんたはあの手紙に名前を書かなかったのかね？　あんたがヘルシングボリから乗せた少女のことを書いたあの手紙に？」

これは大胆な推測だった。それは承知だった。このやり方は彼が学んだ警察官のとるべき行動に背くものだった。警官は真実を引き出すためであろうとも、うそをついてはならないという原則に背くものだった。とにかく、犯罪がおこなわれたわけでもないときにやってはならないことだった。

だがこの一撃は効果があった。男はとび上がった。ヴァランダーから発せられた突然の言葉は、彼にはまったく青天の霹靂だった。あまりにも驚いたため、取り繕うこともうまい具合に切り抜けることもできなかった。なぜあの手紙を書いたのが自分だとこの警察官にわかったのだろうか？　なにより、なぜあの手紙のことを知っているのだろう？

ヴァランダーは男の頭の中に浮かぶこれらの考えが読めた。一撃が当たったあとは、手当てをして、落ち着かせなければならなかった。

「差出人の名前を書かないで手紙を出すのは、法律違反ではない」彼は説明した。「ヒッチハイカーを車に乗せるのも法律に違反する行為じゃない。ただ、なぜあの手紙を書いたのか、知りたいだけだ。少女を乗せたのはいつだったか、どこで降ろしたのかも知りたい。そのときの時刻も。それと、彼女が車の中でなにかしゃべったかも教えてほしい」

「ああ、あんたがだれだかわかった。何年か前に霧の中で人を殺した警官だ。イースタ郊外の軍隊の射撃場で」

「そのとおり。それは私だ。クルト・ヴァランダーだ」と彼は名乗った。

「少女はヘルシングボリの南へ向かう道路の入り口に立っていた」男は突然話しだした。「時間は夜の七時だった。おれはヘルシングボリに靴を買いに行った帰りだった。いとこがヘルシングボリで靴屋をやっているもんで。行くとまけてくれるんだ。おれはふつう、ヒッチハイカーは乗せない。だが、あの女の子は本当に心細そうに見えた」

「それで、なにが起きた？」

「べつになにも起きなかったが？」

「あんたが彼女の前で車を止めたとき、彼女はなにかしゃべったか？　何語だった？」

「わからなかった。とにかくスウェーデン語ではなかった。おれは英語が話せない。おれはトンメリラの方向へ行くと言った。すると彼女はうなずいた。こっちが言うことには、なんでもうなずいた」

「荷物は持っていたか？」

「いや、なにも」

「ハンドバッグもか？」

「ああ、そうだ」

「そして、あんたは車を走らせた」

「ああ。彼女は後ろの座席に座っていた。車に乗ってから、彼女は一言も口をきかなかった。おれはおかしいと思ったよ。あの子を乗せたことを後悔しはじめた」

「なぜだ？」

「トンメリラに行くつもりなどなかったと思うよ。あんな町に用事がある者などいるもんかね？」

「だが、彼女はなにも言わなかったんだろう？」

「ああ、一言も」

「それじゃなにをしていた？」

「なにをしていたって？」

「なにかしていただろう？　眠っていたか？　窓の外を見ていたか？　車に乗っている間、彼女はなにをしていた？」

　男は考えた。

「あとで気がついたことが一つあった。後ろからの車に追い越されるたびに、彼女は座席に縮こまっていた。見られたくないようだった」

「つまり怖がっていたということか？」

「ああ、そうだと思うよ」

「それから？」

「トンメリラの外のロータリーで彼女を降ろした。正直言って、彼女は自分のいる場所がどこなのかわからないように見えた」

「やっぱりトンメリラへ来たがっていたわけではなかったんだ？」

「いや、おれが思うには、あの女の子は要するにヘルシングボリから離れたかったんだと思う。おれはそのまま車を運転した。だが、家の近くまで来てから、あの子をあのままあそこに立たせておくわけにはいかないと思った。それで引き返したんだ。だが、彼女はもういなかった」

「何分ほどで引き返した？」

「そうだな。せいぜい十分というところか」

　ヴァランダーは考えた。

「ヘルシングボリで乗せたとき、彼女は自動車道路のそばに立ってたのか？　ヘルシングボリまでもヒッチハイクで来たのだろうか？　それともヘルシングボリの町から来たのだろうか？」

今度は男が考え込んだ。

「町からだと思う。もし彼女が北から来た車に乗ってきたとしたら、あの場所に立っているはずはない」

「そのとき以来彼女を見かけていないか？　彼女を探しまわったか？」

「そうすべきだったと思うのか？」

「これは何時ごろの話だ？」

「彼女を降ろしたのは夜の八時ごろだった。彼女が車を降りるとき、八時のニュースがちょうど始まったのを覚えている」

ヴァランダーはいままで聞いたことを反復した。運がよかったと思った。

「なぜ警察に手紙を書いたんだ？　また、なぜ自分の名前を書かなかったのか？」

「新聞で自分の体に火をつけて死んだ女の子のことを読んで、直感的に彼女ではないかと思った。だがおれはできれば関わりあいたくなかった。おれは結婚している。女の子を車に乗せたということで誤解を生むかもしれないと思った」

ヴァランダーは傍らの男が本当のことを言っていると思った。

「いまあんたが話していることは外には漏れない。しかし、それでもあんたの名前と電話番号は聞いておかなければならない」

「スヴェン・アンダーソン。これを話したことでこれからいやな思いをしなければいいが？」

「すべて真実であれば、なんの問題もない」ヴァランダーが言った。

彼は電話番号を書きひかえた。

「もう一つ。その女の子の首のまわりに金の鎖があったかどうか、覚えているか？」

スヴェン・アンダーソンは考えた。それから首を振った。ヴァランダーは立ち上がり、彼の手を取った。

「この話はとても助けになる」

「彼女なのか？」スヴェン・アンダーソンが訊いた。

「おそらく。問題は、彼女がヘルシングボリでなにをしていたかだ」

アンダーソンを後に残して、彼は車に急いだ。

車のドアを開けた瞬間に携帯電話が鳴りだした。

ヴァランダーの頭に最初に浮かんだのは、ヴェッテルステッドとカールマンを殺したあの男がまた事件を起こしたということだった。

18

イースタに戻る車の中で、ヴァランダーは今日のうちにラーシュ・マグヌソンから聞いたヒューゴ・サンディンという引退した警官を訪ねようと思った。スヴェン・アンダーソンの話を聞いた後に受けた電話は、ニーベリからだった。ニーベリの調べではヴェッテルステッドの家でみつかったフィルム七枚は、現像されてとっくにヴァランダーの机の上に置いてあるという。ヴェッテルステッドとカールマンを殺した犯人がまた一人殺したという知らせではなかったことに、ヴァランダーは一応胸をなで下ろした。しかし、そのあと車でスメーズトルプを出てから、彼はなんとかこの恐怖感をコントロールしなければならないと思った。犯人がまただれかをやるということは百パーセント確実ではない。心配で頭の中が混乱するような状態にいつもいることはできない。彼も、ほかの捜査官も、これ以上事件は起きないという前提で捜査を進めなければならない。そうでなければ、これから起きる事件をただ待つだけになってしまう。

彼は自室にまっすぐに向かい、スヴェン・アンダーソンと交わした会話を書き留めた。マーティンソンを探したがどこにもいなかった。エッバの話ではマーティンソンは署を出ていったが、行き先は聞いていないという。携帯電話にかけてみたが、電源が切れていた。マーティンソンがよくこのように連絡不能になることに、ヴァランダーはいらだった。次の会議のときに、全員つねに連絡が取れるようにせよと命令しなければならない。その後、ニーベリが電話で連絡してきた写真のことを思い出した。机の上にあるはず？　彼はそれに気がつかずに、大学ノートをその上に置いていた。写真を取り出し、机の上の照明を調節して、一枚ずつ見ていった。なにを期待していたのか自分でもわからなかったが、期待外れだった。写真はどれもヴェッテルステッドの家の中から外を写したものだった。二階からの写真だ。リンドグレンの伏せられたボートと、その向こうに静かな海が見える。写真には人が写っていなかった。海岸に人影がまったくなかった。中の二枚はそのうえピンボケだった。ヴァランダーは写真を机の上に並べ、なぜヴェッテルステッドがこれらを撮ったのだろうかと考えた。もし写真を撮ったのが彼ならば、だが。机の引き出しから拡大レンズを取り出した。やはりなにもめずらしいものはみつけられなかった。彼は写真を封筒に戻して、捜査チームのほかの者に見てもらおうと思った。なにか興味深いもので彼の見逃したものがないか、確認してもらうために。

ヘスレホルムへ電話をしようと受話器に手を伸ばしたとき、事務職員がドアをノックして彼宛のファックスを持ってきた。ストックホルムのウステルマルム署のハンス・ヴィカンダーからだった。五枚にわたって細かな字で書かれた報告書で、ヴェッテルステッドの母親と交わした会話が再現してあった。ヴァランダーはざっと目を通した。正確ではあるが、まったく想像力に欠けた報告書だった。ヴァランダーが想定できる質問と答えばかりでなんの意外性もなかった。彼の経験では、取り調べ、あるいは事件捜査に関係する会話は、基本的な質問と同時に思いがけない質問も含まれていなければならなかった。だが同時に、ハンス・ヴィカンダーに対してそんなことを要求するのは公平ではないかもしれないと思い直した。電話で短い会話しか息子と交わしたことのない九十四歳の母親に、どんな思いがけないことを言わせることができるだろう？　報告書を読み終わって、ヴァランダーは捜査を前進させるような情報はなにもないことを確認した。コーヒーを取りに行きながら、彼はぼんやりとあの美しい牧師のことを思った。

部屋に戻ってヘスレホルムの電話番号を押した。電話に出たのは、年配者ではなかった。ヴァランダーは名前を名乗り、用件を伝えた。数分後、ヒューゴ・サンディンが電話口に出た。ヴァランダーの耳に毅然とした声が響いた。ヒューゴ・サンディンは今日でも会えると言った。ヴァランダーはノートを手元に寄せると、道順を書きとめた。三時十五分過ぎ、彼は警察署を出た。ヘスレホルムへの途中で車を停めて、食事をした。五時をまわったころ、ようやく改造された水車小屋の前に着き、車を停めた。陶芸の看板が出ていた。年配の男が家の前の芝生に生えたタンポポを抜いていた。ヴァランダーは車を降りると、老人は手を拭いて近づいてきた。この敏捷そうな男が八十歳以上だとは、とうてい思えなかった。ヴァランダーにはこの男が父親とほぼ同じ年だとは信じられなかった。

「めったに客が訪れることはない」ヒューゴ・サンディンは言った。「友だちはみんな逝ってしまって、昔の職場の殺人課の友だちが一人残っているだけだ。だが、彼はストックホルム郊外のホームにいて、一九六〇年のできごとを思い出せはしない。年をとるのはまったくクソとしか言いようがないな」

ヴァランダーは、ヒューゴ・サンディンはエッバと同じ言葉を使うと思った。これは親父とは少なくとも一つちがう点だな、と彼は思った。親父は年をとることを愚痴ったことがない。

昔の馬車小屋を改造して、陶器の作品を展示販売している建物の中には、すでにコーヒーポットとカップが用意されていた。ヴァランダーは飾ってある陶器を少しは褒めるほうがいいかもしれないと思った。

ヒューゴ・サンディンはテーブルについて、コーヒーをいれていた。

「陶芸に関心を示した最初の警官だよ、あんたは」とサンディンは皮肉な口調で言った。

ヴァランダーはテーブルについた。

「じつを言うと、そんなに関心があるわけじゃありません」

「警官は釣りが好きな者が多い。それも、だれもいないような山の中の湖で、というのがな。あるいは、スモーランドの森の奥深いところにある谷川で」

「本当ですか。私は釣りをしない」

サンディンはヴァランダーに注意を集中した。

「それじゃ、働いていないときはなにをしとる？」

「私は余暇を過ごすのが苦手なのです」

サンディンはその答えが気に入ったようだった。

「警官の仕事は、神のおぼし召しのようなものだ。医者も同じだ。いつでも働いている。制服を着ていても着ていなくても同じことだ」

ヴァランダーはここで議論するのはやめようと思った。警官の仕事が神のおぼし召しという点には賛成できなかったが。昔、そう思ったこともあった。だが、いまはそうは思わなかった。少なくとも迷いがあった。

「さあ、話してくれ。新聞でイースタの事件のことは読んでいる。新聞に書かれていないことを話してくれ」

ヴァランダーは二つの殺人事件をめぐる状況を話した。ときどきサンディンは質問をしたが、どれも的を射たものだった。

「犯人がまた人を殺すおそれがあるな」ヴァランダーが話し終わったとき、サンディンが言った。

「ええ、その可能性を無視することはできないですね」

サンディンは椅子を引いて脚を伸ばした。

「そしていま、あんたはわしからグスタフ・ヴェッテルステッドの話を聞きたいわけだ。その前に、わしがヴェッテルステッドに関して特別の、深い関心をもっていたということをどうして知ったのか、教えてくれないか？」

「イースタに住むジャーナリストからです。残念ながらすっかりアル中になってしまっていますが。ラーシュ・マグヌソンという名前です」

「知らんな」

「ええ、ただ彼のほうはあなたのことを知っていたということです」

ヒューゴ・サンディンは椅子に座ったまま指で唇に触った。その様子は適切な話の切り口を探しているように見えた。

「グスタフ・ヴェッテルステッドのことは、一言で言える」サンディンは言った。「悪党だ。法務大臣として、公式には仕事ができるということになっていたかもしれないが、その座にふさわしくない人間だった」

「なぜです？」

「彼の政治活動は、個人的欲望を満たすためにおこなわれていたからだ。国にとってなにがベストか、ではなく。大臣に対して与え得る最悪の評価だよ」

「それでも、彼は党首の有力候補だった。なぜです？」

ヒューゴ・サンディンは激しく首を振った。

「それは事実とは違う。新聞社が憶測して書いただけなのだ。政党内では、彼が党首にはなり得ないことがはっきりしていた。第一、彼が党員だったかどうかも、あやしいものだ」

「しかし、ヴェッテルステッドは長年法務大臣をしていたではありませんか？　まったく無能だったということはあり得ないのではないですか？」

「あんたは若すぎるから覚えていないだろうが、一九五〇年代に一つの時代が終わった。目に見えないが、確かにそこで線が引かれたのだ。スウェーデンはかつてないほどの好景気だった。貧困の残骸を取っ払うための金が潤沢にあった。同じころ、目に見えない動きが政界にあった。金を稼ぐために政治家になる者が出てきたのだ。政治家がキャリアを狙う人々の職業になった。それ以前は、理想があれば政治家になれた。だが、しだいに理想主義が軽んじられるようになった。そして出現したのがグスタフ・ヴェッテルステッドのような人間たちだった。そんな若者たちの政治団体は将来を目指す政治家たちの孵化器となった」

「ヴェッテルステッドを囲むスキャンダルの話をしてくれませんか？」とヴァランダーは、サンディンが混沌とした政治の話をしているうちになにを話しているのだったか忘れてしまうことを恐れて、話の方向を定めた。

「ヴェッテルステッドは女を買う男だった」ヒューゴ・サンディンが言った。「彼だけでなかったのは、言うまでもないことだが。だが、彼には特別な性癖があった。セックスの対象が少女たちだったことだ」

「ヴェッテルステッドを訴えた若い女性がいたそうですね？」

「カーリン・ベングトソン。エクシューの複雑な家庭の出身者で、ストックホルムに家出して、一九五四年にはストックホルム警察の街娼リストに名前が載っている。それから数年後、彼女はヴェッテルステッドがセックスの相手をさせていた少女売春組織に引っかかった。一九五七年、カーリン・ベングトソンはヴェッテルステッドを告発した。ヴェッテルステッドに両足の裏をカミソリで切り開かれたからだ。わしは実際にそのときカーリン・ベングトソンに会っている。彼女はほとんど立つことができなかった。ヴェッテルステッドはやりすぎたことを悟った。告発状は消えてなくなり、カーリン・ベングトソンは買収された。ヴェステロースで有名なファッションブティックのオーナーになったのだ。一九五九年には銀行に大金が振り込まれ、彼女は一軒家を買った。一九六〇年以来、彼女は毎年マジョルカ島で冬を過ごしている」

「だれがそんな金を用意したんですか？」

「その当時すでに〝トカゲ基金〟という名の、スキャンダルを闇に葬るためにプールされた金があった。スウェーデン王室が先例を見せてくれていた。当時の国王が親しくつきあいをした者たちを買収するための金がそこから支払われていた」

「カーリン・ベングトソンはまだ生きていますか？」

「いや、一九八四年の五月に死んだ。一度も結婚しなかった。ヴェステロースに移ってからは彼女に会っていない。だが、ときどきカーリンは電話をかけてきた。最後の年までそうしたものだ。そんなとき彼女はたいていひどく酔っぱらっていたよ」

「なぜあなたに電話してきたのでしょうか？」

「街娼の女の子がヴェッテルステッドを告発するそうだといううわさが流れた当時、わしは彼女と連絡を取った。彼女を助けたかった。そうだな、彼女は彼に人生をめちゃめちゃにされた。自尊心というものを壊されてしまった」

「あなたはなぜ、このことに関わったんです？」

「怒りからだよ。当時、わしはかなりラディカルだった。あまりにも多くの警官が、腐敗したシステムを認めていた。わしは決して認めなかった。それはいまも同じだが」

「それで、そのあとどうなりましたか？　カーリン・ベングトソンが買収されたあとは？」

「ヴェッテルステッドは前と同じように続けていたよ。彼はずいぶんたくさんの女の子を切ったにちがいない。だが、だれも彼を告発しなかった。だが、いなくなった女の子は二人いる」

「いなくなった？」

ヒューゴ・サンディンはなぜそんなことを訊くというような顔でヴァランダーを見た。

「そうだ。女の子たちはいなくなったのだ。戻ってこなかった。警察は捜索したし、失踪者として全国に手配した。が、彼女らは姿を消したままだった」

「なにが起きたんですか？　あなたの意見は？」

「わしの意見は、もちろんその女の子たちは殺されたということだ。セメントで固めて海に沈められたとか、なんだってあり得る」

ヴァランダーは耳を疑った。

「これは本当のことですか？　信じられないが」

「よくいわれる表現があるだろう？　事実は小説より奇なり、とな」

「ヴェッテルステッドが人を殺しているというのですか？」

ヒューゴ・サンディンは首を振った。

「彼が自分でやったとは言わない。むしろ、彼自身はやらなかっただろうと確信している。事実がどうだったのか、わしは知らない。それはだれにも永久にわからないだろう。だが、結論はそれでも下せる。証拠がなくとも」

「しかし私にはやはり信じがたい」

「これは真実に決まっている」とサンディンは反対など許さんといわんばかりの勢いでヴァランダーをにらみつけた。「ヴェッテルステッドは良心のかけらもない男だった。ただ、彼がなにをやったかを、証拠を見せて説明することができないだけだ」

「彼にはとかくよからぬうわさがありましたね」

「そのすべてが根拠あるものだった。ヴェッテルステッドは異常な性行動を満足させるために地位と権力を駆使した。しかしほかにも彼は秘密裏にビジネスに手を出して金を儲けていた」

「絵画の売買ですか？」

「絵画の窃盗、と言うほうが的確だ。わしはすべての関連を調べるために仕事時間外にずいぶん動きまわった。いつか検事総長の机に、水も漏らさぬ報告書をたたきつけて、ヴェッテルステッドを法務大臣の座から追放するだけでなく、重い刑罰を与えさせようというのがわしの夢だった。残念ながらそこまでいかなかったが」

「当時からの資料がかなりあるでしょう?」

「去年それを全部焼却した。息子の窯で。書類は少なくとも十キロはあったな」

ヴァランダーは胸の内で舌打ちした。苦労して集めた資料をまさかサンディンが焼いてしまったとは想像だにしていなかった。

「だがわしはまだ記憶力が衰えていない。焼いた書類の中身はほとんど暗記してある」

「アルネ・カールマン。彼について教えてください」

「絵画にまつわる怪しげな商売を高級取引に引き上げた男」サンディンが答えた。

「一九六九年の春、カールマンはロングホルメンで服役していた。当時彼がヴェッテルステッドと連絡を取ったという匿名の通報がわれわれの元に寄せられています。そしてカールマンは刑務所を出てからヴェッテルステッドと会っているということも」

「カールマンの名はわしが勤めていたころもさまざまな捜査報告書にあった。確か、彼がロングホルメンに入れられたのは、小切手の偽装などという単純な犯罪だったと思う」

「彼ら二人の間にはなにか接点がありましたか?」

「彼らはすでに一九五〇年代に知りあっているという情報がある。二人とも競馬好きだった。一九六二年にテービー競馬場を警察が手入れしたとき、二人の名前が逮捕者のリストにあった。

ヴェッテルステッドの名前はその後リストから消された。法務大臣がいかさま賭け事の現場にいたことを世間に知らせるのはまずいとみなす権力の手で」

「二人はどういう接点で知りあっていたんですか?」

「これと断定できるものはなかった。衛星のようにそれぞれ別の軌道をまわっていたが、ときどきその軌道が交差した、というところだろう」

「その交差点がなんなのかを知りたいのです」ヴァランダーが言った。「それがわかれば、あの二人を殺した人間を突き止めることができるという確信があるのです」

「深く掘り下げれば、たいてい探しているものはみつかるはずだ」

ヴァランダーがテーブルの上に置いていた携帯電話が鳴りだした。深刻なことが起きたのではないかという凍りつくような恐れがヴァランダーの体を走った。

だが、今度もまたちがった。ハンソンだった。

「今日こっちに戻るかどうか、訊きたいだけだ。戻らないのなら、次の会議は明日にする」

「なにかあったか?」

「いや、なにも決定的なことはない。みんな自分の受け持ちの捜査にかかり切りだ」

「会議は明朝八時にしよう。今晩はなしだ」

「スヴェードベリは今日病院へ行ったよ。あの日焼けはひどいからな」ハンソンが言った。

「もっと気をつけるべきなのだ。毎年のことなのだから」

通話を終えて、彼は携帯電話をまたテーブルの上に置いた。

「あんたのことは新聞でよく読む」サンディンが言った。「ときどき自分のやり方で捜査を進めるらしいな」

「書かれることの大部分はうそです」ヴァランダーは話題を避けるように言った。

「わしはときどき、いま警官をすることはどんなもんだろうと思うことがある」

「現実に警官をしている私も、それを考えます」ヴァランダーが言った。

彼らはヴァランダーの車のほうへ歩きだした。明るい夜だった。

「だれがヴェッテルステッドを殺したか、思いつきますか？」ヴァランダーが訊いた。

「いや。しかし、彼を殺したいと思っていた人間は多かっただろうよ」

ヴァランダーは足を止めた。

「もしかすると、われわれは間違った方向に行っているかもしれない。二人の接点を探しているという点です。まったく別の根拠かもしれない。別の方向を探せば、犯人がみつかるかもしれない」

「いや、殺人は同じ人間によっておこなわれた」ヒューゴ・サンディンが言った。「捜査はいっしょにするほうがいい。そうしないと、目くらましの道にそれる危険がある」

ヴァランダーはなにも言わずにうなずいた。二人はそこで別れのあいさつを交わした。

「また連絡してくれ。わしは時間ならいくらでもある。年をとるのは孤独なものだ。避けられないときが来るのを待つことだ。なんのなぐさみもなく」

「警察官になったことを悔やんだことがありますか？」ヴァランダーが訊いた。

「いいや、一度も」ヒューゴ・サンディンは言った。「そんな必要があるか？」

「ただ訊いただけです。時間を割いていただいてありがとうございました」

「あんたたちはきっとやつを捕まえるだろう」サンディンは励ますように言った。「時間はかかるかもしれないが」

ヴァランダーはうなずき、車に乗り込んだ。車が走りだすと、バックミラーにヒューゴ・サンディンが芝生に生えたタンポポを抜いている姿が映った。

ヴァランダーがイースタに戻ったとき、時刻は八時近かった。アパートの建物の前に車を停めて家に入ろうとして、食べ物がまったくないことを思い出した。

同時に車を車検に出すのを忘れたことも思い出した。

彼は思わずうなった。

彼は歩いて町に戻り、広場の角にある中華料理店で夕食を食べた。客は彼一人しかいなかった。食事が終わると港まで行き、桟橋を歩いた。揺れるボートをながめながら、今日彼が会った二人の人間、スメーズトルプのスヴェン・アンダーソンと、元警官のヒューゴ・サンディンとの会話を胸の中で反芻した。

ドロレス・マリア・サンタナと思われる少女がヘルシングボリの町の出口で夜ヒッチハイクしていた。少女はスウェーデン語を話さなかった。後ろから来る車を怖がっていた。いままでのところはっきりわかっているのは、ドロレス・マリア・サンタナがドミニカ共和国出身であることだけだった。

ヴァランダーは目の前に浮いている、手入れの行き届いた木製のプレジャーボートをながめながら、考えをまとめた。

なぜ、どのようにして彼女はスウェーデンに来たのか？　彼女はなにから逃げていたのか？　なぜ彼女はあの菜の花畑で焼身自殺したのか？

彼は桟橋の先まで歩いた。

一隻のヨットでパーティーがおこなわれていた。ヨットの上からだれかがヴァランダーにグラスを上げて乾杯のしぐさをした。ヴァランダーは手でグラスを上げるふりをしてうなずいた。

先端まで来ると、彼は係船柱に腰を下ろして、頭の中でヒューゴ・サンディンと交わした会話を再現した。話は混沌としていて、どこにも切り口がみつからなかった。突破口に導くような軌跡はどこにもなかった。

だが、恐怖感だけはあった。ふたたび事件が起きるという直感を打ち消すことはできなかった。

九時近くなった。彼は一握り小石をつかむと海に放り投げて立ち上がった。ヨットのパーティーはまだ続いていた。彼は町の中を歩いて、家に戻った。汚れた衣服が床の上に山になっていた。彼はメモ用紙にメモを書いて、台所のテーブルに置いた。車検を忘れるな！　その後テレビをつけて、ソファに横になった。

十時になり、彼はバイバに電話をかけた。彼女の声がはっきりすぐそばに聞こえた。

「疲れているようね。忙しいの？」

「いや、たいしたことはない」ヴァランダーは言った。「ただ、きみがいなくて寂しい」

彼女の笑い声が響いた。

「もうじき会えるじゃない？」

「タリンでなにをしていたの、本当は？」

彼女はまた笑った。

「ほかの男に会っていたとか？」

「そう」

「睡眠が足りないんじゃない？　ここリガからも見えるようよ。サッカーのワールドカップ、スウェーデンはいい線いっているようね」

「きみがスポーツ好きだとは！」ヴァランダーが驚いて声を上げた。

「ときどきね。とくにラトヴィアがプレーするときは」

「こっちじゃ、みんな頭がおかしくなってるよ」

「あなたはちがうの？」

「いや、これからもっと熱心になると約束する。スウェーデン対ブラジル戦は遅くまで起きていて見るよ」

彼女の笑い声が聞こえた。

もっと言いたいことがあったのだが、思い出せなかった。話が終わると彼はまたテレビをつけた。ちょっとの間映画のあらすじを追ったが、すぐにテレビを消して、ベッドに行った。

眠る前、彼は父親のことを考えた。

秋には父親といっしょにイタリアへ旅行する。

19

時計の蛍光塗料の針が二匹の絡み合っている蛇のように光っていた。針はいま六月二十八日火曜日の夜七時十分を示していた。あと数時間でスウェーデン対ブラジル戦が始まる。それもまた彼の計画の一部に含まれていた。スウェーデン中が家に閉じこもりテレビ画面を見つめる時間帯。夏の夜、外で起きることをだれも想像さえしないだろう。地下室の床は、はだしの足に冷たかった。彼は朝早くから鏡に向かい、すでに数時間前に大きな変身を終えていた。今回、彼は右側の頰にいままでとはちがう模様を描いた。深い紺色の丸い形のオーナメントである。いままでは深紅を使っていた。いま彼は今度の結果に満足していた。顔全体がいつにも増して彫りが深くなった。さらに不気味になった。最後の筆をおいて、彼は今晩とりかかる仕事について考えた。それは彼が姉に捧げる最大のいけにえになるだろう。計画を変えたのはしかたがなかった。突然起きた状況は予測不能なことだった。彼は瞬間、いままでのツキが落ちたかと思った。新しい状況をコントロールするにはどうしたらいいか決めるために、彼は一晩姉の窓の外の暗闇で過ごした。自分が埋めた二つの頭皮の間に座り込み、土の中から悪霊の力が彼の中に注ぎ込まれるのを待った。懐中電灯を使って姉がくれた聖なる書を読んだ。そして姉が書いた順番を変えても問題はないことを確信したのだった。

聖なる書に書かれた順序によれば、最後にいけにえになる悪者は、彼らの父親のはずだった。だが、彼が計画した晩に運命の日を迎えるはずだった男が、突然外国旅行に出かけてしまい、計画は変更せざるを得なくなった。

胸に響くジェロニモの心臓の音に聴き入った。その音は過去からのシグナルのようだった。心臓は、いったん引き受けた聖なる任務を遂行することがなによりも重要だというメッセージを伝えている。姉の窓の下の土は三番目の天罰をと叫んでいた。

三番目の男は旅行から帰ってくるときまで待とう。そのかわりに、今度は親父を討つ。

鏡の前に座って大きな変身を遂げていくうちに、彼は今回の相手が親父であることに、自分が特別な期待感をもっていると感じた。この仕事には特別の用意が必要だった。その日の朝、地下室のドアに鍵をかけ閉じこもったとき、彼は父親に使う道具の用意を始めた。二時間以上もかけて、以前誕生日に父親からもらったおもちゃの斧の柄に新しい刃を溶接して取り付けた。七歳のときのことだった。もらったときすでに七歳にして彼は、いつかこの斧を親父に向けて使ってやると思ったのをいまでも思い出せる。いまやっとチャンスがめぐってきた。斧を叩き下ろしたときに原色の飾りを付けた柄が壊れないように、彼はアイスホッケーの選手たちが柄に巻き付ける特別な強力テープを巻き付けて補強した。おまえはこの名前を知らないだろう。これはふつうの斧じゃないんだぞ。トマホークというんだ。父親がプレゼントをくれるときに言った言葉を思い出して、彼は鼻を鳴らした。あのとき、この斧はどこかアジアの国で作られた、安っぽい、なんの意味もないおもちゃだったかもしれない。だがいま、本物の刃とすげ替えられて、斧は本物のトマホークになった。

彼は八時半になるのを待った。最後にもう一度、すべてを点検した。手を見た。震えていない。すべてが自分の支配下にある。この二日間彼がした準備もまた、すべてがうまくいくことを保証するものだった。

彼は武器と、布を巻き付けたガラスの瓶、そしてロープをリュックに詰め込んだ。それからヘルメットをかぶり、明かりを消して部屋を出た。通りに出てから空を見上げた。曇っていた。もしかすると雨が降るかもしれない。前日に盗んだモペットを走らせ、町の中央部に行った。駅に着くと、電話ボックスに入った。あらかじめ、人目につかないところにある電話ボックスを選んでおいた。電話ボックスの片面のガラスに、架空のグループ主催のでたらめなコンサートの手作りポスターを貼っておいた。あたりに人影はなかった。彼はヘルメットを脱ぎ、ポスターに向かって立った。それから電話カードを電話機に入れて番号を押した。左手に布きれを持って口に当てた。時計は九時七分前を示していた。ベルが鳴っている。彼はまったく落ち着いていた。なにを言うかはもう決めてある。父親が電話に出た。フーヴァーにはその声がいらだっているのがわかった。それは父親がすでに飲みはじめていた証拠だった。邪魔されたくないのだ。

彼は布きれを口に当てたまま、受話器を少し離して話しはじめた。

「ペーターだ。おもしろいものがある」

「なんだ？」その声はまだいらだっていたが、ペーターと名乗る声を疑う様子はなかった。これで最大の難関は突破した。

「少なくとも五十万はする切手だ」

父親はひと呼吸おいてから返事をした。

「確かか？」

「少なくとも五十万。もしかするともっとするかもしれない」

「もう少し大きな声で話してくれ」

「接続がよくないようだな」

「どこから出てきたものだ？」

「リンハムヌの邸宅だ」

父親のいらだちは少し静まったようだった。興味がそそられたらしい。フーヴァーが切手と言ったのは、以前、集めた切手を全部父親に取り上げられ、売り払われた覚えがあるからだ。

「明日まで待てないか？　ブラジル戦がもうじき始まるんだ」

「明日はデンマークに出かける。あんたでなくてもいいんだ。ほかに回せばいいんだから」

フーヴァーは父親がもうけ話をだれかに譲るはずはないと知っていた。彼は黙って待った。

落ち着いていた。

「よし、行こう。いまどこだ？」父親が言った。

「リンハムヌのボートクラブのそばだ。駐車場にいる」

「町の中じゃないのか？」

「リンハムヌの邸宅だと言わなかったか？　聞いてないのか？」

「オーケー。じゃあそっちで」

フーヴァーは受話器をかけ、ヘルメットをかぶった。リンハムヌまで時間はたっぷりある。父親は酒を飲む前に必ず服を脱ぎ、ガウンになる。決して急ぐこともなかった。欲張りと同じく横着者というのも父親の性格だった。フーヴァーはモペットをスタートさせてリンハムヌに向かう道に出た。ボートクラブの近くの駐車場まで来ると、そこにはほんの数台しか車がなかった。彼はモペットを草むらに倒し、鍵を放り捨てた。ヘルメットを脱ぐと、斧を取り出した。ヘルメットはリュックに詰め込んだ。ガラス瓶を割らないように、気をつけながら。

そして待った。彼は父親がいつもこの駐車場の一方の隅に盗品を載せたバンを停めることを知っていた。今日もそうするにちがいないと思った。父親はいつものやり方を変えない人間だった。そのうえ今日はもう飲みはじめていた。判断力は鈍っているだろう。反応も遅いだろう。

二十分後、車の近づく音が聞こえた。ライトが木々に当たり、そのあと車が駐車場に入ってきた。思ったとおり、車はいつもの場所に停まった。フーヴァーははだしで駐車場を走り車の後ろにぴたりと付いた。父親が運転席のドアを開ける音を聞いて、反対側から近づいた。彼の思ったとおり、父親は駐車場全体のほうに体を向けていた。フーヴァーは父親の後ろに立った。斧を持ち上げると、峰で父親の後頭部を打った。それがいちばん危険な瞬間だった。彼は父親が即座にその場で死ぬほど強くは打ちたくなかった。が、体も大きく屈強な父親が意識を失うほどの衝撃は必要だった。

父親は音もなく地面に倒れた。フーヴァーは斧を持ち上げたまま父親が目を覚ますのを警戒してしばらく待ったが、父親は倒れたままだった。フーヴァーは手を伸ばして車の鍵を取ると、後ろの座席のドアを開けた。父親を引っ張り上げ、座席に押し込もうとした。ひどく重いことは承知していた。体全部を車の中に入れるのに数分かかった。それからリュックを取ってきて、車に乗り込み、ドアを閉めた。車内灯をつけて、父親がまだ意識を失っているのを確認した。ロープを取り出し、父親の両手を背中で結わえた。太いロープを使って、両足を座席の台座に固定した。それから父親の口にテープを貼りつけると、明かりを消した。運転席に座り、車をスタートさせた。数年前に父親に運転を習ったことがあった。父親はいつでもバンに乗っていた。フーヴァーはギアの位置、計器の読み方を知っていた。駐車場を出ると、マルメのほうへ向かった。顔を塗っているので、自動車道路の照明が窓から差し込むことを恐れた。自動車道路から外れて小さな道に入ると、東に向かった。時計は十時ちょっと前を示していた。ワールドカップのスウェーデン対ブラジル戦はまもなく始まるところだった。

フーヴァーがその場所をみつけたのは偶然だった。数日前、彼は姉から授かった聖なる任務の最初の仕事をイースタ郊外の海岸で実行した。警察の仕事ぶりを見てきた帰り道、そこをみつけたのだ。海岸沿いの道をモペットで走ってくると、ちらりと小さな舟着き場らしきものが見えた。そこは立ち木の陰になっていて、道路からはほとんど見えなかった。彼はすぐに、ふさわしい場所がみつかったと思った。

その場所に到着し、車のライトを消したのは、十一時過ぎだった。父親はまだ意識を失ったままだったが、軽いうめき声が聞こえた。フーヴァーは急いで父親の足を縛っていたロープを座席からほどいて、車の外に父親の体を引っ張り下ろした。彼は父親の体を仰向けにして、舟を固定するための鉄の輪に両手両足をくくりつけた。父親の姿はまるで広げた毛皮のようだと思った。しわだらけの背広を着ている。シャツは胸まですっかりはだけていた。フーヴァーは靴と靴下を脱がせた。それから車の中にあったリュックを取りに行った。風がかすかに吹いていた。ときどき車が通り過ぎる音がしたが、ライトは舟着き場まで届かなかった。

リュックを持って戻ったとき、父親は意識が回復していた。目を大きく瞠っている。頭を大きく上下に振って、両手両足をばたばたさせてロープをゆるめようとしていたが、むだだった。フーヴァーは暗闇に立ち止まって、その姿をながめた。それは人間の姿ではなかった。父親はフーヴァーが決めた姿に変貌を遂げていた。いま彼は動物だった。

フーヴァーは闇から出て舟着き場に行った。父親は大きく瞠った目で彼を見た。フーヴァーは父親が息子に気がついていないとわかった。役割交代。彼は父親が彼をかっと見開いた目でにらみつけたときの、あの凍りつくような恐怖感を思い出した。いま立場が逆になった。恐怖感は息子の中から父親の中に移った。フーヴァーは父親の顔のすぐ上に自分の顔を近づけた。荒々しく塗ってある顔の中からのぞいている目は息子の目であることに父親が気づくように。それが父親の見る最後の映像になるはず。死ぬときにはそれを目に焼きつけているはずだ。フーヴァーはふたを外しておいたガラス瓶を背中に隠していた。それを取り出すと、瓶の中から塩酸を父親の左目に二、三滴垂らした。テープで押さえられた口から吠えるような声がした。父親はもがいて必死にロープを引っ張った。フーヴァーは固く閉じられたもう一方の目をむりやり指でこじ開けて、また塩酸を垂らした。それから立ち上がって、瓶を海に投げ捨てた。いま目の前にいるのは、全身を激しく波打たせている動物だった。フーヴァーはふたたび自分の両手を見た。指が少し震えている。が、ほかに変化はない。それだけだった。舟着き場に横たわっている動物は、びくびく痙攣していた。フーヴァーはリュックからナイフを取り出すと、動物の頭から皮を剝いだ。その頭皮を彼は夜空に高くかかげた。それから斧を取り出すと、動物の額にまっすぐに打ち下ろした。斧の刃が頭を割って舟着き場の板に深く突き刺さった。

これで終わり。姉はふたたび生きはじめる。戻ってくる。

一時ちょっと前、彼はイースタに車を乗り入れた。町は眠っていた。人影はまったくない。しかし彼は長いこと、ここでいいのかどうか迷った。だがジェロニモの鼓動が彼を勇気づけた。海岸で警官たちが駆けまわるのを見た。夏至祭のパーティーの最中に彼が訪れた屋敷の外で、霧の中を彼らが走りまわる姿も見た。ジェロニモは警察に挑戦せよと彼の胸の中で激しく太鼓を叩いていた。彼は車を駅の広場に着けた。その場所はあらかじめ選んでおいた。そこではいま古い排水管を取り換える工事がおこなわれていた。防水シートが大きな穴の上にかけられていた。彼は車のライトを消し、窓ガラスを下げた。遠くから酔っぱらった声がした。車を降りて、防水シートの端を少し持ち上げた。それからあたりに耳を澄ました。相変わらずひとけはない。車も来ない。彼はすばやく車のドアを開けて父親の体を引っ張り出し、工事の穴の中に蹴り落とした。そして防水シートを元どおりにすると、車をスタートして立ち去った。スツールップ空港の駐車場に車を停めたのは二時十分前だった。忘れ物はないかどうか吟味した。車の中は血の海だった。彼の足も血で染まっていた。自分が作り出した混乱を思った。このおかげで警察は、ますますなにがなんだかわからなくなり、やみくもに走りまわるだろう。

そのとき、ある考えが浮かんだ。車のドアを閉め、彼は立ち止まった。外国へ行った男は、戻らないかもしれない。となると、代わりのいけにえを選ばなければならない。彼はひっくり返したボートのまわりにいた警察官たちのことを考えた。夏至祭のパーティーの最中だった屋敷の外で見かけた警察官のことを思い浮かべた。彼らの中の一人がいい。姉を生き返らせるために、彼らの一人を犠牲にしよう。あの中から一人選べばいいのだ。彼らの名前を調べてリストを作り、その上に石を投げて当たった名前を選ぼう。ジェロニモのやり方だ。偶然が選んだ者を殺すのだ。

彼はヘルメットをかぶった。それから、前の日に乗ってきて照明灯の柱に繋いでおいた自分のモペットのほうへ行った。きのう、これを柱にチェーンで縛りつけて町までバスで戻ったのだ。彼はモペットに乗って走りだした。姉の窓の下に父親の頭皮を埋めたときには、空はもうすっかり明るくなっていた。

四時半、彼はマルメのローセンゴードにあるアパートの鍵を静かに開けて中に入った。足を止めて耳を澄ました。それから弟が眠っている部屋をのぞいた。すべてが静かだった。母親の寝室のベッドは空っぽだった。母親はリビングのソファで口を開けたまま眠っていた。そのそばに半分飲みかけのワインボトルがあった。彼はそっと毛布を母親にかけた。それからバスルームに入って鍵をかけると、顔に塗った色をぬぐった。ぬぐった紙はトイレの中に捨てて、流した。

服を脱いでベッドに入ったころには、ほとんど六時になっていた。外の道路から咳をする男の声が聞こえた。

フーヴァーの頭は空っぽだった。

彼はすぐに眠りに落ちた。

スコーネ　一九九四年六月二十九日から七月四日

20

防水シートを持ち上げた男は悲鳴を上げ、その場から走り去った。

切符売り場の係員は駅の建物の前でタバコを吸っていた。時刻は六月二十九日の朝七時だった。その日は暑くなるとの予報で、駅員は、仕事のことよりもあと数日で始まる夏休みとギリシャ旅行のことを考えているところだったが、その悲鳴を聞いて現実に引き戻された。彼は後ろを振り向いて、防水シートを投げ出した男が悲鳴を上げて走っていく姿を見た。異様な光景だった。まるで映画の撮影現場のような。ただそこには撮影に必要なカメラがなかった。男はフェリーボートのターミナルのほうに走り去った。駅員は吸いかけのタバコを捨てて、防水シートのかかっている工事中の穴のほうへ行った。なにか不愉快なものが待ち受けているかもしれないと思ったときはすでに遅かった。彼の手は早くも防水シートの端を持っていて、動きを止めることができなかった。目の前に血だらけの頭があった。彼はまるで手にした防水シートが燃えだしたかのように投げ出し、駅の建物の中に走り込んだ。シムリスハムヌへ向かう早朝の旅行者たちがだらしなく投げ出していた旅行カバンにつまずきながら駅の事務所まで行くと、机の上にある電話に手を伸ばした。

この知らせが緊急センターを通してイースタ警察署に入ったのは、七時四分過ぎだった。その日の朝、いつもよりも早く仕事についたスヴェードベリが、緊急電話を受けた。うろたえている駅員から血だらけの頭の話を聞いて、彼は全身から血が引いた。震える手でただ一語、駅、とだけ書いて通話を終わらせた。二回も間違った番号を押した末、やっとヴァランダーに電話が通じた。電話に出たヴァランダーは深い眠りからたたき起こされたらしかった。もちろんいつものようにヴァランダーはすぐにそれを否定したが。

「また起きたと思います」スヴェードベリが言った。

数秒間、ヴァランダーはスヴェードベリの言っていることの意味が理解できなかった。電話が鳴るたび、それが職場であろうと家であろうと、早朝であろうと深夜であろうと、まさにこのことだけを恐れてきたにもかかわらず。しかし、いま実際にそれが起きると、驚くと同時に、絶対に不可能に決まっているのに逃げ出したいという欲求も起きた。

それからやっとなにごとが起きたのかが理解できた。聞いたとたんに、将来決して忘れられないことになるとわかるようなできごとだった。まるで自分の死を瞬間的に予感するようなことだった。否定することも逃げ出すこともできない決定的な瞬間だった。また起きたと思います。実際、また起きたのである。自分が機械仕掛けの人形のような気がした。スヴェードベリのもつれたような物言いは、背中についているねじ、警察官を動かす目に見えないねじを回す手のようだった。彼はねじを回され、眠っているベッドから起こされ、なにを見ていたか思い出せないけれども心地よい夢からたたき起こされた。慌てふためいてボタンを飛ばし、靴のヒモも締めないまま、外に飛び出した。すでに日差しが強かったが、それさえも気づかなかった。現場に駆けつけると——車は今日こそ車検に出さなければならなかったが——スヴェードベリはすでに到着していた。ノレーンの指揮の下、世界がまたしても壊されたことを示す、立入禁止の縞のテープを警官たちが張るところだった。スヴェードベリはうろたえて泣いている駅員の肩をぎこちなく叩いてなぐさめていた。その間にも青い作業着を着た排水管工事の男たちが今日仕事をするはずの、いまや悪夢と化した穴の中をのぞいていた。ヴァランダーは車のドアを開けたままスヴェードベリの元に走り寄った。なぜ走ったのか、自分でもわからなかった。警察官を動かすねじがきつく巻かれたためか？　それともこれから見るものに対する恐怖からゆっくり歩いてなどいられなかったのか？

スヴェードベリは蒼白だった。ヴァランダーを見ると穴のほうに頭を動かして示した。ヴァランダーはゆっくりと近づいた。まるで、必ず負けるとわかっている決闘に向かうように。穴の中をのぞく前に数回深呼吸をした。

それは予想していたよりもさらに恐ろしい光景だった。一瞬、彼は死んでいる男の頭の中を見ているのかと思った。見てはならないものを見たような気がした。それはまるで穴の中で死んでいる男が、人に見られたくない肉体的な行為の最中をあばかれたような光景だった。フーグルンドがすぐそばに来た。彼女がぎくっとして体を硬くし、顔をそむけたのがわかった。その反応で、彼はふたたび理性的に考えはじめた。やっと考えられるようになった。感情をしりぞけ、ふたたび犯罪捜査官に戻った。グスタフ・ヴェッテルステッドとアルネ・カールマンを襲った男がふたたび殺しを実行したのだと理解した。

「間違いない」とフーグルンドに言って、ヴァランダーは穴から視線を移した。「またあいつの仕業だ」

フーグルンドは真っ青だった。ヴァランダーは一瞬、彼女が気を失うのではないかと思った。彼女の肩をつかんだ。

「だいじょうぶか？」

フーグルンドは力なくうなずいた。

マーティンソンがハンソンといっしょにやってきた。二人が穴をのぞいて体を硬くするのがわかった。ヴァランダーはにわかに腹が立ってきた。これをやったやつを、どんなことをしてでもふんづかまえなくては。

「同じやつだな」ハンソンが不安そうな声で言った。「いったいいつまで続くんだ？　おれはもう責任がもてん。ビュルクは仕事をやめたときこれを知っていたのか？　本庁から応援をたのもう」

「そうしたらいい」ヴァランダーが言った。「だがその前にこの男を穴の中から出そうじゃないか。そして自分たちで解決できるかどうか見てみよう」

ハンソンは信じられないという目でヴァランダーを見た。自分の言葉が、死体を自分たちの手で穴から出すという意味に取られたのだとヴァランダーは思った。

立入禁止のテープの外には、すでに人だかりができていた。ヴァランダーはカールマン事件のときに頭をかすめたことを思い出し、ノレーンをそばに呼んで、ニーベリからカメラを借りて気づかれないように見物人の写真を撮るようにたのんだ。その間にも消防署の救急隊が到着した。ニーベリはすでに鑑識課の捜査官たちとともに穴のまわりを取り囲んでいた。ヴァランダーは殺された男を避けながらニーベリに近づいた。

「まただな」ニーベリが言った。その声には皮肉も無関心もなかった。二人の視線が合った。

「これをやった犯人を捕まえなければならない」ヴァランダーが言った。

「ああ。それもできるだけ早くだ」ニーベリが答えた。彼は穴の中の男の顔がよく見えるように、穴のまわりに腹ばいになった。立ち上がると、スヴェードベリのほうに歩き始めたヴァランダーに声をかけた。ヴァランダーはまた穴まで戻った。

「この男の目を見たか？」ニーベリが訊いた。

ヴァランダーは首を振った。

「目がどうした？」

　ニーベリが顔をしかめた。

「今回、やつは頭皮を剝ぐだけでは満足しなかったらしい。この男は目をやられている」

　ヴァランダーはニーベリを見つめた。

「どういうことだ？」

「つまり、この穴の中の男には目がないということだよ。いままで目があったところには、穴が二つ開いているだけだ」

　救急隊が男を穴から出すのに二時間かかった。その間にヴァランダーは防水シートを最初に持ち上げた排水管の作業員と駅員の話を聞いた。またニーベリに、殺された男のポケットを探って身分証明になるものがないかどうか見てくれとたのんだ。少し経ってポケットにはなにもないとニーベリが言いに来た。

「なにもないとは？」ヴァランダーが目をむいた。

「なにもない。もちろん、穴の中になにか落ちているかもしれない。底のほうも調べてみる」

　男の体は吊り上げ機を使って引き上げられた。ヴァランダーはいやでも男の顔を見ることになった。ニーベリの言うとおりだった。頭髪ごと頭皮を剝ぎ取られた男には両目がなかった。頭皮を剝がれて足元の防水シートの上に横たえられた男を見て、死んだ動物を思わせるとヴァランダーは思った。

ヴァランダーは駅前の石段に腰を下ろし、事件の経過を書いてみた。それから到着した医者と話しているマーティンソンを呼んだ。

「発見されるまでさほど時間が経っていない。排水管の作業員の話によると、防水シートをかぶせたのは、きのうの午後四時だそうだ。死体はその後に投げ込まれたことになる。そして発見されたのは今朝の七時過ぎだ」

「この駅前は、夜もけっこう人どおりがあります」マーティンソンが言った。「散歩する人、駅へ来る人、駅から出る人、またフェリーボートのターミナルも近いですから。ということは、死体が捨てられたのはひとけのない夜中ということになりますね」

「殺されてからどれくらい時間がたっているのだろう？　それがいまいちばん知りたいことだ。それとこの男の身元と」ヴァランダーが訊いた。

ニーベリは男が財布を持っていないと言った。男は身分証明になるようなものはなにも身につけていなかった。フーグルンドがやってきて彼らのそばに腰を下ろした。

「ハンソンは本庁から応援部隊をたのむと言っています」

「ああ、聞いた。だが、おれがたのむまではなにもしないはずだ。医者はなんと言っている？」

フーグルンドは手帳をめくった。

「およそ四十歳で、屈強な、体の大きな男」

「四十代なら、いままででいちばん若い」ヴァランダーが言った。

「隠すつもりだったら、ずいぶんおかしな場所ですね」マーティンソンが言った。「夏の間は工事が中断すると思ったのだろうか」

「単に、死体の捨て場所にしただけかもしれません」フーグルンドが言葉を挟んだ。

「それじゃどうしてこの穴を選んだ？」マーティンソンがいらだった声を上げた。「この穴に死体を捨てるのはひと仕事だったにちがいないのに。そのうえ、みつかるリスクもあった」

「もしかすると、みつかるようにここに捨てたのではないか？」ヴァランダーが考えながら言った。「その可能性は排除できない」

死体が運び去られた。ヴァランダーはそれをマルメの病院に運び込むように指示した。一同は九時四十五分にイースタ署に引き揚げた。ヴァランダーはノレーンが立入禁止テープの外に入れ替わり立ち替わり集まってくる人々の写真を目立たないように撮っているのを確認した。

マッツ・エクホルムは九時ごろにやってきて、殺された男を観察していた。ヴァランダーは少し経ってから彼のところへ行った。

「お望みどおり、もう一つ死体ができたわけですね」

「べつに望んだわけではない」エクホルムは顔をそむけた。

十時、彼らは会議室に集まった。ハンソンは受付になにも取りつぐなと厳しく言い渡した。だが、会議が始まるか始まらないかのときに、電話がけたたましく鳴った。ハンソンは受話器をむしり取ると、顔を真っ赤にして怒鳴りつけた。それから静かに椅子に座り直した。ヴァランダーはだれかずっと上のほうからの電話だと思った。その縮み上がった姿勢まで、ハンソンはビュルクにそっくりだった。短く質問に答えていたが、ほとんどは相手の話を聞くことに終始していた。話が終わると、彼はまるで、値段がつけられない壊れやすい貴重品であるかのようにそっと受話器を戻した。

「当ててみようか？　警察庁長官か、検事総長か、テレビ局」

「警察庁長官だ。小言とお褒めの言葉を半分ずつもらったよ」

「それはまた、ずいぶん変わった組み合わせですね」フーグルンドがハンソンに言った。

「こっちに来て手伝ってくれてもいいけどな」スヴェードベリが言った。

「長官なんかいても、足手まといなだけだ」マーティンソンがスヴェードベリの冗談を真に受けて言った。「現場じゃなにもできないにきまってる」

ヴァランダーは鉛筆の尻で机をとんとんと叩いた。彼は全員がこの先どうしたらいいのか不安であることは承知していた。いらだちはいつ爆発してもおかしくなかった。捜査が行き詰まった彼らの動きを止めるような批判は、ときに全体を正しい軌道に戻す努力さえもだめにすることもある。ヴァランダーはいまや、イースタ警察はなにもしない、無能だという激しい批判の的になるのは、時間の問題だろうと思った。外からの批判にまったく影響されないということは、どういう場合でもあり得ない。できることはただ、あたかも捜査の結末と世界の結末とが同じであるかのように、とらえようのない捜査の中心に向かって黙々と働くことだけだ。ヴアランダーは、いまの段階ではなにも話すべきことがないにもかかわらず、まとめを言おうと意識を集中させた。

「さて、いまわれわれにわかっていることはなにか？」ヴァランダーは話しだした。だれかが会議テーブルの下から魔法使いがウサギを取り出すように、解決のアイディアを見せてくれればいいのだが。ウサギは現れなかった。集中して灰色に固まったみんなの顔が彼に向けられただけだった。ヴァランダーは信仰を失った牧師のような気分になった。話すべきことはなにもない。それでもなにか話して、彼らを前に進ませなければならない。いまおかれた状況がどんなものかを理解するために。

「男が排水管の工事穴に投げ捨てられたのは、夜中にちがいない」とやっとの思いで言葉を続けた。「おそらく夜中の一時、二時だろう。彼が殺されたのはあの穴の付近でないことは明らかだ。もしそうだったら、おびただしい量の血が残っているはずだ。ニーベリはあのまわりに血溜まりをみつけていない。ということは、何者かが車で彼をあそこまで運んできたということになる。踏み切り近くのソーセージスタンドの売り子がなにか見ているかもしれない。医者によれば、男は顔の正面から振り下ろされた刃物で殺されている。顔から後頭部まで真っ二つにしている。つまり、これは今回の三つの事件で刃物が振り下ろされる三番目の型だ」

マーティンソンが真っ青になった。立ち上がると走って部屋を出ていった。ヴァランダーは彼が戻ってくるのを待たずに話を続けることにした。

「男はほかの二人と同じように頭皮を剝がれている。それだけでなく両目を潰されている。医者はそれがどうおこなわれたのかについてはまだ結論を出していない。目のすぐそばにいくつか小さな穴が開いているところから、目を焼くような液体が垂らされたのかもしれないと言っている。これがどういうことを意味するのかは、ここにいる専門家の意見を聞きたい」

ヴァランダーはエクホルムに向いた。

「まだ言えない。早すぎる」エクホルムが首を振った。

「われわれは完成した精密な分析を求めているわけではないのです」ヴァランダーがきつい声で言った。「われわれが不要だと判断して排除したささいなこと、失敗、間違った考えの中に、真実が隠されていることがあり得る。奇跡を信じているわけではありません。しかし、もしそれが万一起きるとすれば、喜んで受け入れると言っているのです」

「潰された目には、なにか意味があると思う」エクホルムが話しだした。「犯人はいままでと同じ人物であることは疑いない。今度の犠牲者は前の二人よりも若い。そのうえ、目を潰されている。おそらく生きているうちにやられただろう。ものすごい痛みだったはずだ。犯人はいままで殺してから頭皮を剝いでいる。今回も頭皮に関してはそうだと思われる。だが、目を潰すとは。なぜそんなことをしたのだろう？　今回にかぎっての特別な復讐とはなにか？」

「犯人はサディストのサイコパスにちがいない」ハンソンが突然口を開いた。「こんな連続殺人はアメリカでしか起きないと思っていたのだが、いまここイースタで、スコーネで起きるとは！」

「しかし、犯人は沈着です」エクホルムが続けた。「自分がなにをしたいか、わかってやっている。人を殺し、頭皮を剝ぐ。くりぬくか、化学薬品で焼くかして目を潰している。耐えることができなくなって怒りが爆発したような突発的なものではない。サイコパス？　そうかもしれないが、彼はまだ自分の行為を完全に掌握している」

「このような事件がいままでにありましたか？」フーグルンドが訊いた。

「すぐに思い出せるようなものはありませんね」エクホルムが言った。「いずれにせよスウェーデンにはなかった。アメリカでは、深刻な精神障害をもつ殺人者にとって目がどのような意味をもつかという研究がおこなわれている。今日はこれからそれを調べようと思う」

ヴァランダーはぼんやりとエクホルムと同僚たちの話を聞いていた。なにかはっきり思い出せないものが頭をよぎった。

目に関することだ。

だれかが目について言っていた。

記憶をたどってみた。だが、どうしてもはっきりしない。

彼は現実の会議に戻った。しかしそのはっきりしない記憶は小さな痛みを伴う不安となって彼の中にあった。

「なにかほかには？」ヴァランダーはエクホルムに訊いた。

「いまはない」

マーティンソンが戻ってきた。依然として蒼白だった。

「一つ考えがある」ヴァランダーが言った。「これになにか意味があるだろうか。いまエクホルム氏の考えを聞いたあと、殺人現場はどこかほかの場所であるという思いがさらに強くなった。目を潰された男は叫び声を上げたにちがいない。駅前でおこなわれたということはあり得ない。必ず人に気づかれたにちがいないから。声が気づかれないはずはない。これについてはもちろんこれから聞き込みをしよう。だがいまここで、私の推測が正しいと仮定してみよう。次に問わなければならないのは、犯人はなぜあの穴を死体の隠し場所に選んだのかということだ。あそこの排水管工事の作業員の一人に事情聴取をした。ペアソン、エリック・ペアソンという男だ。彼の話では、穴は月曜日の午後に掘ったとのことだ。つまり、穴ができてから四十八時間も経っていない。もちろん偶然にあの場所を選んだこともあり得る。だがそれは、犯人がすべてを周到に計画していることから見ると合わない。ということは、犯人は月曜の午後以降に一度現場を訪れているということになる。あの穴が十分に深いかどうか、のぞいてみたにちがいない。われわれはあの現場作業員たちの話を注意深く聞かなければならない。あの穴に特別に関心を示した人間がいたか？　また、駅員たちの中にも、なにかいつもと違うことに気づいた者がいたかもしれない」

会議室の緊張が高まった。ヴァランダーの考えがまったく見当違いであると思う者は一人もいなかった。

「さらに私はあの穴が死体の隠し場所として選ばれたのかどうか、疑問に思う。朝になればそれがみつかってしまうことはだれの目にも明らかだからだ。それではなぜ犯人はあの穴を選んだのか？　まさに、みつけられるように、か？　あるいは、ほかの理由があるだろうか？」

部屋にいた者たちは全員、彼自身がその問いに答えるのを待った。

「われわれを挑発するためか？　彼なりの病的な方法でわれわれに協力しようとしているのか？　あるいはわれわれを欺こうとしているのか？　いま私が声にして言っている考えに至るように遠隔操作しているのか？　彼のほうから見える図はどうなのだ？」ヴァランダーが言った。

一同はなにも言わなかった。

「時間的なことも重要だ。この殺人事件は起きたばかりだ。それはわれわれの捜査に有利だ」

「この捜査には、外からの協力が必要だ」ハンソンが口を挟んだ。彼は捜査員補強について取り上げるべき適当なときを待っていた。

「それはまだいい。今日、あとで決めることにしよう。あるいは明日でも。この部屋にいる者の中に、今日明日から休暇をとる者はいないはずだ。あと数日このグループでがっちり捜査を進めようではないか。その後、もし必要なら捜査員の補充をたのもう」

ハンソンはヴァランダーの意見に賛成した。ビュルクでもそうしただろうかとヴァランダーは心の中で問うた。

「関連性についてだが」と最後に彼は言った。「いまもう一人、共通項がある人間かどうかチェックしなければならない人間が増えた。しかし、三人の関連性、接点を模索すること。それを主軸におかなければならないのは変わりない」

彼はテーブルのまわりの仲間を見まわした。

「言うまでもないが、彼はもう一度やるかもしれない。この事件はいったいなんなのか、それがわれわれにわからないかぎり、そう覚悟しているほうがいい」

会議は終わった。一人ひとり、なにをするべきかはっきりわかった。ヴァランダーは会議テーブルを離れなかったが、ほかの者たちはすぐに部屋を出ていった。彼は記憶をたどっていった。いま彼は、気になるのがこの一連の殺人事件の捜査の中でだれかが言った言葉だというところまでわかった。だれかが目についてなにかを言った。それは重要なことなのだ。彼はグスタフ・ヴェッテルステッドが殺された日までさかのぼってみた。記憶の暗い淵に沿って探してみた。だが、なにもみつからなかった。いらだって彼はペンを投げ捨てて立ち上がった。食堂へ行き、コーヒーを持ってきた。自室に戻ると、コーヒーカップを机の上に置いた。戸口に戻ってドアを閉めようとしたとき、廊下を歩いてくるスヴェードベリの姿が目に留まった。

スヴェードベリは足早にやってきた。なにか重大なことが起きたとき独特の、彼の習癖だった。ヴァランダーは胃が縮まった。まさかもう一件、起きたわけではないだろう。パンクしてしまう。

「殺人現場がみつかったと思われます」

「どこだ？」

「スツールップ空港の警官が、車内が血だらけのバンを駐車場でみつけました」

ヴァランダーはすばやく考えた。それからスヴェードベリにうなずいた。いや彼自身にうなずいたのだ。

バンか。それならわかる。おそらくそうだろう。

数分後、彼らはイースタ署を後にした。ヴァランダーは急いでいた。いままでこんなに時間がないと思ったことはないほどだった。

イースタの町を出たとき、彼はスヴェードベリに青い点滅灯を屋根に載せろと言った。

道路に沿った菜の花畑では、農夫が遅れた収穫をしていた。

21

スツールップ空港にはまだ午前中のうちに着いた。十一時ちょっと過ぎだった。暑さで空気が動かず、重苦しく感じられるほどだった。

一時間ほどの捜査で、ここが殺人現場である確率は非常に高いということがわかった。殺された男の身元もおよそわかった。

バンは一九六〇年代の古い型のフォードで、サイドドアが引き戸のタイプだった。色は黒に塗り替えられていたが、いい加減な塗装で、元のグレーがところどころに見えていた。車体には何度も曲がり角をこすったりぶつかったりした跡が残っていた。駐車場のひとけのない部分に停まっているその車を見たとき、ヴァランダーはまるで老ボクサーがロープに寄りかかってカウントされているようだと思った。空港の警官詰め所には以前からの知り合いの警官がいた。ヴァランダーは昨年のできごとのせいで、彼らにいい印象を与えていないということを知っていた。スヴェードベリとヴァランダーは車を降りた。フォードのサイドドアが開いていた。鑑識官が数人、すでに働いていた。ヴァルデマールソンという警官が二人に向かって歩いてきた。イースタから猛スピードでこの現場に車を走らせてきたにもかかわらず、ヴァランダーはきわめて落ち着いた様子を見せた。彼は今朝電話でたたき起こされたときからの興奮状態を相手に知られたくなかった。

「ひどい光景だよ」あいさつが終わって、ヴァルデマールソンが言った。

ヴァランダーとスヴェードベリは車の中をのぞき込んだ。ヴァルデマールソンは懐中電灯でフロアを照らした。一面血の海だった。

「朝のニュースで、やつがまた一人殺したということは知っていた。さっきそっちに電話したときに話したのは女の警官だった。なんという名前だったかは忘れたが」

「アン＝ブリット・フーグルンド」スヴェードベリが言った。

「ともかく、彼女はあんたらが今朝の男の殺害現場を捜していると言った。それと死体を運んだ車と」

ヴァランダーはうなずいてたずねた。

「車をみつけたのはいつ？」

「毎日駐車場をパトロールしている。車が盗まれることが多いんだ。そのことは知っているだろうが」ヴァルデマールソンがヴァランダーに言った。

ヴァランダーはうなずいた。ポーランドへ輸出される盗難車の捜査をしているとき、何度もこの空港警察とは連絡を取っていた。

「この車はきのうの午後ここになかったのは確かだ」ヴァルデマールソンが話を続けた。

「駐車時間は長くともせいぜい二十四時間だろうな」

「車の所有者は？」

ヴァルデマールソンはポケットから手帳を取り出した。

「ビュルン・フレードマン。住所はマルメだ。家に電話をかけたが、だれも出なかった」

「イースタ駅前の穴の中にはまっていたのは彼かもしれないな？」

「ビュルン・フレードマンに関しては少し知っている」ヴァルデマールソンが言った。「マルメ署が情報を流してくれた。フレードマンは盗品売人として知られていて、何度も刑務所にぶち込まれている男だ」

「盗品売人か」ヴァランダーは緊張が高まるのを感じた。「絵画か？」

「いや、ここにはそれは書かれていない。マルメ署に直接問い合わせたらどうだ？」

「だれと話したらいい？」と言って、ヴァランダーは携帯電話を取り出した。

「フォースフェルトという捜査官だ。ステン・フォースフェルト」

携帯にマルメ署の番号を入れておいたので、一分も経たないうちにフォースフェルトと話すことができた。ヴァランダーは名前を言い、いまスツールップ空港にいると言った。一瞬、離陸する飛行機の轟音で話が聞こえなくなった。ヴァランダーはちらりとこの秋父親といっしょに行くイタリア旅行を思った。

「われわれはなによりもまず、穴の中に放り込まれていた男の身元を調べなければならない」

飛行機がストックホルムの方向に飛び去った後、ヴァランダーは言った。

「男の外見は?」フォースフェルトが訊いた。「私はフレードマンに数回会っている」

ヴァランダーはできるだけくわしく男の外見を説明した。

「ビュルン・フレードマンかもしれんな。とにかく大きな男だ」

ヴァランダーは少し考えた。

「病院へ行って見てくれませんか? 早急に身元を明らかにしたいんです」

「わかった」フォースフェルトが言った。

「ひどい姿だということを覚悟して行ってください。目をくりぬかれている。いや、化学薬品で焼かれたのかもしれないが」

フォースフェルトは無言だった。

「これからそっちへ行きます。フレードマンの住居の家宅捜索に協力してもらいたい。フレードマンに家族は?」ヴァランダーが言った。

「たしか、離婚したはずだ。最後にぶち込まれたときは、暴行罪だったと思うが」

「盗品売買じゃなかったんですか?」

「それもだ。ビュルン・フレードマンという男はいろんなことに手を染めていた。だが、一つとして合法的なことはやっていない。それだけは一貫していたな」

ヴァランダーは電話を切り、今度はハンソンにかけた。手短に説明した。

「よし。もっと情報が手に入ったら教えてくれ。そう言えば、さっき電話があった。だれからかわかるか？」

「いや。また警察庁長官か？」

「似たようなもんだ。リーサ・ホルゲソン。ビュルクの後任、新署長だ。いや、女性署長と言うべきか。どんな具合か状況を知りたいとさ」

「いいじゃないか。おれたちの仕事がうまくいくようにと望んでくれてるんだろう？」なぜハンソンはこんな皮肉な口調で話すのか、ヴァランダーは理解できなかった。

ヴァランダーはヴァルデマールソンから懐中電灯を借りて車の中を照らした。一ヵ所、血のついた足跡があった。それに光を当てて、身を乗り出し驚いた声で言った。

「だれかここにはだしで入った者がいる。これは靴の跡ではない。はだしだ。左足の」

「はだし？」スヴェードベリが声を上げ、足跡を見た。そしてヴァランダーの言葉が正しいことを確認した。

「彼は殺した男の血で汚れた車の中を、はだしで動きまわっていたことになる？」

「いや、まだ男性と決まったわけではない」ヴァランダーが訂正した。

ヴァルデマールソンと数人の空港警察官と別れ、ヴァランダーはスヴェードベリが空港カフェテリアでなにか食べ物を買ってくる間、車の中で待った。

「とんでもない値段ですよ」スヴェードベリが文句を言いながら戻ってきた。ヴァランダーは聞こえないふりをした。

「さあ、車を出してくれ」とだけ言った。

マルメ署の前に着いたときは、そろそろ十二時半になっていた。車を降りようとしたとき、ビュルクが歩いてくるのが目に入った。ビュルクは急に立ち止まり、目を丸くしてヴァランダーを見た。まるでなにか不法なことをしたヴァランダーを目撃したかのような顔つきだった。

「ここになにしに来た？」ビュルクが言った。

「イースタ署に戻ってくれとたのもうと思って来たんですよ」ヴァランダーはまったく見当違いの冗談を言った。それからいままでの成り行きを説明した。

「まったく恐ろしいことが起きたものだ」ビュルクが言った。ヴァランダーはその心配そうな様子が芝居ではないとわかった。そのとき初めて、もしかするとビュルクは長年いっしょに働いたイースタ署の者たちを寂しく思い出しているのかもしれないと思った。

「以前とはなにもかもちがいます」ヴァランダーが言った。

「ハンソンはどうしている？」

「いまの役割がいやそうです」

「協力してほしかったら電話するように言ってくれ」

「ええ、伝えます」

ビュルクは立ち去り、彼らはマルメ署に入った。フォースフェルトはまだ病院から戻っていないとわかった。待っている間、彼らは食堂でコーヒーを飲んだ。

「ここで働くのはどんなもんでしょうね」と言って、スヴェードベリがあたりを見まわした。ちょうど昼時で、警官が大勢食事をしていた。

「いずれ、みんなここで働くようになるかもしれない。イースタ署が整理縮小されてしまったら。一県に一警察署となる日が来たら」ヴァランダーが言った。

「そんなこと、できるはずがありませんよ」スヴェードベリが反対した。

「ああ、できるはずがない。だが、そうなる可能性はある。できるかできないかの問題ではないらしい。警察委員会や政治家、官僚たちにはいつも共通点がある。できないことをやってみせようという共通点だ」

急に近寄ってきた者がいた。フォースフェルトだった。ヴァランダーらは立ち上がってあいさつをし、いっしょにフォースフェルトの部屋に行った。ヴァランダーは彼に好感をもった。どこかリードベリを思わせた。フォースフェルトは少なくとも六十歳はいっているだろう。穏やかな顔をしていた。右足を軽く引きずっていた。フォースフェルトは部屋にもう一脚椅子を持ってきた。ヴァランダーは腰を下ろして、壁に貼られている子どもの笑顔の写真をながめた。きっと孫だろうと思った。

「ビュルン・フレードマン」とフォースフェルトは言った。「間違いなく彼だったよ。変わり果てた姿だったな。だれがあんなことをしたんだ？」

「それがわかれば。しかし、わからないのです。ビュルン・フレードマンとは何者ですか？」

ヴァランダーが言った。

「四十五歳ほどだろうか。生涯まともな仕事につかなかった男だ」フォースフェルトが話しだした。「私が知らないことはたくさんあると思う。それでコンピュータリサーチをしてもらって、彼に関してわかること全部、まわしてもらう手続きをした。盗品売買で金を儲け、暴行罪で刑務所に送られている。それもかなりひどい暴行事件だったらしい」

「絵画の盗品売買もやっていたでしょうか？」

「いや、それは覚えていない」

「それは残念なことだ。もしそうだったら、ヴェッテルステッドとカールマンとの接点が見出せたのですが」

「あのビュルン・フレードマンとグスタフ・ヴェッテルステッドがつきあっていたとは、想像することもできない」フォースフェルトが顔をしかめて言った。

「なぜですか？」

「簡単に答えよう。ビュルン・フレードマンは昔の言葉で言えばならず者だ。酒を飲んでは暴れまわる。教育はほとんどないにひとしい。読み書き、計算ができるかどうかというところだ。関心のあることと言えば、お世辞にも上品とは言えないことばかり。そのうえ、彼は残酷な男だった。私自身何度か彼を取り調べたことがある。いまでも覚えているのは、罵倒する言葉以外の語彙をもっていない男だということだ」

ヴァランダーは注意深く話を聞いた。フォースフェルトが言葉を切ったところで、スヴェードベリを見た。

「それじゃ、ここでこの捜査は第二段階に入ることになるな」ヴァランダーがおもむろに言った。「フレードマンと先の二人の間に共通項がみつけられなかったら、われわれの捜査はふりだしに戻ることになる」

「もちろん、私の知らないことがなにかあるかもしれない」フォースフェルトが言った。

「これは結論ではありません。ただ考えていることを声に出して言ってみているだけです」

「フレードマンの家族は？　この町にいるんですか？」今度はスヴェードベリが訊いた。

「数年前に離婚している。それははっきり覚えている」フォースフェルトが言った。

彼は受話器を取り、署内に電話をかけた。数分後、職員が個人情報を持って部屋にやってきた。フォースフェルトは受け取ると、すばやく目を通し、机の上に書類を置いた。

「一九九一年に離婚している。妻は子どもたちといっしょにアパートに住み続けている。ローセンゴードにあるアパートだ。三人子どもがいて、離婚したときいちばん下の子どもはまだ赤ん坊だったはずだ。離婚後ビュルン・フレードマンは昔から借りていたステンブロッツガータンにあるアパートに移った。事務所と倉庫として使っていたのだ。そのアパートの存在は、妻は知らなかったと思う。そこは彼が女を引っ張り込むのにも使っていたところだ」

「そのアパートから始めましょう」ヴァランダーが言った。「家族のほうはその次にして。マルメ署のほうからビュルン・フレードマンの死亡のことを家族に知らせてもらえますね？」

フォースフェルトはうなずいた。スヴェードベリはいま殺された男の身元がわかったとイースタ署に知らせるために廊下に出た。ヴァランダーは窓辺に立って、なにを優先するべきか考えた。ビュルン・フレードマンと先の二人の間に接点がないことが気になった。捜査を始めて以来、初めて彼は脇道にそれたかもしれないと不安になった。それともこれらの事件にはまったく別の説明が可能なのだろうか？　今晩にも全部の捜査資料に目を通して、なんの思い込みもないところでこの事件を見てみよう。

スヴェードベリがそばに来た。

「ハンソンは安心したようでした」

ヴァランダーは無言でうなずいた。

「マーティンソンから聞いたのですが、菜の花畑で死んだ少女について、インターポールから報告が届いたそうです」スヴェードベリが言った。

ヴァランダーはまだ聞いていなかった。スヴェードベリがマーティンソンから聞いたという話を繰り返してもらった。あの菜の花畑を駆けまわり、自分の体に火をつけた少女のことがひと時代前のことのように思われてしかたがなかった。しかし、遅かれ早かれ、ふたたびあの少女のことに取り組まなければならない。

彼らは黙ったまま立っていた。

「自分はマルメが好きじゃありません」スヴェードベリが言った。「もともとイースタ以外のところでは気分がよくないんです」

スヴェードベリが生まれた土地イースタを、なんの用事であれ離れたがらないことは、ヴァランダーもよく知っていた。イースタ署では、スヴェードベリが近くにいないとき、だれもが笑いの種にしていることだった。だが、ヴァランダーは同時に、自分はどうだろうかと思った。最後に気分がよかったのは、先日リンダがやってきたときだったことを思い出した。日曜日の朝七時。

その間にフォースフェルトが手続きを済ませてきた。彼らの元に戻ると、出かけようと言った。マルメ警察署の駐車場へ行き、車を出すと町の北に位置する工場地帯へ向かって走らせた。風が吹きはじめた。だが依然として空は晴れ上がっていた。ヴァランダーは運転するフォースフェルトの隣に座っていた。

「リードベリを知っていましたか?」ヴァランダーが訊いた。

「私がリードベリを知っていたか?」フォースフェルトがゆっくり答えた。「ああ、知っていたとも。私たちは互いをよく知っていた。ときどきマルメに顔を見せに来たものだよ」

ヴァランダーはそれを聞いて驚いた。彼はいつもリードベリを、仕事以外のことは、友だちも含めてすべてずっと前に切り離した老警察官だと思っていた。

「自分に仕事を教えてくれたのはリードベリです」ヴァランダーが言った。

「彼の死は悲しいことだった。もう少し生きてほしかった。いつかアイスランドへ行きたいと言っていたのに」

「アイスランド？」

フォースフェルトがヴァランダーをちらりと見てうなずいた。

「そうだ。それが彼の夢だった。アイスランドへ行くというのが。だが、かなわなかった」

リードベリは自分にはそれを話してくれなかった。ヴァランダーは複雑な気持ちになった。リードベリがアイスランドへ旅をしたがっているとは、夢にも思わなかった。いや、リードベリがそもそも夢をもっていたということ自体、知らなかった。なにより、リードベリが自分になにも言わずに夢をもっていたとは想像もできなかった。

フォースフェルトは三階建ての建物の前でブレーキを踏んだ。下の階のカーテンの閉まっている窓を指さした。その建物は古く、管理状態も悪かった。玄関ドアの壊れた窓ガラスはベニヤ板で仮に押さえてあった。幽霊屋敷のような家だと思いながらヴァランダーは中に入った。このような建物が存在すること自体法律違反じゃないのか、と彼は心の中で皮肉を言った。階段は小便の臭いがした。フォースフェルトが部屋の鍵を開けた。どこでこの鍵を手に入れたのだろうか、とヴァランダーは思った。入り口で電気をつけた。床には広告の紙が散らばっていた。ここは自分のテリトリーではないので、フォースフェルトの後に続いた。まずだれもいないことを確かめるため、部屋全体を見た。アパートは三部屋と狭い台所からなっていて、新しいベッド以外はすべてが朽ち果てたようなものばかりだった。家具は無造作に床の上に置かれていた。本箱にはほこりだらけの五〇年代の陶器人形があった。部屋の隅には新聞が重ねられ、ダンベルが数個あった。ソファの上にコーヒーの汚れのついているCDアルバムがあった。ヴァランダーが見ると、意外にもそれはトルコの民族音楽だった。カーテンは閉まっていた。フォースフェルトは一つひとつ明かりをつけていった。ヴァランダーは彼の数歩後ろから続いた。スヴェードベリは台所の椅子に腰を下ろし、いまいる場所をハンソンに電話で教えた。ヴァランダーは足で台所の棚の扉を開けた。そこには封印も切っていないグラント・ウィスキーの入った箱がいくつかあった。薄汚れた送り状らしきものが箱の外側に貼ってある。それはスコットランドからベルギーのゲント宛に発送されたものだった。どのような経過でビュルン・フレードマンの手に落ちたのだろうかとヴァランダーは思った。フォースフェルトがこの家の主の写真を数枚手にして台所に来た。ヴァランダーはうなずいた。イースタ駅の外の穴に投げ込まれていた男に間違いなかった。彼はふたたびリビングに戻り、ここでなにをみつけようと思ったのか思い出そうとした。フレードマンのアパートはヴェッテルステッドの家とは正反対だった。もちろんあの金をかけて改造されたカールマンの屋敷とも。これがスウェーデンの現実だ、とヴァランダーは思った。その昔、領主は屋敷に小作人は小屋に住んでいた時代と、なんの変わりもないのだ。

ヴァランダーは古美術品の雑誌が乱雑に置かれた机に目を落とした。これがビュルン・フレードマンの盗品売買の仕事に関するものであることは明らかだった。机の引き出しは一つしかなかった。鍵はかかっていなかった。レシートの山と壊れたペン、タバコの空き箱に交じって、額ぶち入りの写真が出てきた。それはビュルン・フレードマンの家族写真だった。彼は大きく笑っていた。その隣が彼の妻だった女だろう。腕に生まれたての赤ん坊を抱いている。母親の斜め後ろに十代前半の少女が立っている。その目には写真を撮っている人物に対する恐怖のようなものが浮かんでいた。彼女のそば、母親のすぐ後ろには、彼女よりも数歳下の少年が写っている。彼は歯を食いしばった顔をしていた。まるで最後まで写真家の言うとおりにしたくなかったようだ。ヴァランダーはその写真を持って窓辺に行き、カーテンを開けた。長い間その写真を見つめた。ここになにが写っているのか、と考えた。不幸な家族？　まだ不幸であることを発見していない家族？　写真の中のなにかが彼の心を重くした。気がふさいだ。それがなんであるかはわからなかった。彼はそれを寝室で腹ばいになってベッドの下をのぞいているフォースフェルトに見せに行った。

「暴力をふるって刑務所に入れられたと言ってましたね」ヴァランダーが訊いた。

「ああ、あの男はかみさんを半殺しにした。妊娠中のかみさんを殴り蹴り、半殺しの目に遭わせた。子どもが生まれてからも同じだった。だが、刑を食らったのは、おかしなことにそのためではない。一度タクシー運転手を殴った。それと、金をごまかしたということで前の窃盗仲間を半殺しの目に遭わせた。そのタクシー運転手と窃盗仲間が彼を告発したために、刑務所行きとなったというわけだ」

彼らはアパートを徹底的に見ていった。ハンソンとの電話連絡が終わったスヴェードベリにヴァランダーはなにか新しいことを聞いたかと尋ねた。スヴェードベリは首を振った。アパートを全部見るのに二時間かかった。ヴァランダーはここに比べたら自分のアパートは天国だと思った。彼らはなにも特別なものはみつけられなかった。一つだけ、クローゼットの奥のカバンの中にアンティックのロウソク立てが二本隠されているのをフォースフェルトがみつけたのだけが例外だった。ヴァランダーはビュルン・フレードマンの語彙は罵倒の言葉だけだったとフォースフェルトが言ったことの意味がしだいにわかってきた。このアパートはフレードマンが空っぽだったのをそのまま示していた。三時半、彼らはアパートから外に出た。風が強くなっていた。

「家族と話をしなければ」車に乗ったとき、ヴァランダーが言った。「だが、明日まで待つほうがいいだろう」

それは正直な言葉ではなかった。

本当のことを話せばよかった。彼は、突然家族の一員が死亡した家に出かけて話を聞くのが苦手なのだ。とくに、父親を亡くしたばかりの子どもたちと話すのはたまらなかった。翌日まで待っても、もちろん子どもたちにとってはなんの違いもないのだが、ヴァランダーは一日延ばすことができれば延ばしたかった。

彼らはマルメ署の前で別れた。フォースフェルトは、後でハンソンと二つの警察署の協力態勢についていくつか形式的な連絡をすると言った。そしてヴァランダーとは明朝九時半に会うことを決めた。

彼らは来たときの車に乗り換え、イースタに向かって走らせた。

ヴァランダーは頭の中がいっぱいだった。

帰途、車中でスヴェードベリとは一言も言葉を交わさなかった。

22

強い日差しの中で海の向こうにぼんやりコペンハーゲンのシルエットが見えた。

ヴァランダーは、あと十日たったらほんとうにあそこでバイバを迎えることができるのだろうかと思った。それとも彼らが追いかけている犯人、ますます見失いそうな犯人によって、それは不可能なことにされてしまうのだろうか。

ヴァランダーはマルメの水上翼船のターミナルで待ちながら考えていた。それは翌日、六月三十日の朝のことだった。ヴァランダーは前日マルメに戻ったときすでに、ビュルン・フレードマンの家族に会うときに同行してもらうのはスヴェードベリではなくアン＝ブリット・フーグルンドに決めていた。彼女の家に電話をすると、九時半にフォースフェルトに会う前に、マルメで用事があるので早めに出発できるならば、とフーグルンドは答えた。スヴェードベリはマルメにいっしょに来なくてもいいと言われてほっとしたようだった。二日続けてイースタを離れなければならないのは、彼にとっては苦痛以外のなにものでもなかった。フーグルンドが水上翼船のターミナルで用事を済ませている間――ヴァランダーはなんの用事かとはもちろん訊かなかった――桟橋の突端まで行ってコペンハーゲンをはるかにながめた。飛行艇が港から出ていった。今日も暑い日になる。ヴァランダーは上着を脱いで肩にかけ、あくびをした。

　前の晩、マルメから戻ったのち、彼らはまだ署に残っていた捜査本部の連中と即席の会議を開いた。またハンソンの協力を得てイースタ署の玄関ホールで臨時の記者会見を開いた。記者会見前の会議にはエクホルムも出席した。エクホルムは犯人の深層心理を描こうと試みた。それはくりぬかれた、あるいは化学薬品で焼かれた両目を中心にして、なぜそれがなされたか理由を追究し、そこで得た答えをこれからの捜査の方向づけにしようというものだった。この即席の会議では、警察は現在、おそらく一般市民には危害を与えない、特定の人々にとってだけ危険な犯人を追及している、と発表するのがいいという意見に一致した。そう発表することについては異論を唱える者もいた。だが、ヴァランダーは、もしかすると自分は狙われているかもしれないと心当たりのある者に警告を与えることができるし、それらの人物たちが命惜しさから警察に通報してくる可能性を無視することはできないと強く主張した。ますます強くなる不快感にさいなまれながらも、ヴァランダーは国全体が夏休みという殼に閉じこもろうとしているこの危険な時期に、マスメディアにできるだけのニュースを与えることができたと確信した。会議と記者会見の両方が終わると、彼はどっと疲れを感じた。

　しかしそれでも彼は、インターポールからファックスで長い報告が入ると、マーティンソンといっしょにその問題に当たった。サロモンソンの菜の花畑で焼身自殺した少女は、前の年の十二月ごろサンチャゴ・デ・ロス・トリエンタ・カバレロスから失踪したということを知った。

少女の父親で農夫のペドロ・サンタナが娘の失踪を警察に届けたのが一月十四日だった。その時点で十六歳だったドロレス・マリアは二月十八日に十七歳になった。ヴァランダーはその事実になぜか胸を突かれた。彼女はサンチャゴにメイドの仕事を探しに来たのだった。それまでは父親とともにサンチャゴから七十キロのところに暮らしていた。サンチャゴで彼女は遠い親戚、父親のいとこの家に泊まっていた。そして突然姿を消した。ドミニカ共和国の警察は、報告書の薄さから言ってこの少女の捜索はあまりしなかったと見える。しかし、彼女を捜すことを忘れるなと父親がしつこく迫ったらしい。一人のジャーナリストが娘を捜す父親を記事にした。そしてとうとう警察は、少女が幸せを外国に求めて旅立ったという結論を出した。

報告書はここで終わっていた。捜査は終了し解散した。インターポールのコメントは短かった。ドロレス・マリア・サンタナの姿は、今回スウェーデンからの報告があるまで、インターポールに加盟する国のどこでも見かけられなかった。

これで全部だった。

「ドロレス・マリアはサンチャゴという町で失踪した。約半年後、彼女はサロモンソンの菜の花畑に姿を現した。そして自分の体に火をつけた。これはどういうことなんだ?」ヴァランダーが言った。

マーティンソンはため息をつきながら黙って首を振った。

ヴァランダーは疲労困憊のあまり考える力も残っていない状態だったにもかかわらず、体を震わせた。マーティンソンのやる気のなさに腹が立ったのだ。

「われわれにはわかっていることがいくつもある」彼はきっぱりと言った。「まずわれわれは、彼女が地上からすっかり姿を消してしまったのではなかったことを知っている。彼女がヘルシングボリにいたこと、スメーズトルプの男が車で彼女を拾ってそこから移動していること、なにかから逃げているような様子だったこと、そして自分の体に火をつけて死んだことを知っている。これらのことをインターポールに知らせなければならない。そしてマーティンソン、間違いなく父親に少女の死を知らせるようにインターポールに要請するんだ。いいな、たのんだぞ。いまの仕事が一件落着したら、おれたちは少女がヘルシングボリでなにをしていたのか、だれを怖がっていたかを調べるんだ。いまの時点でヘルシングボリ警察に連絡しておけ。明日の朝にもだ。彼らはもしかするとなにか思い当たることがあるかもしれない」

マーティンソンの消極的な態度に怒りを爆発させた後、ヴァランダーは家に帰った。ソーセージスタンドに寄って、ハンバーグを買った。あらゆるところにサッカーのワールドカップの宣伝がぶら下がっていた。彼は急にそれらを引き裂いて、もう十分だ！　と叫びたくなった。もちろん、そうはしなかったが。おとなしく自分の番を待ち、袋入りのハンバーグを受け取って、金を払い、車に戻った。台所のテーブルにつくと、袋を破いて食べはじめた。飲み物は一杯の水だった。それから濃いコーヒーをいれて、テーブルの上を片づけた。ほんとうはすぐにも眠るべきだったが、彼はもう一度全資料に目を通しはじめた。もしかすると間違った方向に進んでいるかもしれないという不安が頭から離れなかった。ヴァランダーは単独でいまの捜査方向を決めたわけではなかった。しかし、それでもやはり捜査をリードしているのは彼で、したがって捜査方向とストップをかけるべき時機を決めるのは彼ということになるのだ。無意識のうちにヴェッテルステッドとカールマンの接点は見えていたのかもしれない。もしかするとその可能性のあったかもしれない周辺を、もっと徹底調査するべきだったのではないか。彼は犯人が動いたと思われるところをすべてチェックした。ときにははっきりした証拠のあるものもあり、ときには単に彼らの推量というものもあった。そばに大学ノートを置いて、疑問点をすべて書き留めた。解剖室からの報告がすべてそろっていないことにいらだちを感じた。夜中の十二時を過ぎていたが、彼はニーベリに電話をかけて、リンシュッピングの分析課や科学鑑定課はこぞって夏休みに入ったのかと訊きたくなった。だが、それはしないことにした。

背中が痛み、文字が躍りだすまで読み続けた。二時半まで読んでやっと切り上げた。疲れた頭で彼は、やはりいままでの捜査方向以外に道はなかったと状況を分析した。殺されて頭皮を剝がれた三人にはやはりなんらかの接点があるにちがいなかった。また彼はビュルン・フレードマンがほかの二人と不釣り合いであることは、逆に答えをみつける手助けになり得るとも思った。不釣り合いなものは、鏡に映した顔のように、逆に釣り合うものを浮き立たせるはずだ。なにが浮かび上がり、なにが沈むものかがわかるはずだ。言い換えれば、いまのまま続けていいのだ。だがときどきまわりの様子に目を光らせなければならない。揺るぎない後方支援が必要だ。また彼自身、つねに一本だけでなく、二本、三本の解決への道を考える必要がある。

しまいにベッドについたとき、床の上にはまだ洗濯物の山がそのままにあった。それは彼の頭の中の未整理状態を思わせた。それだけでなく、彼はまたもや車検の予約を入れるのを忘れてしまった。もしかすると、やはりストックホルムの本庁から人員を補強してもらうほうがいいのかもしれない。一眠りしてから署に出かけ、朝一番でハンソンにこのことを話そう。

だが、六時に目を覚ましたとき、彼は気が変わった。もう一日待とう。そのかわりにニーベリに電話をかけた。彼もまた早起きだと知っていたからだ。物証の一部と血液検査の結果がまだリンシュッピングから来ていないことに文句を言った。ニーベリが気分を害して怒鳴られることを覚悟しての電話だったが、意外なことにニーベリは同意して、報告が来ないのは遅すぎると言った。彼自身が早く結果を知らせろと再度つついてみると言ってくれた。それから彼らはニーベリがきのうおこなった、ビュルン・フレードマンが投げ捨てられていた駅前の穴の捜査について話し合った。穴のまわりにある血痕は、犯人が車を穴のすぐそばまで寄せたことを意味するとニーベリは言った。ニーベリはスツールップ空港まで行って、ビュルン・フレードマンのバンを見てきた。その車が死体搬送車として使われたことに疑いはなかった。だが、ニーベリはそれが殺しの現場であることには疑問をもった。

「ビュルン・フレードマンは大男だ。あの男を車の中で殺すのは簡単じゃない。殺しはどこかほかの場所でおこなわれたとおれは思う」

「問題はだれが車を運転したかだ」ヴァランダーが言った。「そして、殺しの現場はどこか、ということ」

七時過ぎ、ヴァランダーはイースタ署に着いた。そしてエクホルムの泊まっているホテルに電話をかけた。エクホルムは朝食ルームにいた。

「目に集中してくれませんか。なぜかはわかりませんが、それが重要だという確信があるのです。もしかすると決定的なことかもしれない。なぜ犯人はフレードマンの目を潰したのか、ほかの犠牲者たちにはしなかったことを。それを知りたいのです」

「できるだけ全体的に見なければならない」エクホルムは異論を唱えた。「サイコパスはいつも自分にとって合理的なパターンを作るもの。そしてその後、まるで聖なる書物に書かれてあることのようにそれに従って行動するのだ。目はそのコンセプトの中で考えられなければならない」

「どうぞ、好きなようにやってください」ヴァランダーがぴしゃりと言った。「コンセプトの中でか、外でかなど、どうでもいいのです。私が知りたいのは、なぜビュルン・フレードマンの目がくりぬかれたかです」

「あれはおそらく塩酸だろう」エクホルムが口を挟んだ。

ヴァランダーはそれをニーベリに訊くのを忘れていたことに気がついた。

「たしかですか？」

「ああ、そのようだ。ビュルン・フレードマンは目に塩酸を垂らされたのだ」

ヴァランダーは不快になり顔をしかめた。

「午後にまた話しましょう」と言って電話を切った。

八時、彼はフーグルンドといっしょにイースタを出た。警察署の外に出るのはありがたかった。ひっきりなしに新聞記者から電話がかかってくる。加えて一般市民からの通報も始まった。犯人の追跡は警察だけの秘密の行為ではなくなり、全国的な関心となった。ヴァランダーは、それは必要なことで、そのこと自体はよかったと思っていた。しかし、一般市民からの通報のすべてに対処するには、警察側の大きな努力が必要であることもまた確かだった。

フーグルンドは水上翼船のターミナルから出てきてヴァランダーのそばに立った。

「この夏はどんな夏になるのだろう？」ヴァランダーがぼんやりと言った。

「エルムフルトに住んでいるわたしの祖母は、お天気占いができるんです」フーグルンドが言った。「今年は長い、暑い、乾いた夏になるそうですよ」

「当たるのか、おばあさんの予報は？」

「ええ、ほとんどいつも」

「おれはまったく反対だと思う。雨で、寒くて、みじめな夏になると思う」

「警部も天気占いができるんですか？」

「いや、ただそう思っただけだ」

彼らは車へ行った。ヴァランダーは彼女がターミナルでなにをしてきたのか気になったが、訊かなかった。

九時半、彼らはマルメ署の前で車を停めた。フォースフェルトはすでに建物の外に出てきていた。彼は後部座席に乗って、道案内をしながら、アン＝ブリット・フーグルンドと天気の話をした。ローセンゴードの貸しアパートの入っている建物の前まで来て、車が停まったとき、フォースフェルトは前日のことを短くまとめて話した。

「私がビュルン・フレードマンの死を知らせに行くと、元妻は取り乱しもせずに受け止めた。私自身は気がつかなかったが、いっしょに行った女性警官が、奥さんは酒の臭いがしたと言っている。アパートは掃除もされていなくて、かなりだらしない感じだった。末の子はまだ四歳だ。どっちみちあまり父親とは会わなかっただろうから、いなくなってもわからないかもしれない。少年のほうはなにが起きたか、理解したようだった。上の娘は外出中だった」

「名前は？」ヴァランダーが訊いた。

「娘のか？」

「いや、別れた妻のほうの」

「アネット・フレードマン」

「仕事についているんですか？」

「いや、そうではなさそうだ」

「それじゃなんで暮らしているのでしょうね？」

「わからない。だが、ビュルン・フレードマンが家族に十分な金を与えていたとは思えない。そんな男ではなかった」

ヴァランダーはほかに訊かなければならないことはなかった。彼らは車を降りて建物に入り、四階までエレベーターで上った。エレベーターの床にはガラスの破片が散らばっていた。ヴァランダーはフーグルンドと目を合わせ、首を振った。フォースフェルトがドアベルを鳴らした。一分ほど経ってからやっとドアが開いた。中に立っていた女性は痩せて顔色が悪かった。黒衣を着ているせいでよけいそれが強調されていた。フォースフェルトのほかに見知らぬ二人の顔を見て、怖がっているようだった。玄関に入って上着を脱いでいるとき、ヴァランダーは部屋の中からだれかがこっちをのぞき、また姿を消したことに気がついた。上の息子か娘にちがいないと思った。フォースフェルトがヴァランダーとフーグルンドをビュルン・フレードマンの元妻に紹介した。やさしい態度で、急いでいる様子はまったく見られなかった。ヴァランダーは、かつてリードベリから学んだように、フォースフェルトからも学ぶところが多いにちがいないと思った。アネット・フレードマンは三人をリビングルームに通した。さっきフォースフェルトが車の中で話してくれたことを思い出し、彼女は掃除したのだろうとヴァランダーは思った。部屋の中にだらしなさはまったくなかった。リビングにあるソファは新しく、まったく未使用のように見えた。ステレオ、ビデオ、テレビはバング&オルフセンのもので、いつもヴアランダーはショーウィンドー越しに見ていたがとても買えないとあきらめていた高級品だった。テーブルの上にはコーヒーの用意をしてあった。ヴァランダーは耳を澄ました。四歳の子どもがいるはず。その年齢の子どもはふつうにぎやかなものだ。彼らはソファテーブルを囲んで腰を下ろした。

「まずご不幸のお悔やみを申します」とヴァランダーはフォースフェルトの手本に習って言った。

「ありがとうございます」と答えた彼女の声は非常にか細く、いつ泣きだしてもおかしくないように思われた。

「残念ながら、少しお尋ねしなければならないことがあります。もう少し待てるといいのですが、それができないので」

彼女は無言でうなずいた。そのとき、リビングにつながっている部屋の一つのドアが開いて、十四歳ほどの体格のいい少年が現れた。表情はオープンで人なつっこかったが、目に警戒心が表れていた。

「息子です。ステファンといいます」アネット・フレードマンが言った。

少年が非常に礼儀正しいことにヴァランダーの目が留まった。彼はまず来訪者の一人ひとりと握手し、それからソファの母親の隣に腰を下ろした。

「この子に同席してほしいのです」母親が言った。

「まったく問題ありませんよ」ヴァランダーが言った。「その前に一言、お父さんが亡くなられたことにお悔やみを言います」

「親父とはあんまり会わなかったけど。でも、どうも」少年が言った。

ヴァランダーは少年に好感をもった。その態度は年齢の割に大人びていた。父親がいなかったから、子どもながら家族の中で父親の役割をしてきたのだろう。

「もう一人、息子さんがいるはずですね？」ヴァランダーが言った。

「あの子は友だちの家で遊んでいます」アネット・フレードマンが言った。「あの子がいないほうが静かに話ができるので。イェンスという名前ですけど」

ヴァランダーはメモを取っているフーグルンドのほうを見てうなずいた。

「もう一人のお子さんは娘さんですね？」

「ええ。ルイースといいます」

「いま家にいませんか？」

「ちょっと旅行に出かけているんです。休みたいと言って」

最後の答えは少年から返ってきた。母親に代わって答えた。大きな重荷を少しでも軽くしようとするように。その答えは落ち着いた、好意的な雰囲気で発せられた。それでもヴァランダーは、その姉になにかがある、と感じ取った。答えが少し早かったか？　あるいは、少し遅れたか？　彼は神経を研ぎ澄ませて集中して、目に見えないアンテナを張り巡らせた。

「事件はお姉さんには耐えられなかったのかもしれないね」とヴァランダーは控えめに言った。

「姉はとても敏感ですから」少年が答えた。

なにかがおかしい、とヴァランダーはまたしても思った。しかし、このことをもっと追及するのは、いまはやめるほうがいいとも思った。娘のことはまた後で訊こう。彼はちらりとフーグルンドのほうを見たが、彼女がなにかに気づいた様子はなかった。

「すでに答えておられることはお訊きしません」と言って、ヴァランダーはコーヒーを飲んだ。すべてが順調であると思っていると見せたかった。少年はずっと彼の動きを目で追っていた。彼の目に表れている警戒は、鳥のそれを思わせた。この少年はまだ幼いときから、重すぎる責任を背負ってきたのだろう、とヴァランダーは思った。そう考えると気が重くなった。子どもや少年少女がつらい経験をするのを見ることほど、ヴァランダーが怒りを感じることはなかった。モナと別れてから、リンダが代わりを務めることだけはなかったとヴァランダーは思った。自分はだめな親だったが、それだけはリンダに経験させなかった。

「あなたがたのだれも、ここ数週間、ビュルンに会っていないということは承知しています」ヴァランダーは続けた。「同じことがルイースにも言えますか?」

今度は母親が答えた。

「ビュルンが最後にここに来たとき、あの子は外出中でした。もう何ヵ月も会っていないと思います」

ヴァランダーはいま、もっともむずかしい質問をしようとしていた。夫であり父親である男が殺されたという苦しい思い出を呼び起こすことになるのは避けられなくとも、せめて彼らの感情に配慮した質問にしたかった。

「だれかがビュルンを殺したわけですが、心当たりがありますか？」

アネット・フレードマンは顔を上げて、驚いた表情でヴァランダーを見た。次に口を開けたとき、その声はしゃがれていた。さっきのおどおどした様子はまったくなかった。

「あの人を殺さなかったのはだれか、と訊くほうがぴったりなんじゃありませんか？　彼を殺したいと思った人は何人いるかしれません。あたしだって、あの人を殺すだけの力があれば、と何度思ったことかしれませんから」

息子が母親に腕を回した。

「警察の人はそんなことを訊いているんじゃないと思うよ」息子が母親をなだめるように言った。

母親は一瞬の怒りの噴出のあと、落ち着いて話しだした。

「だれがやったのか、知りません。そんなこと、知りたくもありません。でもあの人がうちの玄関からもう二度と入ってくることはないのだと知って、わたしが心から安心していることに、良心の痛みはこれっぽっちも感じませんよ」

アネット・フレードマンは急に立ち上がって、浴室に姿を消した。ヴァランダーはアン＝ブリット・フーグルンドがいっしょに行くべきかと、一瞬迷ったのが見えたが、少年が話しだしたのを見て、彼女はまた腰を下ろした。

「母さんはとてもショックを受けているんです」

「ああ、よくわかるよ」ヴァランダーが言った。彼はますます少年に同情を感じた。「だが、きみはとても落ち着いているようだね。もしかするとなにか考えがあるんじゃないか。もちろんきみにとっても不愉快なことにはちがいないが……」

「だれか、父のつきあっていた連中の一人じゃないですか？　それしか考えられない」と言って、言葉を続けた。「父は泥棒でした。それに暴力をふるう人間でもあった。はっきりとは知らないけど、父はいわゆるゆすり屋だった。借金の取り立てをしたり、人を脅したりするのが商売だったんです」

「どうしてきみがそんなことを知っているんだ？」

「さあ」

「だれか特定の人を考えているわけじゃないだろうね？」

「いいえ」

ヴァランダーは黙って、少年に考えさせた。

「いいえ、知りません」少年は繰り返した。

アネット・フレードマンが浴室から戻ってきた。

「ビュルンがグスタフ・ヴェッテルステッドという人とつきあいがあったかどうか、知りませんか？　昔、法務大臣をしていた人です。または画商のアルネ・カールマンという人はどうですか？」

二人は互いに顔を見合わせながら首を振った。

ゆっくり話が続いた。ヴァランダーはできるだけ彼らから話を聞き出そうとした。ときどきフォースフェルトが言葉を補った。しまいにはなにも訊くことがなくなった。今日は娘のことを訊くのはやめるほうがいいと彼は判断した。フーグルンドとフォースフェルトにうなずいて、質問は終わったと知らせた。玄関に出てから、彼はもう一度、できれば明日にでもまた来るかもしれないと親子に言った。そしてイースタ署の電話番号と自宅の番号を渡した。

建物の外に出て振り返ると、アネット・フレードマンが窓から彼らを見下ろしていた。

「あの少年の姉のことだが」ヴァランダーが言った。「ルイース・フレードマン。その子についてはなにか知っていますか？」

「きのうも家にいなかった」フォースフェルトが言った。「もちろん、旅行中ということは考えられる。十七歳だったと思う」

ヴァランダーは一瞬考え、しばらくして言った。

「彼女に会って話を聞きたい」

ほかの二人は特に反応を見せなかった。娘のことを訊いたときに、かすかに雰囲気が変わり、少年の好意的な顔に警戒が浮かんだことに気がついたのは、自分だけだったらしいことにヴァランダーは気づいた。

その少年、ステファン・フレードマン。警戒心をのぞかせたあの目。ヴァランダーは少年がかわいそうになった。

「今日のところはここまでです」マルメ署の前まで来てヴァランダーは言った。「もちろん、これからも連絡します」

二人はフォースフェルトと握手して別れた。

車はスコーネのいちばん美しい季節の中を走った。フーグルンドは頭をヘッドレストにゆだねて目を閉じた。かすかに鼻歌を歌っているのが聞こえた。ヴァランダーも、いま頭の中がいっぱいになっている事件のことをいったん脇において、彼女と同じように休憩をとりたかった。リードベリは、警官は決して仕事の責任から自由になることがないとよく言っていた。しかし、このような瞬間、ヴァランダーはリードベリが間違っていたと考えることがあった。

スクールップを過ぎたころ、ヴァランダーはフーグルンドが眠っていることに気づいた。彼女を起こさないようにできるだけ静かに運転した。イースタ近くのロータリーまで来てブレーキを踏んだとき、初めて彼女は目を覚ました。その瞬間に電話が鳴った。フーグルンドに電話を取ってくれと目で合図した。彼女の口調からは、だれからの電話かわからなかった。だが、なにか深刻なことが起きたらしいことはわかった。彼女はなにも問わずに黙って相手の話を聞いた。警察署の近くまで来たとき、電話が終わった。

「スヴェードベリでした」とフーグルンドが言った。「カールマンの娘が自殺を図ったそうです。いま病院にいます。人工呼吸器をつけているとか」

ヴァランダーは駐車場に車を入れ、エンジンを切るまでなにも言わなかった。

フーグルンドに向き直った。彼女がまだなにか言おうとしているとわかった。

「スヴェードベリはほかにもなにか言ったのか？」

「たぶん、だめだろうと」

ヴァランダーはフロントガラスを通して外を見た。

あの娘に頬をぶたれたことを思い出した。

それから一言も言わずに車を降りた。

訳者紹介 1943年岩手県生まれ。上智大学文学部英文学科卒業，ストックホルム大学スウェーデン語科修了。主な訳書に，マンケル「殺人者の顔」「笑う男」，ウォーカー「勇敢な娘たちに」，アルヴテーゲン「裏切り」などがある。

検印
廃止

目くらましの道 上

2007年2月16日　初版
2024年10月18日　12版

著者　ヘニング・マンケル
訳者　柳《やなぎ》沢《さわ》由《ゆ》実《み》子《こ》

発行所　(株)東京創元社
代表者　渋谷健太郎

162-0814/東京都新宿区新小川町1-5
電話　03・3268・8231-営業部
03・3268・8204-編集部
URL http://www.tsogen.co.jp
DTP　精興社
印刷・製本　大日本印刷

ISBN 978-4-488-20906-3　C0197